翻 转 文 明
CIVILIZATIONS

［法］洛朗·比奈 著
汪玲 译

图书在版编目（CIP）数据

翻转文明 /（法）洛朗·比奈著 ; 汪玲译. -- 南京：江苏凤凰文艺出版社, 2025. 1. -- ISBN 978-7-5594-8967-8

Ⅰ. I565. 45

中国国家版本馆 CIP 数据核字第 202458347A 号

Originally published in France as:
Civilizations by Laurent Binet
© Éditions Grasset & Fasquelle, 2019.
Current Chinese translation rights arranged through Divas International, Paris 巴黎迪法国际.
Simplified Chinese edition copyright:
© 2025 Ginkgo (Shanghai) Book Co., Ltd.
All rights reserved.
本书中文简体版权归属于银杏树下（上海）图书有限责任公司。

著作权合同登记号：图字 10-2024-300

翻转文明

[法] 洛朗·比奈 著　汪玲 译

编辑统筹	尚　飞
责任编辑	曹　波
特约编辑	许凯南　丁侠逊
装帧设计	墨白空间·瑞文舟
内文制作	龚毅骏
出版发行	江苏凤凰文艺出版社
	南京市中央路 165 号，邮编：210009
网　址	http://www.jswenyi.com
印　刷	河北中科印刷科技发展有限公司
开　本	880 毫米 ×1194 毫米　1/32
印　张	9.625
字　数	205 千字
版　次	2025 年 1 月第 1 版
印　次	2025 年 1 月第 1 次印刷
书　号	978-7-5594-8967-8
定　价	88.00 元

江苏凤凰文艺版图书凡印刷、装订错误，可向出版社调换，联系电话 025-83280257

"艺术复活那些曾被历史扼杀的东西。"
——卡洛斯·富恩特斯
《塞万提斯：书评》

"由于他们当时正处于慌乱之中，没费多大劲，就轻而易举地征服了他们。"
——印加·加西拉索·德拉维加
《印加王室述评》

目 录

第一章
弗蕾迪丝·埃里克斯多蒂尔传说
1

第二章
哥伦布日记（片段）
21

第三章
阿塔瓦尔帕纪事（片段）
53

第四章
塞万提斯历险记
267

第一章

弗蕾迪丝·埃里克斯多蒂尔传说

1. 埃里克

从前，有个叫作"深思者"奥德的女人，她是扁鼻凯蒂尔①的女儿，曾当过女王，后嫁给了爱尔兰"勇士王"白发奥拉夫②。丈夫死后，她踏上赫布里底群岛，到达苏格兰，后来她的儿子红发索尔斯坦成为这儿的国王，随后却遭苏格兰人背叛，死于战场。

得知儿子已死，奥德随即带着二十个自由民出海，前往冰岛，在午食河与嘶马瀑河之间的土地上拓荒安家。

和她同行的人中有很多出身贵族，在维京人西征时沦为阶下囚，做了奴隶。

有个叫索尔瓦勒的男人，因谋杀罪和儿子红胡子埃里克一起离开了挪威。他们早年都是农夫，种地为生。一天，邻居的父亲——"鸟屎"艾乔乐夫杀了埃里克的几名奴隶，声称他们破坏了他家土地。埃里克一气之下杀了"鸟屎"艾乔乐夫，还顺手把邻居"好斗者"哈芬也杀了。就这样，他被判了流放之刑。

他来到群牛岛安身。一天，埃里克把木梁借给邻居，可当他去要时，邻居却不肯归还。他们大打出手，接着他又打死了人。埃里克再次被索尔斯尼斯庭会③判了流放之刑。

如此一来，他既不能留在冰岛也回不了挪威，于是决定去西

---

① 扁鼻凯蒂尔，公元9世纪时赫布里底群岛之王，原是挪威西部小贵族，奉命去群岛平叛后自立为王。——译者注（本书脚注除特殊说明外均为译者注）
② 奥拉夫，公元853—871年统治爱尔兰都柏林的维京王。
③ 庭会，维京社会中十分普遍的一个机构，负责决定重要的公共事务。

边,"老鸦"乌尔夫的儿子以前出海迷路时曾到过那儿。埃里克给这个地方取名格陵兰(意即"绿色之地"),说如果土地有好名字,人们会更愿意去。

之后,他娶了"货船之胸"索尔波乔格的孙女——索德希尔姐,妻子为他生了好几个儿子。不过,他还与另一个女人生了个女儿,女儿名叫弗蕾迪丝。

2. 弗蕾迪丝

关于弗蕾迪丝的母亲,我们一无所知。而弗蕾迪丝,就跟她的几个兄弟一样,从父亲埃里克那儿继承了对冒险的兴趣。她同父异母的哥哥"好运"莱夫[①]借给索尔芬·卡尔塞夫尼[②]一艘船,让他重探文兰[③]之路。弗蕾迪丝也跟着上了这艘船。

他们一路往西航行,在马克兰[④]稍作停留后抵达了文兰,找到了莱夫之前留下的营地。

他们发现这片土地漂亮又葱郁,海边不远处就是森林,岸边是白色沙滩,有很多小岛和浅滩,跟格陵兰或冰岛相比,昼夜时差

[①] 即莱夫·埃里克松,著名北欧维京探险家,比哥伦布早500年左右到达美洲,被认为是第一个发现北美洲的欧洲探险家。
[②] 索尔芬·卡尔塞夫尼,著名维京探险家、商人和航海家。
[③] 意为"草原之地",位于美国东北角新英格兰地区和加拿大拉布拉多半岛之间,可能是如今加拿大纽芬兰岛的兰塞奥兹牧草地。
[④] 意为"树岛",也就是今日在北美哈得孙湾与大西洋间的拉布拉多半岛。

也要小得多。

但这里还有长得像小怪物的斯卡林人①。这些不是传说中的独脚族人,他们肤色较深,喜欢红色衣物。格陵兰人用一些东西跟他们交换了兽皮。就这样,他们开始互相交易。然而,有一天,卡尔塞夫尼的一头公牛一边哞哞叫着一边逃出了牛圈。当地人受了惊,开始袭击营地。要不是弗蕾迪丝怒发冲冠捡起一柄长剑冲向敌人,卡尔塞夫尼那些人差点就四散而逃了。她撕破衣服,一边用剑拍着胸脯,一边咒骂当地人。她还怒骂同伴是懦夫,状若癫狂。格陵兰人羞愧难当,于是转头迎敌。看到这个丰满的女人大怒发狂,当地人肝胆俱裂,四散而逃。

弗蕾迪丝当时怀孕了,脾气不太好,与同行的两个哥哥闹了矛盾。他们的船比她的大,她想要他们那艘,于是命令丈夫索尔瓦尔杀了他们及其手下。丈夫依言而行,而弗蕾迪丝则用斧头砍死了他们的妻子。

冬去夏来,弗蕾迪丝不敢回格陵兰岛,怕自己犯下的罪行会惹怒哥哥莱夫。但她也知道大家对她心怀不满,营地已经不再欢迎她。于是,她在抢来的船上装满补给,带着丈夫、随从、家畜和马匹出发了。留在文兰的那些人看到她离开都松了口气。不过,弗蕾迪丝在出发前对他们说道:"我,弗蕾迪丝·埃里克斯多蒂尔,发誓终会回来。"

接着,他们一行人朝南而去。

---

① 北欧传说中对当地人的称谓,意指丑人、野蛮人。

3. 南方

体积庞大的克纳尔船沿着海岸航行。不久，海上起了风暴，弗蕾迪丝向雷神托尔祈祷。突然，船差点撞上礁石。船上的牲畜受了惊，疯狂尥蹶子，大家怕这样下去船会沉，就想把它们扔下海。好在天神的怒火最终平息了。

这次航行的时间比预期的要久。他们找不到可以停靠的地方，海边大多是高耸的悬崖，好不容易遇上一片浅滩，却有一些凶神恶煞的斯卡林人挥舞着弓箭向他们扔石头。向东走显然为时已晚，弗蕾迪丝也不愿掉头回去。大家只能捕鱼充饥，有些人耐不住口渴喝了海水，之后便病倒了。

一日，海上没有一丝北风吹来，船帆无精打采地耷拉着。弗蕾迪丝在全力划桨的人群中生下一个死胎，给他取名埃里克，跟外祖父一样，然后便抛入了大海。

一天，他们终于找到了一个可以停靠的小湾。

4. 晨曦之国

这里海水很浅，大家蹚水上了沙滩。他们此行带着各种家畜。这个地方很美。他们急于在这里安家落户。

这儿草地丰美，树木葱郁；林中猎物很多，河里鱼虾成群。弗蕾迪丝和同伴们商议，决定在岸边背风处安营扎寨。他们带的衣物和粮食都充足，便打算在这里过冬，心想这里的冬天应该比家乡的冬天更暖和，至少没那么漫长。他们中最年轻的那几个人出生在格陵兰岛，而其他人则跟弗蕾迪丝的父亲一样来自冰岛或挪威。

一天，他们深入岛屿内部，发现一片农田。田中整齐地种着几排谷物，看着就像巨大的黄色麦穗，上面的谷粒甘脆多汁。大家意识到住在这里的不只有他们。

他们也想种一些这样的脆谷，但不知道该怎么种。

几周之后，营地后方的山岭上出现了几个斯卡林人。他们高大强壮，皮肤油光发亮，脸上涂着黑色线条。格陵兰人恐惧万分，但这次当着弗蕾迪丝的面没有人敢动弹一下，都怕被当成胆小鬼。那些土著人似乎没有敌意，只是好奇地打量他们。有个格陵兰人想给土著人一把小斧去讨好他们，但弗蕾迪丝出手制止，转而给土著人一条项链和一枚铁制胸针。那些当地人似乎十分喜欢那枚铁胸针，争相传看，都抢着想要。不久，弗蕾迪丝他们弄明白了，当地人想邀请他们去村里做客。不过，只有弗蕾迪丝一个人接受了邀请。她丈夫和其他人选择待在营地，不是不好意思，而是心有余悸——不久前差点被另一群土著人杀了。大家指定弗蕾迪丝为代表，她嗤之以鼻，知道没人敢和她一起去。于是又破口大骂，可这一次不管她怎么羞辱，完全没用。弗蕾迪丝只好孤身跟着土著人前去。土著人先在她白皙的皮肤和赤红的头发上抹上熊脂，然后带着她坐上独木船向沼泽深处驶去。这里的树木十分粗壮，用树干做成的小船可容纳十人。独木船渐行渐远，弗蕾迪丝和当地人一起消失了。

第一章 弗蕾迪丝·埃里克斯多蒂尔传说

大家等了三天三夜不见她回来，但没人敢去找她。即使她丈夫索尔瓦尔也不敢冒险进入沼泽。

直到第四天，她带着一位土著首领回来了，首领脖子上和耳朵上戴着五颜六色的首饰，头上一侧是长发一侧是光头，身材异常魁梧。

弗蕾迪丝告诉同伴，这个地方是晨曦之国，当地人叫曙光之民，他们正和另一群生活在西边的人开战。弗蕾迪丝认为应该帮助他们。大家问她是怎么听懂当地人说的话的，她笑着回答道："嗯，也许我是个女巫？"她叫来之前那个本想献出斧子的人，让他把斧子献给身边的酋长。过了九个月，她生下一个女儿，取名古德丽德，跟她以前的嫂嫂同名，这个女人在她哥哥索尔斯坦·埃里克森死后嫁给了卡尔塞夫尼，弗蕾迪丝一直看不惯她（在此一笔带过，无须浪费笔墨在无关的人物上）。

大伙在当地人的村子附近安置下来，双方不仅相安无事，还互帮互助。格陵兰人教当地人如何找铁矿，如何把生铁做成斧、矛、箭头。这样一来，土著人就有了武器，可以打败敌人。作为回报，他们教格陵兰人如何种植脆谷。先把种子埋在土里，再在一旁种上豆和瓜，这样豆和瓜的藤就可以绕在脆谷高高的秆上。他们还可以把粮食储存起来过冬，就算打不到猎物也不用饿肚子。格陵兰人在这里住得不想离开了。他们送给当地人一头奶牛以示友好。

好景不长，当地人突然生病了。一开始是一个人，高烧几日后就死了。没过多久，当地人便一个接一个死去。格陵兰人怕了，想赶紧离开，但弗蕾迪丝不同意。同伴们苦口婆心劝她，说瘟疫迟早会找上他们，但她就是不为所动，拒绝离开辛苦建起的村子，只一味说这里土地肥沃，而别处不一定会有如此好心的当地人。

可惜，身强力壮的酋长也病倒了。一天，他回家时，刚走进圆顶树皮屋，眼前就出现了这样的景象：门槛边堆满了死尸，接着一个巨大的海浪袭来，把两个村子夷为平地。幻象消失后，他跌倒在地，全身滚烫。他让人把弗蕾迪丝叫来。等见了她，他先是跟她说了几句悄悄话，然后用众人都能听到的声音高声说道，世上之人只要有家就幸福，这些客人教会他们用铁，族人定会铭记于心。接着，他又跟弗蕾迪丝说了眼下的情形，声称她和孩子将来会大有作为。说完这些他就倒下了。弗蕾迪丝守了一整夜，但第二天他便撒手人寰了。之后她便回来对同伴们说："现在走吧，该把牲口赶上船了。"

5.古巴

弗蕾迪丝一门心思朝南走。他们沿着海岸不停地航行了数周，船上的东西都快吃光了，只能吃鱼虾、喝雨水。所有同伴觉得合适停靠的地方，弗蕾迪丝一个都不满意。大家开始有些烦躁，继而产生怀疑，最后忍无可忍。弗蕾迪丝对他们这样说道："你们还想再一次面临死亡吗？你们想被独脚族人射破肚皮吗？"（她一个同父异母的哥哥就是这样惨死的，她知道大家对这可怕的一幕记忆犹新。）"我们继续航行，直到终点，或者死在海上，如果这就是海神或死神希望看到的。"没人知道弗蕾迪丝所谓的终点在哪里。

一天,他们终于看到一块陆地,或许是一座岛屿。心知同伴们已忍耐到了极点,弗蕾迪丝同意靠岸。

克纳尔船驶进一条美丽的河湾。一路上,水清澈见底。

他们从没见过如此美丽的地方。河流两岸,树木青葱,花草繁盛,水果甘甜。大小鸟儿啁啾不止,硕大的树叶可以用来做屋顶。这儿的土地十分平坦。

弗蕾迪丝跳下船,来到几间像是渔民住的屋舍前,屋中的人惊恐地逃走了。她在一间屋子里找到一只狗,狗并没有吠叫。

格陵兰人卸下牲畜,那些斯卡林人看到马都好奇地围了过来。他们全身赤裸,个子矮小,但身形矫健,肤色深棕,头发乌黑。弗蕾迪丝走上前,心想他们应该不会怕一个大肚子的女人。她请一个人骑上马,然后牵着马在村里走了一圈。当地人欢欣雀跃,拿了些吃的给这些远道而来的人,还邀请他们到家中。当地人递给他们一根卷起来的叶子,帮他们把叶子点燃,示意他们放进嘴里吸。

就这样,弗蕾迪丝一行在这里安顿了下来,和土著人共住一村。他们建了几间圆顶草屋,和当地人的房子一样。他们还用木头造了一座神庙来供奉雷神。当地有一种叶子很大的树,树上结一种又硬又大的果实,里面的汁水十分甘甜,当地人教他们怎么提取汁水,还教他们各种事物的名称。比如,那种脆谷在当地叫麦兹①。当地人还教他们在两棵树之间搭网睡觉,称这种网为"阿玛克"

---

① 印第安人语言中对玉米的称呼。

（吊床）。这里终年炎热，当地人从没见过雪。

在这里弗蕾迪丝又生了一个孩子，而丈夫索尔瓦尔依旧视古德丽德为亲生女儿。这让弗蕾迪丝很是感念，于是一改往日的脾气，开始对索尔瓦尔温柔相待。

当地人跟格陵兰人学习骑马和打铁，而格陵兰人则跟他们学习打猎和射箭。这里有很多乌龟，各类蛇虫，还有一种蜥蜴，长着石头般的鳞片，下颚很长。空中则有红头秃鹫。

两群人互相结合，孩子相继出生。有些孩子是黑发，有些是金发或红发。这些孩子会说父母双方的语言。

可惜好景又不长，当地人开始发烧，然后死亡。格陵兰人则安然无恙，他们知道自己不会染上瘟病，也知道这个病是他们带来的。他们就是瘟神。他们这些从北方来的人只能尽力安葬死者，为他们立碑刻文，向雷神和众神之王祷告。然而，没有用，土著人陆续病倒。格陵兰人觉得再待下去当地人就要死光了，最后就剩他们还活着。这样一想，他们不免于心不忍，只能依依不舍地离开。大家拆掉雷神庙装上船，留下几头牲口给当地人，就当是作别了。

但他们走后，当地人还是继续生病。这些土著人陆续死亡，几近灭绝。而幸免于难的那些人则带着牲畜逃往岛屿各处。

6．奇琴伊察①

　　说回弗蕾迪丝，她带着女儿、丈夫以及同伴沿着海岸向西航行。他们发现刚刚离开的地方确实是一座岛。弗蕾迪丝跟以往一样，想往南走。但其他人不同意，非要她定个目的地。弗蕾迪丝只好告诉大家把神庙木梁扔下海，让木梁给他们指路。她说雷神让木梁停在哪里，他们就在哪里上岸。木梁刚被扔进海中，就被水流推动着向最西边的陆地漂去。大家从船上看到，木梁移动得相当快，不像他们想的那么慢。不久，海上刮起了风，他们张开船帆向西驶去，路上经过一个小岛，他们称之为女人岛，转过这个岛的海角后，他们看到了一块很大的陆地。他们心想这应该是一个大陆了，于是驶入一条峡湾。峡湾又宽又长，两岸高山矗立。弗蕾迪丝用女儿的名字给这条峡湾命名。之后，大家四处查看，发现神庙的木梁正搁浅在海湾北边的一个岬角处。

　　这里有一条浅河，克纳尔船因为吃水浅可以在河中行驶。他们溯流而上，来到一个小村庄。天色已晚，日落西边，弗蕾迪丝带着大家把船停在了村子对面的河滩上。第二天，几个斯卡林人划着小船来到他们船边。他们带了几只鸡和一些玉米，但这也只够几个人吃的。土著人让他们带上这些吃的赶紧离开。但这一次，格陵兰

---

① 奇琴伊察，玛雅语的音译，意为"在伊察的水井口"，位于墨西哥东南部尤卡坦半岛，曾是玛雅古国最繁华的城邦，始建于公元 5 世纪，是玛雅城市文化顶峰时期的重要遗址。有金字塔神庙、柱厅殿堂、球场、市场、天文观象台、勇士庙等。

人说他们不走了,这里是雷神指定的地方。于是乎,土著人穿着战服,带着弓箭、长矛和盾甲打过来了。格陵兰人已经累得跑不动了,宁愿和他们大战一场。可惜,他们寡不敌众,其中十个人受了伤,接着所有人悉数被俘。

土著人本想当场把他们杀光,但此时发生了一件意外的事——一个骑在马上的格陵兰人从马上摔了下来,这一幕把土著人吓呆了,他们一个个尖声惊叫起来。原来,他们以为人和马是一体的。最后,他们商议了一番,把格陵兰人绑在一起带走,顺便还收缴了他们的牲口和武器。

众人在炎炎烈日下穿过密林和沼泽。这里的空气十分潮湿,让北方来的他们觉得自己像是被火烘烤的雪一般,就要融化了。不久,他们来到一座城市,这里跟以往见过的城市都不一样。城里有好几座石头神庙和阶梯状金字塔,神庙的列柱被雕刻成战士的模样,广场中央的蛇头雕像居高临下地俯视着他们,让他们不禁想起了家乡那些大船的船头雕像,只不过这里的蛇长着羽毛。

他们被带到了一个H形的竞技场,这里正在举行一场球赛。场上分两队,各有一半场地,双方在把一个大球传来传去。这个球是用一种特殊的材料做成的,既韧又硬,弹性很好。据他们所知,比赛的规则是把球送到对方的场地,不能用手脚,只能用胯、臀、肘、膝盖或前臂。双方场地中间的两边石墙上各嵌有一个石环,格陵兰人此时并不知道石环是用来做什么的。场地周围的阶梯看台可以容纳许多人观看比赛。等到比赛结束,某些参赛者被砍头献祭。

十二个格陵兰人被扔入赛场,其中包括弗蕾迪丝和她的丈夫。

第一章 弗蕾迪丝·埃里克斯多蒂尔传说

场地另一边是十二个土著人,他们戴着护膝和护肘,严阵以待。比赛开始了,格陵兰人从未打过这种比赛,对规则一无所知,眼睁睁看着球落在他们场地上却接不住,就算偶尔接住了也会被判犯规。他们接二连三输了好几次,恐惧渐渐占据了他们的心,因为他们知道输了就会被砍头献祭。突然,他们顶起的球撞到了石环但并没有穿过去。观众发出一阵窃窃私语。见此情形,弗蕾迪丝让大家瞄准石环。她丈夫索尔瓦尔用膝盖一顶,眼见是一记好球,球升到空中,划出一个大大的弧线,然后在观众气愤的嘘声中穿过了石环。比赛到此结束,格陵兰人获胜。另一队的队长被砍了头。此时格陵兰人还不知道,在某些特殊情况下,赢球一方的最佳选手也会被砍头,土著人把这当作至上的荣耀。于是乎,索尔瓦尔在妻女的注视下被砍掉了脑袋。古德丽德在母亲怀里泣不成声。弗蕾迪丝对大家说道:"我们现在只能任这些野蛮人摆布,他们比怪物更凶残,如果想活下去,我们必须博得他们的欢心,听他们差遣。"说完,她唱起了挽歌:

> 在此南边,亲眼看见。
> 索尔瓦尔,命绝人间。
> 命运冷酷,神不佑我,
> 且让他们,手持利刃。

歌声一开始直入云霄,旋即又低不可闻,在场的土著人都惊呆了,只听她低吟道:

吞下怒火，我待时机。

　　一场祭典之后，索尔瓦尔的遗体被他们隆重地扔进了水潭之中。剩下的格陵兰人没被处死，但沦为奴隶。一部分人被派去做苦役，或在盐矿干活，或在田里种棉花（他们以前见过瑞典人带回去的棉花）。另一部分人则成了贵族或神庙的仆役。土著人有很多神，最重要的就是羽蛇神库库尔坎①和雨神恰克②。

　　一天，弗蕾迪丝来到一座人形雕像前。雕像呈仰卧状，用手肘撑着上半身，膝盖弯曲，头戴王冠转向一侧。贵族主人比画着向她解释说这是雨神恰克。听了他的话，弗蕾迪丝回去找了一把锤子，然后把锤子放在雕像的肚子上。她对主人说，她知道这个神，在她家乡叫托尔。几天之后，城里下了一场猛烈的暴雨，漫长的旱季结束了。

　　某天，弗蕾迪丝看到女儿在玩一个当地人的玩具，那是一个带小轮子的东西，她这才吃惊地发现，当地没有车和犁。那些土著人觉得这些大车没什么用，太重了，很难用手拉或推。弗蕾迪丝让人造了一辆车，找来一匹马套上。当地人见状十分欢喜。而且，用牛马拉铁犁能帮他们多耕地，有了更多的地就可以种更多的棉花，见此情形，他们更是乐得合不拢嘴了。就这样，这座城邦在弗蕾迪

---

① 玛雅人称羽蛇神为库库尔坎，阿兹特克人称之为克查尔科亚特尔。
② 玛雅人称雨神为恰克，阿兹特克人称之为特拉洛克。

丝的推动下，很快兴盛强大起来，可以用多余的棉花和邻邦交换玉米或宝石。

作为回报，当地人特许弗蕾迪丝他们喝巧克力，这是一种带泡沫的饮品，深受当地人的喜爱，但弗蕾迪丝却觉得有些苦。

格陵兰人不仅不用为奴了，还被当作贵宾。他们可以去观看球赛，参加圣泉典礼。当地人教他们观星识字，这里的文字有点像他们家乡的古文字，但更精细。

他们还以为冥神终于放过了他们，可惜这位黑暗女神并没有把他们遗忘。突然，土著人开始生病。不管喝下多少巧克力，最终还是难逃一死。弗蕾迪丝知道，用不了多久，当地人就会猜到是他们这些外人带来了疾病。她立刻开始筹划，想带大家一起逃走。在一个月黑风高的夜里，他们带着牲口出了城，沿着河堤向他们的船走去。以前拉车的那匹母马怀孕了，走不快，大家不忍丢下它。第二天早上，他们听到城里传来叫嚷声，心想定是土著人来找他们了。他们加快步伐，马不停蹄地往前赶。克纳尔船正在原地等着他们。

周围村庄的人看到他们的身影，立刻赶来拦住他们。格陵兰人只能加快脚步，加紧登船。怀孕的母马落在最后，大家都上了船，只有它还在沙地上艰难地往前走。土著人大呼小叫，紧随其后。见它筋疲力尽，格陵兰人还是一直给它鼓劲，只要再走几步就能到栈桥了。船一直等到最后一刻，眼看敌人就要登上船了才解开缆绳，快速离去。格陵兰人眼睁睁看着土著人抓住了马颈子，就像之前他们教的那样。

大家默不作声，向南驶去。

7. 巴拿马

克纳尔船驶过了多少地方？每当海上狂风大作，无法张帆之时，格陵兰人就埋头划桨。日夜相继，只有牲畜的叫声和婴儿的啼哭表明船上还有活物。

一天，他们在倾盆大雨中靠岸。大家狼狈不堪，饥肠辘辘。他们有种预感，眼前这个地方尽管草木葱郁，但危机四伏。空中有各种各样的鸟儿，他们用弓箭射下几只充饥。大家不太愿意在这儿安家，怕这里住着更凶残的土著人。但他们一致同意在这里休养一段时间，等恢复力气之后就回北方老家。弗蕾迪丝极力反对，但某人跟她这样说道："大家都知道为什么你不愿回格陵兰。你怕莱夫会因你在文兰干下的事而降罪于你。我保证我们绝不泄露，但要是莱夫自己发现你的所作所为，你就得接受他或庭会对你的惩罚。"

弗蕾迪丝沉默不语。第二天早上，大家发现船翻了，船身已沉在水中。众人沮丧不已。虽然没人敢公然指责弗蕾迪丝弄沉了船，但大家心里都十分不满。见他们如此，弗蕾迪丝开口说道："现在，你们也看到了，海路已经断了。我们谁也回不了格陵兰。我父亲给那个岛取名格陵兰，是为了引像你们这样的冰岛人前去，好可以多些人和他一起拓荒。其实，那个地方并不绿，而是常年雪白。那个所谓的'绿色之地'还不如这里适合居住呢。看看空中的鸟儿，树上的果实。在这里，我们不用裹着兽皮烤火取暖，也不用到冰屋里躲避寒风。我们在这里四处转转，找个好地方建立家园。这里才是真正的'绿色之地'。我们要在这里完成红胡子埃里克未竟的事业。"

有些人为弗蕾迪丝欢呼喝彩，而有些人则默不作声，他们疲惫不堪，不知道接下来会遇到什么。

8. 兰巴耶克①

众人马不停蹄，穿过沼地、森林和雪山。他们饥寒交迫，但没人反对弗蕾迪丝的命令。没了船，他们回家的希望破灭了，只能听天由命了。

一路上，他们时不时会遇上土著人，土著人会用金铜首饰跟他们交换铁钉或鲜奶。一天，他们在西边发现一片海域，于是乘着木筏前行。他们越往下走，见到的首饰就越精细。古德丽德从一个土著人手里得到一对耳环，是一个手提断头的祭司形象，弗蕾迪丝很是喜欢。她觉得和这些手工匠人一起生活应该也不错。而且，这里有一望无际的田地，田野上水渠蜿蜒。人们告诉她这里叫兰巴耶克。

当地人满心欢喜地收下了铁器和牲口，认为这些简直是天赐之物。他们以为这些外来者是神灵耐兰普派来的。他们把弗蕾迪丝

---

① 兰巴耶克，位于现今秘鲁西北部。传说兰巴耶克王国的建立者耐兰普从西方大海上来到秘鲁，创立了兰巴耶克文明。他修建了一座神庙，并在神庙中树起一尊名为延巴耶克的绿石偶像。延巴耶克意为"耐兰普模样的雕像"。兰巴耶克之名由此而来。

当作披金戴银的大祭司,认为她拥有神力。一天,他们甚至杀了几个俘虏向她献祭,他们使用的刀,刀锋呈半月形,刀柄上雕有神像。这是一个自由人部落,他们擅长炼制金属。格陵兰人没教多久,这里的人就能打制出各种各样的铁锤了。另外,这里的人对弗蕾迪丝的一头红发崇拜不已。

弗蕾迪丝很清楚接下来会发生什么,于是故意宣示预言,说这里将有疾病降临。这样一来,土著人开始生病时,对她就更加深信不疑了。她让他们杀掉更多的俘虏,并加紧收割庄稼。格陵兰人有牲口,还懂得打造铁器,所以在这里地位尊崇。况且,他们一直没有染病。见此情景,土著人更加坚信他们就是天神下凡。

不久之后,一个发过高烧的土著人不但没死,反而痊愈了。之后,一个接一个,大家渐渐痊愈了。格陵兰人明白了,这里就是他们旅程的终点。

9. 弗蕾迪丝之死

日子过了一年又一年,这里永远没有寒冬。格陵兰人学会了挖渠灌溉,学会了种植五颜六色、口感各异的蔬菜。弗蕾迪丝成了这里的女王,她和邻邦卡哈马卡的城主联姻,并举办了盛大的宴会。大家纵酒狂欢,喝着玉米酿的阿卡酒,吃着烤鱼、羊驼肉以及烤豚鼠,这些豚鼠就像是小耳朵绒毛兔,它们的肉又嫩又香。

弗蕾迪丝接着又生了几个孩子,一辈子受人敬仰。死后仍有仆役、珠宝和餐具陪葬。下葬时，她头上戴着金冠，脖子上戴着十八排珊瑚珠项链，右手握着铁锤，左手拿着半月弯刀。

古德丽德长大成人，尽管不像母亲那样一头红发，但仍然备受兰巴耶克人的尊崇。每当暴雨侵袭，大家因田地被淹、庄稼被毁而哀叹不已时，是她告诉人们这是雷神的旨意，必须马上离开。真是有其母必有其女，她带着由土著人和格陵兰人组成的部落一路南下。据说，有一天他们发现了一个大湖，但无人清楚此后发生了什么事，所以本传说就到此为止。

第二章

哥伦布日记
（片段）

8月3号　星期五

　　我们于1492年8月3号（星期五）上午八点从萨尔特斯海滩出发。我们一路向南而行，直至日落时分，船在大风中走了六十海里，然后往西南航行，接着又往西南偏南，这条路通往加那利群岛。

9月17号　星期一

　　但愿无所不能的上天让我们早日见到陆地。

9月19号　星期三

　　风和日丽，希望回程也一样。

10月2号　星期二

　　依旧风平浪静。对上帝致以万分谢意。

10月8号　星期一

　　感谢上帝，这里气温宜人，就如四月的塞维利亚，而且空气香甜，叫人心旷神怡。

10月9号　星期二

　　一整夜，我们都听到有飞鸟经过。

第二章　哥伦布日记（片段）

10月11号　星期四

午夜过后两点，地面映入眼帘，距离两古里。

10月12号　星期五

我们到了一处小岛，当地人叫它"瓜纳哈尼"①。之后来了几个赤身裸体的人，我和"平塔"号船长马丁·阿隆索·平松及其兄弟"尼尼雅"号船长维森特·亚涅斯一起上了岸。

一踏上地面，我就以国王和王后之名宣布占有这个岛屿。

一大群岛民围了过来。我深知用爱比用武力更能让这些人听从和皈依我们天主教，以示友好，我送给他们几顶红帽和几串琉璃珠子，而他们也立即就戴上了。我还送了很多其他小玩意儿，他们都欣然接受，不久之后就把我们当作了自己人，真是太好了。

看得出来，这些人真的一无所有。无论男女，大家都赤条条的，就像刚生出来时一样。

要是耶稣愿意，走的时候我会带上六个人，让他们学说我们的话，到时献给国王和王后。岛上只有几只鹦鹉，除此之外，我没看到任何野兽。

10月13号　星期六

天刚蒙蒙亮，水边就来了很多人，一个个年轻健壮。这些人长得很好看，头发是直的，粗如马鬃毛。

---

① 即圣萨尔瓦多岛，巴哈马群岛中的岛屿之一，哥伦布登上美洲的一块陆地。

他们坐着小木船来到我们船边，这些船虽然是一个树干做成的，却十分宽敞，有些能坐四十人。

他们愿意拿出任何东西来交换。我小心翼翼地打探这里是否有黄金。一通比画后，我终于明白南边有个国王，他有很多金子。

因此，我决定去岛的西南边找黄金和宝石……

10月19号　星期五

我只想尽可能地多看看多发现，然后四月回去面见国王和王后，愿上帝保佑。

10月21号　星期天

鹦鹉成群，遮天蔽日。

我想去另一个岛，那是一个大岛，按照那几个我带走的印度人的说法，那应该就是西邦戈[①]，当地人称作古巴岛。

10月23号　星期二

我想今天就去古巴岛，按照那些人的描述，这个岛面积辽阔、资源丰富，我想那应该就是西邦戈了。没在这里发现金矿，我不想再留在此地了。

[①] 哥伦布认为自己到的是印度，西邦戈则是日本。

第二章　哥伦布日记（片段）

10月24号　星期三

　　午夜时分，我起锚前往古巴岛，据我所知，这个岛面积很大，贸易繁忙，盛产黄金和香料，商船往来不绝。按照那些印度人跟我比画的来看（我听不懂他们的话），那应该就是西邦戈岛了，传说那里富饶美丽，而且从地球仪及地图上来看，它就在这一带。

10月28号　星期天

　　这里草木茂盛，犹如四月的安达卢西亚。我敢断言，这是我见过的最美的岛，重峦叠嶂，秀美险峻。地面隆起，好像西西里岛。

　　那些印度人说岛上有金矿和珍珠。确实，我发现一个适合珍珠生长的地方，还看到一些有可能含有珍珠的贝类。他们似乎说这儿会有大可汗派遣的大船来，大陆距离此地十天航程。

10月29号　星期一

　　我派两艘小艇前往一个村庄接洽。所有村民都逃走了，男人、女人、孩童一个不剩，留下空空的屋舍和家什。我命令大家不要动屋内的任何东西。这些房屋形似军帐，但十分宽敞，不比宫廷楼阁小。它们并非整齐排布两侧，而是东一处西一处；屋内洁净，锅碗整齐。屋子都由粗大的棕榈枝搭成，只有一间例外，那是间长长的屋子，屋顶是土做的，盖着茅草。我们在屋子里找到很多女性雕像以及精致的面具人头。不知道这些是用来装饰的还是崇拜的。屋里有狗，它们没有乱叫，还有一些被驯化的野鸟。

　　这里应该也有牲口，我看到几个头骨，看着像牛。

11月4号　星期天

这里的村民温和胆小，也是浑身赤裸，既无武器也不识律法。这里的土地十分肥沃。

11月5号　星期一

天亮时，我让大家先把大帆船拉上岸，然后轮流把其他船只拉到岸边。出于谨慎，我总会留两艘船泊于水中，尽管这里的人非常可靠，大可把所有船停在岸上。

11月12号　星期一

昨天，六个男孩乘独木船靠近船队，其中五个人登上了我们的大船。我下令把他们留下，我要带他们一起走。接着，我派几个人去河西的一间屋舍查看。他们带回来六个女人和三个小孩。我之所以这样做，是因为在西班牙，男人有女人比没女人时表现要好。

夜里，一个男人坐着小船到来。他是其中一个女人的丈夫，也是一男二女三个小孩的父亲。他求我让他跟他们一起。而我，乐意至极。这些人都松了口气，我想他们可能都是做父母的。那个男人已四五十岁了。

11月16号　星期五

我带着的印度人捞到几个大蚶子。见此，我叫手下去水里找找是否有珍珠蚌，他们找到很多但都没有珍珠。

11月17号　星期六

我让之前在河上抓来的六个男孩去"尼尼雅"号快帆上,其中两个年纪大的逃走了。

11月18号　星期天

我坐着小艇带着人去立十字架。这个大十字架是用两根木头做成的,我们把它立在一个视野开阔、没有树木遮挡的地方。它看上去高大又美丽。

11月20号　星期二

我不想让这些从瓜纳哈尼岛上抓来的印度人溜走,他们还大有用处,我要把这些人带到卡斯蒂利亚去。不过,他们以为只要找到黄金,我就会放他们回家。

11月21号　星期三

这天,马丁·平松带着"平塔"号走远了,并非奉我之命,也非我本意,只是出于贪婪,他以为我当初派到他船上的那个印度人会给他很多金子。他就这样离开了,不等我的命令,不顾糟糕的天气,一心只想要黄金。

他真是太过分了。

11月23号　星期五

我朝着陆地行驶了一整天，一路往南，风平浪静。海角那边露出一块陆地，印度人说在那里能见到额头长着一只眼睛的人，那里还有可怕的食人族。

11月25号　星期天

日出之前，我坐着小船去一个海角那儿察看，我觉得那里可能有条河。果真如此，行驶了大概两箭之地后，我看到海岬尖端附近有条大溪，溪水清澈，从山上湍湍流下。我走近溪流，看到溪中有石头闪闪发光，发出金色的光芒。我突然想起来，葡萄牙的塔霍河入海口就有金子，那这里肯定也有。我让人挑了几块石头，打算带回去给国王和王后。眺望群山时，我看到很多松树，高耸入云，郁郁苍苍，犹如巨大而又修长的纺锤。这些树木可以用来造船，说不定还能造出西班牙第一大帆船呢。这里还有橡树、野莓树，一条水深刚好的河，可以在河边搭些水力锯。

我看到岸边有很多灰铁色的石头，还有一些其他颜色的石头，有人说这些石头是从银矿那儿被水冲到这里的。

要不是亲眼所见，我也不相信在这里看到的一切，但我真的完全没有夸大其词。

我继续沿着河岸边走边看，不愿错过任何东西。这里群山环绕，风景秀美，郁郁葱葱，山高而不险，谷深而不荒，大树参天，赏心悦目。

第二章　哥伦布日记（片段）

11月27号　星期二

我在岛南边看到一个很大的港湾，印度人说那儿是巴拉科阿①；岛西南则是一片迷人风光，起伏的群山之间夹杂着秀美的平原。放眼村落，炊烟袅袅，田地交错。于是，我决定去港湾看看，见见当地人。泊好大船后，我跳上一艘小船前往港湾查看，在那里发现一个河口，河面宽阔，就算双桅战舰也能畅行无阻。我驶入河口，见河水清清，两岸景色优美，树木成荫，鸟儿低鸣。这里一片祥和，看得我都有些不想离开了。

将来，国王和王后会在这里建起城堡，这里的人会皈依我们基督教。

此行我已经发现很多地方，而且回卡斯蒂利亚之前还会发现更多的地方。基督教信徒定能在这些地方大展宏图，尤其是西班牙，这些地方都将归它所有。

11月28号　星期三

天下着雨，阴云密布，我决定留在港湾。船员们都去岸上了，有些甚至去了岛内洗衣服。他们看到几个很大的村子，但村里一个人都没有，当地人好像都逃走了。船员沿着另一条河回到海边，但清点人数时发现少了一个小伙子。没人知道他怎么了，也许是被岛上的鳄鱼或蜥蜴吃了吧。

---

① 真实历史中，巴拉科阿在西班牙殖民时期由于交通不便，与古巴其他地方的陆路联系长期偏少，于是成为一处与英国、法国进行走私贸易的场所。

11月29号　星期四

天依旧下着雨，我没离开港湾。

11月30号　星期五

我们没能离开，海上刮起了东风，我们无法逆风航行。

12月1号　星期六

大雨下个不停，东风依旧很猛烈。

我让人在港口附近的岩石上立起一个十字架。

12月2号　星期天

依旧是逆风，我们还是走不了。一个小伙子在河口找到几块石头，里面好像有金子。

12月3号　星期一

鉴于天气始终不见好转，我决定带几个人坐小船去一个海角那儿看看。我们开进一条河流，只见一处小湾，那里停着几只"卡诺阿"独木船。我们弃船步行，穿过一片树林，林中有条小路通向一间茅屋，茅屋看上去很整洁，屋里放着一只独木船。这只独木船跟普通独木船一样，只用一根树干做成，但它很大，像有十七排双人座椅的桨帆船那么大。屋里还有一座炼铁炉，炉膛边放着几筐箭头和鱼钩。

我们爬上一座山，山顶很平坦，上面有个村子。但村民一见

第二章　哥伦布日记（片段）

到我们就立刻逃走了。我看他们既没有金子也没有其他珍稀物品，于是决定打道回府。

回到停泊小船的地方，我们吃惊地发现船不见了，那些独木船也不在了。我大为震惊，我一直认为这里的人没那么大胆。他们一向胆小，一见我们就跑；如果不跑，就会拿东西跟我们交换。就我所知，他们不知道占有是什么意思，也不会去偷。我们向他们要东西，他们从不拒绝。

不一会儿，印度人来了。他们浑身赤裸，脸涂得红红的，每个人手里拿着一把长矛。有些人头上还戴着战冠和翎羽。他们没有靠近，而是时不时地一边挥舞着手一边叫喊。我比画着问他们是不是在这里举行什么仪式。他们说不是。我让他们把小船还给我们，但这些印度人似乎没听懂。我又问他们的独木船在哪里，心想可以向他们要几只，然后划回船队那里。

就在这时，怪事发生了。一阵马的嘶鸣声冲破天空，接着印度人四散而逃。

我让四个人走路回大船那边，让他们通知大家我们遇到了意外。我自己则带着余下的人，朝着发出嘶鸣声的地方走去。

我们来到一片空地，这里看着像是墓园，立着几块石碑，碑上刻着奇怪的文字，一条条的，类似小棍，有些是直的，有些是斜的。

见天色已晚，我让他们扎营休息。黑灯瞎火的，走回去太危险了，我们是坐船出来的，没有带马。小心起见，我让大家不要生火。就这样，我们在墓地睡下休息，这里倒也不冷，地面十分暖和。

尖利的嘶鸣声响了一夜。

12月4号　星期二

天快亮的时候，我让人在墓地立起一个十字架，那是用嫩木做成的。跟着我的那些人想挖坟，看看里面是否有金子，但我觉得还是不要耽搁了，应该马上回去。

我们沿着河流一直走，河边的小路十分陡峭，有时我们不得不蹚着齐腰深的水绕过密密的草丛。红头秃鹫在我们头顶盘旋。嘶鸣声一直跟在我们身后，而我们听着马叫自己却没有马可骑，心中愈发焦躁。我只好尽力分散他们的注意力，让他们看看水中闪光的石头，信誓旦旦地跟他们说，这里肯定有黄金。我自己对此也深信不疑。我暗下决心，以后一定要再来这里，我要向国王和王后证明这里有金子。

正当我们深一脚浅一脚地往前走时，一支箭射向我们，一个人中箭，倒地而亡。大家都慌了，我不得不威逼利诱，让他们冷静下来。我跟大家说，这些印度人不过就是些胆小鬼，没什么可怕的，他们绝不敢正面跟我们对抗，但如果让他们发现落单，就有可能被杀。我看到那支箭的箭头是铁的，不敢掉以轻心，让大家戴上头盔，并仔细查看胸甲是否都已绑紧。

12月5号　星期三

我不想以身犯险，所以带着大家小心翼翼地在一片水树林里

第二章　哥伦布日记（片段）

摸索前行，当地人把这种长在水里的树林叫作"芒格洛浮"（这是抓来的印度人教我的，我们教他卡斯蒂利亚语，好让他给我们当翻译，这里所有的人说的应该是同一种话）。水中有淤泥，我们走得很费力，好在一路平安无事。走了一段，我们看到河中漂着一具尸体，身上穿着基督徒的衣服。我们想捞但没捞起来，只能看着它顺流而下。

但愿上帝始终与我们同在，让我们明天就回到港湾，那里有我们的大船、"尼尼雅"号以及余下的船员。

可嘶鸣声依旧不绝于耳。

12月6号　星期四

天还没亮我们就出发了，大家都有些迫不及待。我们终于到了海边，这里一片宁静安详，微风吹向海湾，红头秃鹫在天空翱翔，嘶鸣声也已消失。

大船仍停在水中，但"尼尼雅"号却不见了。

我们看到海上划来一只独木船，上面只有一个印度人。现在海上风很大，独木船却没有被风吹翻，真叫人吃惊。我们大声呼叫，但他似乎不愿靠近；我们没有小船，无法过去，只好让两个人游到大船边。还没等他们游到半途，就有几只小船向我们划来。我定睛一看，正是先前我们丢的那些船。船上坐着几个印度人，他们一脸机警沉着，不像我们之前遇到的那些当地人。他们示意可以把我们带到大船上。于是，我和几个人上了一艘小船，跟我们同行的印度人手里拿着铁斧。上了大船后，我被带去见一个人称"卡西克"①的印度人。我看他虽然和大家一样赤身裸体，但别人对他很是尊敬，猜想他应该是这里的酋长。让我纳闷的是，我那些船员始终不见踪影。酋长请我去船尾的阁楼中用餐。当我在以往吃饭的桌边坐下时，他打了个手势，让他的人退到外面，这些人恭恭敬敬地退了出去。他们都退出去坐在甲板上，只有两个年纪大的人来到他脚边坐下。我猜他们应该是酋长的军师。他们端来几盘菜肴放到我面前，好似对待客人一般，可这明明是我的船。

我十分意外，但尽力不露声色，心中盘算着该怎么体面地代表我的王子们。为了表示敬意，我尝了每道菜，喝了一点他们从我的酒窖中拿来的酒。我想问问其他人去哪了，为什么"尼尼雅"号不在了。酋长没说话，但两位军师向我保证，明天会带我去找"尼尼雅"号。可惜我听不懂他们的话，只打听出这些。最后，我问酋长是否知道哪里有黄金。我知道这里离盛产黄金的地方不远，但觉得他们不太会采集这种金属。酋长却跟我说有位大酋长，叫卡奥纳博阿②，就在附近的一个岛上，我想那个岛应该是西邦戈。

见他喜欢我床上的帷幔，我便给了他，还把我那串漂亮的琥珀项链、一双红鞋和一瓶橙花香水一并给了他。酋长十分高兴，这真是太好了。我见他们满脸困惑，大概是因为他们听不懂我的话，而我也听不懂他们的话吧。不管怎样，我知道他们跟我说明

---

① 卡西克，印第安人语言中首领之意，泛指印第安人酋长。真实历史中，西班牙殖民者在美洲建立殖民地后，一般由总督从印第安人酋长等上层人物中指派卡西克。

② 卡奥纳博阿，组织对抗欧洲在美洲扩张的原住民酋长。

天就可以见到我的人和船。

"陛下是什么样的大人物啊,竟然能让这人不远千里不惧危险来到这里。"酋长对军师这样说道。他们接着又说了一些别的话,但我没听懂,不过我看到酋长一直微笑着。

等到夜深,他带着他的人离开了,也带走了我送给他的东西,留下我在自己房中睡觉。

12月7号　星期五

上帝,是引领大家走向正道的光与力,他决定要考验考验我,这个他和陛下最忠诚的仆人。

天刚亮,酋长就带着七十个人回来了。看他意思应该是要带我们去找"尼尼雅"号。他指着东方,于是我张帆启航,带着余下的船员沿着海岸朝东驶去,那些独木船就跟在大船两边。登上大船的印度人默默看着我们,我猜他们应该从没见过这么大的船,而我们却能轻松驾驭。说实话,今天我们人手还不算多。另外,他们应该不知道,这艘船每天能开出的路程是他们的独木船的七倍不止。而我呢,此时根本没想到他们竟会暗藏祸心。

酋长带着我们开了十六海里,来到一个滨海小村,我在海滩边找到一个合适的地方抛锚停船。突然,我看到了"尼尼雅"号,它被拖上了岸,我不明白他们想干什么。我们表示想上岸看看船,但酋长他们坚持不肯离开大船。我不想做无谓的争论,于是留下三个人看着这些印度人,让他们不要乱来。

一上岸,我们迎面就遇到五百个人,他们浑身赤裸,身上涂着漆，手里拿着斧矛。这些人看着不像以前那些印度人，那些人会好奇地靠近我们，会和我们换东西。而面前这些人却把我们团团包围起来，他们井然有序，就像一支专业的军队。我们身后是大海，海上一只只独木船拦在我们和大船中间，而大船也被酋长抢走了。

还有一些当地人骑着马手持长矛赶来了，带头的是一位酋长，他身下的马披着黄金盔甲，趾高气昂，不可一世。

这位酋长叫博埃奇奥，满面威严、气宇轩昂，他说他是大酋长卡奥纳博阿（可能就是大可汗）的亲人。

尽管情形不对，但我努力保持镇定，上前去见酋长。我一脸庄严地告诉他，我是大洋彼岸一个大国的首领派来的，让他最好也效忠于这些首领，效忠于他们就会受到保护和厚待。可那个跟着我的印度翻译却跟他说了基督徒是如何从天而降以及他们要去找黄金的事。不管对谁，他都是这般说辞，没有变过。这套说辞以前确实帮了我们不少。

之后，我问他我的人在哪里。酋长手一挥，我的船员（少了几个）和"尼尼雅"号的船员被带了上来，他们看起来十分狼狈。他们竟敢如此明目张胆地虐待基督徒，我不禁火冒三丈，对博埃奇奥大声说我们一定不会放过他们，而且我们的君王也不会任他们如此羞辱我们的。不知道酋长是否听懂了，只见他大声朝我吼了几句。那个翻译说，酋长指责我们基督徒强行绑走当地人，不仅让他们妻离子散，还强暴了几位妇女。

我跟他说，带走那些人是为他们好，而且我们也已经尽量让他们跟家人团聚了。偶尔有一些基督徒强暴当地妇女,并不是我授意的,他们会受到相应的处罚。不知道翻译是怎么跟他们说的,也不知道博埃奇奥听懂了没有,但他下令把所有基督徒俘虏抓起来,包括"尼尼雅"号上的人以及大船上没跟我在一起的人。他们把人一一捆上,带到村子中央,当着所有人的面,绑到立在那儿的柱子上,然后把他们的耳朵都割了下来。

眼睁睁看着他们施展酷刑,我却无能为力。他们人数众多又全副武装,我们要是反抗,只会被杀光。

博埃奇奥示意我们可以走了。我高喊绝不会抛下同伴,任由他们被不知圣意、不尊上帝的异教徒折磨。最后,他终于同意给那些不幸的同伴松了绑。我们想回去拿回我们的船,可那些守卫却不让我们去海上的大船,也不让我们靠近停在岸上的船。酋长示意我们,回天上不用船。

我们别无选择,只能带着伤员,走进丛林,连匹马都没有。

如今我们只剩三十九人。

12月16号　星期天

上帝,是智慧和仁慈的化身,让我们历经磨难,却不忍将我们抛弃。

在丛林里东奔西跑很多天后,我们发现了几个村子,村民全都逃走了。那些当地人胆小如鼠,见到我们就吓得要死。幸好,他们留下很多粮食,我们还可以暂住他们屋中养伤休息。

"尼尼雅"号船长维森特·亚涅斯和其他那些被割掉耳朵的人

吃尽了苦头。他们伤口溃烂，有些人熬不住死了。

后来大家打听到，博埃奇奥原本不在这边，是被这里的人请来赶我们走的。不明白他们为什么如此恨我们，我们根本没把他们怎么样，亏我还一直叮嘱手下要善待他们。

此前，印度人偷走了我们的小船，趁我们不备攻上大船，船员或死或俘。我先前派出去通知大家的四个人一直杳无音信。大船上侥幸没死的人跟我说，印度人全副武装制服了他们。

与此同时，"尼尼雅"号也被印度人的小船团团围住。眼看守不住了，船长弃船逃跑，躲进了海边的一个村子里，那个村子就是酋长带我们去的村子。不久之后，船长就被村民告发了。谁能想到这些赤身裸体的人竟如此阴险呢？

如今，我只能让人好好建一座哨塔和堡垒，并且挖一条壕沟。维森特·亚涅斯他们这些伤员天天长吁短叹，说不能活着回西班牙了。不过我却认为，只要恢复体力、找回武器，我们这些人再加上马丁·平松他们——希望他有朝一日能想起我们，回来找我们，就能制服整个岛上的土著。虽然这个岛比葡萄牙大，人也多很多，但这里的人怯懦不堪，只能仰仗博埃奇奥。所以，我定要好好筹谋抓住博埃奇奥，夺回我们的船、武器和物资。

但眼下，我们最好先建一座坚固的堡垒，因为如今我们武器不多，只有几把剑、几支火绳枪，弹药也所剩无几。

12月25号　星期二　圣诞日

发生了一件十分不幸的事。

第二章　哥伦布日记（片段）

大船一直停在那个港湾，就在可怜的同伴被割掉耳朵的地方。今天早上，我让人出去打些猎物回来吃。一个人突然慌慌张张跑来，跟我说他远远地看到大船在动。听了这个消息，我们的人十分震惊，他们还想夺回这艘大船还有岸上的帆船然后回家呢。

我之前上大船时曾留下三个人看着那些印度人，也许他们没有死，而是逃走了，今天回来抢船了。但也有可能是那些印度人，他们想把船开走。

为了弄清楚情况，我们来到一座高高的石崖上，从那里可以看见港湾的风吹草动。

果然，大船在晃动，似乎是要开出海湾，可它却摇摇晃晃朝着一片礁石开去。不知道驾船的是谁，这个人肯定不懂如何开船。

为时已晚，船已一头朝礁石撞去。我们大惊失色，不由得尖叫起来。紧接着，船便撞上礁石，我们好像听到一阵东西破碎的声音，我们的心也跟着碎了。

船毁了，就算马丁·平松带着"平塔"号回来，我们也只有两艘小船了，不可能带所有人回家了。

圣诞本是欢庆的日子，但上帝却让我经历如此大的不幸。我不会怀疑他的意图，对待这位万物之主，没人比我更虔诚，他是不会抛弃我的。

12月26号　星期三

船没了，大家都痛心、气愤不已。我本想说些什么或做些什么来平息他们的怒火，可他们却立刻赶往船出事的地方了。他们到了那边，看船上没有人，就去船舱搬了些酒和弹药。看着眼前被撞得四分五裂的船，他们火冒三丈，走到停在岸上的帆船那里，决心跟当地人拼了。但博埃奇奥的人不在，怒火攻心的他们，一边高喊着"圣地亚哥！圣地亚哥！"，一边杀光了所有村民，男女老少，一个不留。接着，他们又去村里大肆掠夺了一番，最后一把火烧了村子。此等行径，理应谴责，但我想为他们说几句话：见到这个村子时，他们想起了自己遭受的酷刑。

大家发泄完怒火后，把"尼尼雅"号上的物资尽量都拿了下来，但他们没来得及把船推回海里，推船费时费力，而且他们担心博埃奇奥很快就会回来。拿回了武器和酒，这让我们欢欣雀跃。不过，我们还没有马。

夜幕降临，我们举办宴会庆祝胜利，这确实算得上一场胜利：昨天大船撞毁后，大家一度陷入绝望，现在情势有了好转。感谢上帝。

12月31号　星期一

出去找水和柴的六个人中了埋伏被杀了。一个印度人骑着马来到我们堡垒前，扔下几只篮子，里面装着人头，是我们那些可怜的同伴的。

我让大家加强防御，预感到博埃奇奥马上就要来了。

1493年1月1号　星期二

我想带些大黄回去给陛下尝尝，于是派三个人出去找些回来，没想到他们碰上了骑着马的印度人。其中一人奇迹般地逃过一劫。他躲到了大山里,印度人的马没追上。

我们的人惴惴不安,害怕博埃奇奥会打来,他们知道这避无可避,我也这么认为。

1月2号　星期三

没人敢去堡垒外面,他们都怕遭到伏击然后被生吞活剥。他们以为印度人吃人肉。确实,他们凶残无比,每次打败敌人,就会把女人的腿切断,连孩童也不放过。

我日夜提防,毫无睡意,三十天以来,我每天只睡不到五个小时,近八天更是只睡了三个沙漏的时间,每个沙漏也就半小时;我实在睡得太少了,以至于视力有些模糊,有时甚至完全看不见。

万幸的是,我们还有种子和牲口,它们很适应这里的水土。播下去的种子都长出来了,而且还长得很好,有些蔬菜甚至能收两茬。这里的蔬果,不管是种的还是野生的,都吸收了天地的精华,十分可口。牲畜也越养越多,真是太好了。母鸡长得很快,两个月就能孵出小鸡,再过十天半月,小鸡就能宰了吃了。带来的十三头母猪生了许多小猪,有些溜进树林和当地的猪混在一起。外面那些猪我们已无法享用了,印度人在外面日夜逡巡。

我们最后一个翻译也溜走了。

1月3号　星期四

他们要围攻了。一大早,博埃奇奥骑着那匹身披黄金铠甲的马，领着一队人出现了。

从他的举止不难看出，他行事威严，手下的战士训练有素，简直跟西班牙或法兰西的专业军队不相上下。

1月4号　星期五

如果他们只是围而不攻，我们有充足的水和食物应对，但我们也知道，堡垒并不牢固，抵挡不住强攻。

祈求上帝大发慈悲，救救我们。

1月5号　星期六

从哨塔可以看到博埃奇奥正在排兵布阵。眼看骑兵和步兵排列成阵，我们知道他们马上就要进攻了。

幸好，上帝没有抛弃我们，给我们派来了一支奇兵，就是马丁·平松他们，我们从哨塔上看到"平塔"号出现在地平线上。

这奇迹般的一幕让我们重新燃起了斗志。明天一早我们就突围出去，要是一切顺利，我们就能逃到海边跟"平塔"号会合，要是不顺利，大不了战死沙场。

我只需要把灵魂托付给不朽的上帝，主会把胜利带给那些不顾艰难险阻一路追随他的人。

1月6号　星期天

一大早，我们就紧挨在一起出发了。火枪手和弓弩手在前，伤员在后，还有一架从船上拿来的小炮。我们之中可以作战的人还不到三十个,但大家已下定决心,不死不休。

外面有一千多个印度人等着我们。他们骑兵打头阵,步兵在后,分列两侧,肩背箭镞,到时会用连弩射箭,比弓更快。他们浑身涂得黑黑的,抹了五彩油漆,手中拿着笛子,脸上戴着面具,头上戴着金铜亮片,口中不时发出一阵阵令人胆寒的尖叫声。博埃奇奥骑着金马,立在一座不远处的山头上,岿然不动,调兵遣将。

我们这些人一部分负责对付骑兵,就是在开阔处等马走近,然后把人拉下马——印度人骑马不用马鞍、马镫,只要拉住他们的腿就行,但这样做我们自己也会身陷危险,同伴们鼓足勇气上去一试,但都被杀了。

幸好,我们用火枪打翻了一部分骑兵,小炮也在敌人队阵中打开一个缺口。我们的人越来越少,他们或被箭射穿或被马踩死,但我们也杀了很多敌人。尽管岛上的人不是第一次看见火器,但小炮和火枪发出的轰鸣声还是让敌方阵脚大乱。我们趁机脱身向下面的海边跑去(我们的堡垒在高处)。

不久,我们跑到了海边,"平塔"号就在眼前。此时,我们已上气不接下气,但敌人的叫喊声就在身后,犹如地狱之火,急切地向我们索命。我们赶紧跳入水中,准备游过去——救兵离我们只有咫尺之遥(至少我们这样觉得)。突然,我们看到了马丁·平松,他站在"平塔"号甲板上一动不动,犹如雕像,脸色苍白,跟鬼魂一样。而他身旁还站着一个人,那个人头上戴着有金片的鹦鹉羽毛冠,脸上还戴着一个木雕面具,面具的眼、鼻、口周围镶着黄金。这个人身形魁梧,气质高傲,不用想也知道,他就是卡奥纳博阿，西邦戈之王。

我之前说过，博埃奇奥让人敬畏，他气质高贵，骄而不狂，自有一股王者风范。但与眼前这位相比，他就不算什么了，只见他无比敬畏地跪在地上低头向卡奥纳博阿行礼。

跟卡奥纳博阿一起来的还有他妻子，也是博埃奇奥的妹妹——安娜卡奥娜[①]，她可谓美艳无比，比我见过的所有印度美人都要美。

最后，我们这些可怜的基督徒，或伤或死，只能缴械投降。

我和马丁·平松，一个是海军司令，一个是船长，鉴于我们身份高贵，酋长请我们去他帐中。维森特·亚涅斯——"尼尼雅"号船长、马丁·平松的兄弟，要是没死，此时也能跟我们一起去。

和博埃奇奥一样，卡奥纳博阿责怪我们带走当地人并强暴妇女，他认为这是大罪。作为海军司令和此次探险的首领，我不得不对马丁·平松和其他暴徒犯下的罪行负责。但我已再三让他们善待当地人了，我从没伤害过对方，更没有暴力对待过任何人。

不管上帝给我作何安排，我都不愿再忍受凌辱了，这些恶毒无耻的小人，总是恩将仇报。

此前，马丁·平松带着人上了西邦戈岛，它就在胡安娜岛（我给古巴岛取的名字）旁边。为了打听黄金的下落，他们抓了四

[①] 真实历史中，博埃奇奥去世后不久，卡奥纳博阿被西班牙人抓获。安娜卡奥娜接替他们成为泰诺人的领袖。由于忌惮西班牙人先进的武器，安娜卡奥娜积极地推进泰诺贵族与西班牙人的联姻，以换取和平。不久后，在奥万多执政期间，安娜卡奥娜和同族人被残忍地屠杀。安娜卡奥娜由于拒绝做西班牙人的情妇而被公开绞死。现今她作为海地人反抗精神的象征，被视为海地的创建者之一。

第二章　哥伦布日记（片段）

个成年印度男人和两个年轻姑娘，不久后就遇上了卡奥纳博阿。这些基督徒被打得一败涂地，伤亡过半。马丁·平松胡作非为，最终被上帝惩罚了。"平塔"号二十五个船员如今只剩马丁·平松和其余六人。

当初从帕洛斯港出发的七十七个基督徒，如今只剩十二个活人，以及马丁·平松这个冒失鬼。

1月9号　星期三

印度人载歌载舞欢庆三天了。庆祝似乎还会没完没了，而我们却陷入了深深的悲伤之中。我们都知道印度人在为打败了我们而庆祝。他们还上演了战斗的经过，其中一场表演更是让我们重新经历了一遍痛苦。为了博他们的贵族一乐，博埃奇奥打算重演堡垒之战，让大家看看他们是如何击败我们的。这位酋长让人剥下我们的衣服，然后给他们的人穿上，让这些人扮演我们。现在轮到我们赤身裸体了。我们还要教他们如何开火枪，而他们呢，虽然还是会被枪声吓一跳，却玩得不亦乐乎。一群人骑着马把穿着我们衣服的人围在中间，穿着我们衣服的人就表现出一副害怕的样子，向空中开了几枪。骑在马上的人从容不迫地围着他们转圈。之后扮演我们的那些人慌慌张张地四散而逃，骑马的人紧追其后，并做出挥刀砍杀的样子。

我们唯一的慰藉来自安娜卡奥娜，她吟唱着诗歌。我们全然不知她唱的是什么，但每个人都被她的美丽和歌声迷住了。她是卡奥纳博阿的妻子，也是博埃奇奥的妹妹，深受当地人的爱戴，不仅因为身份尊贵、容貌美丽,还因为能歌善唱。

她的酋长丈夫观看庆祝表演时虽也津津有味,但听安娜卡奥娜歌唱时却是一脸陶醉。

趁他心情愉快,我们请求他,要么把衣服还给我们,要么赐我们一死,但他一个都没答应。

1月10号　星期四

卡奥纳博阿想了解一下我家乡,找我去谈话。安娜卡奥娜和博埃奇奥也在。负责翻译的人是他从马丁·平松那儿要去的。卡奥纳博阿穿着我的衬衣、斗篷,戴着我的帽子,绑着我的腰带,而他面前的我却赤身裸体。

我告诉他们,我那尊贵的陛下统治着世界第一大国,我还讲了基督教和上帝,上帝就是天主。我还想跟他们说说神秘的三位一体,我发现安娜卡奥娜和博埃奇奥似乎很感兴趣。

我跟他们说,归顺西班牙是无上的荣耀,洗礼可以让他们在死后免受地狱之苦,还说只有真正的信仰才能赐予他们永生。

我提议他们跟我们一起去卡斯蒂利亚,向陛下俯首称臣,到时一定会受到应有的礼遇。卡奥纳博阿只对我们的堡垒、船舰和武器感兴趣,而他那美丽的妻子却被我的话打动了。

1月11号　星期五

卡奥纳博阿带着人离开了,留下妻子和她哥哥看管我们并照看这个地方。这真是个好消息,他们二人更容易被说动,以后会放我们走，说不定还会皈依基督教。

但马丁·平松不这么认为，他想带大家逃走，逃到泊在海湾的"平塔"号上。

1月12号　星期六

今天，我和安娜卡奥娜讲了很久的耶稣基督。她同意在村中心立一个十字架。她哥哥请我一起吸高希霸——一种干巴巴的叶子，他们把叶子装在一根管子里点燃，然后吸里面的烟。

马丁·平松病了。

1月13号　星期天

安娜卡奥娜是女人，于是我向她描绘了卡斯蒂利亚宫廷女人的穿着打扮，我看到她眼睛闪闪发亮，就如孩童的眼睛一般。

我们吃得不错，有吊床可以睡，不过马丁·平松却抱怨他全身都疼。他说他不想死在这里，一心想回船上。

1月14号　星期一

马丁·平松浑身滚烫，烧得很厉害。据我观察，他很可能是在和当地女人交往时染了病。他无比绝望，觉得自己再也回不到故乡了。

安娜卡奥娜在当地语言中的意思是"金花"，所以我给她取了一个教名——朵尼雅·玛加丽塔。

1月15号　星期二

马丁·平松被恶魔迷了心窍。

我们像往常一样被请去和博埃奇奥一起吃饭（他对我们很好，除了被迫和他一样赤身裸体，我们别无怨言），被烧昏了头的马丁·平松拿起一把刀，割断了酋长的喉咙。接着他又拿刀威胁安娜卡奥娜，要她放了我们的人，并给每人备一匹马。之后，他和那些还能骑马的人一起逃走了。可怜的人，他疯了，还以为这样就能回到船上。殊不知，他这么做等于给我们都判了死刑。

1月16号　星期三

酋长死了，印度人哀哭不已。安娜卡奥娜沉浸在失去哥哥的伤痛中，再也不提洗礼的事了，一心只想复仇，还下令烧了前不久刚立的十字架。

至于我，如果侥幸回到西班牙，我愿意出家当修士。看看这一连串磨难，上帝显然对我另有安排。无论如何，万一上天垂怜，让我从此地脱身，我会求陛下派我去罗马或其他神圣之地。愿上帝保佑你们长命百岁，权势不减。

3月4号　星期一

时至今日，我确定没有其他出路了。

卡奥纳博阿回来了，手里提着马丁·平松他们的人头。大家跟着他发疯逃走，却不幸送了命。

酋长命人把"平塔"号拉上岸。我给那个船所在的海湾取名

第二章 哥伦布日记（片段）

为"失圣湾"，以此来表达我此时的心境，感叹我悲惨的命运。

西班牙我是再也回不去了，陛下会忘了我这个可怜人，想当初，我信誓旦旦地说一定会征服印度群岛。

不知年月

我一直盯着海面，明知不可能，却还是盼着天边出现一艘船。盯久了，我的眼睛十分难受，视力渐渐模糊。我早知自己一败涂地，陛下他们肯定以为我葬身海底，以后再也不会派谁出海了。

不知年月

我还有一事放心不下。我在西班牙的儿子，堂迭戈①从此将孤苦无依，身败名裂，身无分文。要是我能回去，哪怕只带回去这片富饶土地百分之一的财富，也足够让那些正直的君主对我心生感激，从而对我儿子大加封赏了。

不知年月

古巴岛的长度大概相当于巴利亚多利德到罗马的距离，如今整个古巴岛尽归卡奥纳博阿。感谢他那善良的妻子，他们原谅了我，还让我跟他们同吃同住。从他们口中我得知，他们叫泰诺人，但酋长不是这个部落的人，他是加勒比人，难怪他身强体壮、足

---

① 堂迭戈，即西班牙语对迭戈的正式称呼。真实历史中，迭戈·哥伦布接替其父亲的继任者奥瓦多，成为西属伊斯帕尼奥拉岛（现海地共和国、多米尼加共和国）总督。

智多谋又骁勇善战。

不知年月

我仅剩的几个同伴也病入膏肓且心灰意冷。今早,最后一个也死了,剩下我孤零零地和野蛮人在一起。除了约伯①,哪个凡人还能不绝望而死呢?不知上帝为何要让我苟延残喘地活在世上。

如今的我衣不蔽体,跟畜生一般,眼睛也看不见了,没人会看我一眼。只有安娜卡奥娜的女儿对我还有点兴趣,就像孩子对会讲故事的老人感兴趣那样。每天她都来看我,让我给她讲伟大的卡斯蒂利亚王国以及光芒万丈的君王。

不知年月

小姑娘叫依盖娜莫妲,学卡斯蒂利亚语学得很快,不仅能听懂还能说几句,她母亲对此十分高兴。

在这位女王眼中,我不过就是个逗她女儿开心的弄臣而已。

不知年月

命运弄人,我已然见不到陛下了,只能乞求圣父让我写的东西能够留存于世,让我这悲惨的遭遇有朝一日为人所知。我不远万里、抛妻弃子来到这里报效王国,现在行将就木,却落得一无所有,声名和财富都被毫无理由、残忍无情地剥夺殆尽。我并非说陛

---

① 《圣经》中忠信不渝、敬畏神的义人。

下"无情",这并非他们之错,也不是上帝之错,我只是遇人不淑。这些恶人,不仅自作孽,还把我也引上了绝路,困在了这个叫天天不应的地方。

不知年月

大限将至,上帝快要来召唤我的灵魂了。大洋彼岸的人恐怕已将我忘了,但世上至少还有一个人会惦念着我这个落魄司令,这个人就是依盖娜莫妲,她是我在尘世最后的慰藉,她会陪在我身边直至最后一刻。将来某一天她会成为一方之主。上帝保佑她,让她不要忘了我,让她拥抱基督教。

不知年月

我真是太惨了,这么说一点也不夸张。以前我为他人哭泣,现在就让大地为我哀泣吧,上天就要大发慈悲带我走了。在这俗世上,我连块裹尸布都没有;而灵魂上呢,我来到这里,印度群岛,以这样惨烈的方式。在这里,我孤苦无依,疾病缠身,每天都在等着死神降临。我身边围绕着一群残暴的野蛮人,他们是我们的敌人,我离圣教圣事如此之远,恐怕灵魂此时一离开身体就会被遗忘。那些心中怀有仁爱、真诚和正义的人,请为我哭泣吧!我来这里,不是为了获取荣誉和财富。这是真的,我已毫无希望。我投靠陛下时,心无旁骛、一片赤诚,我绝无虚言。

第三章

阿塔瓦尔帕①纪事

（片段）

---

① 真实历史上的阿塔瓦尔帕（1500—1533）是印加帝国第十三代萨帕·印加，也是西班牙殖民征服之前的最后一位皇帝，在父亲去世后与同父异母的哥哥瓦斯卡尔争夺皇位，获胜后不久就被西班牙殖民者弗朗西斯科·皮萨罗在突袭中俘虏，不久后即被绞死，印加帝国就此灭亡。但本书讲述的历史和真实历史不同。

1. 秃鹰坠落

对我们这些后来者而言，历史已经做出判决，回头再看那些预兆，就会觉得分外明了。然而，比起过去甚至将来，真相在当下通常显得更为错综复杂，尽管它离人们更近更生动，人们能感受到它的热度、听到它的声音。

话说，当时正值盛大的太阳节，四州帝国的第十一代萨帕·印加①——瓦伊纳·卡帕克内心甚是欣慰。从阿劳坎尼亚荒原到基多高地都是他的领土（帝国的都城和中心在库斯科，但他喜欢住在基多），帝国的疆域辽阔至极，已扩展到了密林之边、彩云之巅了。他看着羊驼开膛破肚而内脏却仍在跳动，祭司摘下肺脏往里吹气使之鼓起。人们为宴会宰杀牲畜燃起篝火。大家正准备举杯庆贺之时，天空突然出现一只秃鹰，身后跟着一群小型猛禽——鹞、鹰、隼，紧追着秃鹰不放。一番追逐后，秃鹰精疲力竭，再也招架不住群鸟的攻击，开始从空中快速坠落，最后摔在了举行庆典的广场上，引发人群骚动。瓦伊纳·卡帕克从王座上起身，命人前去查看。前去查看的人发现，它遭到群鸟攻击，满身伤痕，奄奄一息，而且它全身羽毛都掉了，满是疮疤脓包。

印加和众人认为这是吉兆，叫来占卜师占卜。果然，占卜师预言帝国将会征服一个遥远的大国。太阳节持续了九天，庆典一结

---

① 在印加帝国的克丘亚语里，"印加"本是人物尊称，泛称君王或王族。"萨帕"意思是"唯一的"，跟"印加"合在一起就是"独一无二的国王"的意思。

第三章 阿塔瓦尔帕纪事（片段）

束，瓦伊纳·卡帕克就领军前往北边，希望打下一片新的疆域。他走过图米潘帕，走过基多，为"塔万廷苏尤"①这个四州帝国又征服了几个部落。

一天，他的仪仗经过一条小道，碰见一个人迎面走来，此人孤身一人、一头红发。印加大声呵斥，让这位路人闪开让道。听人说，他当时的语气不太好。那位路人不知道他的身份，心生不悦，不愿给他让路。接着，双方发生了激烈的争吵。突然，红发男子拿起棍子朝印加的头打去，接着皇帝就倒下了，而且再也没能起来。长子尼南·库尤奇本想过去帮忙，结果也遭了毒手。②有谣传说这个红发路人是一个和帕查卡马克女祭司有关的女人生的儿子，但没人听说过此人。

之后，帝国由印加的另一个儿子瓦斯卡尔接手。可瓦伊纳·卡帕克在死前曾留下遗言：由瓦斯卡尔接替他坐上库斯科王位，北部疆域则留给瓦斯卡尔同父异母的弟弟阿塔瓦尔帕。阿塔瓦尔帕是他和基多公主的儿子，也是他最疼爱的儿子。

就这样，瓦斯卡尔和阿塔瓦尔帕开始分庭而治，两人之间的和平维持了几年。然而，瓦斯卡尔生性多疑，又嫉妒易怒。而且，他听说库斯科的一些领主在密谋反对他。事情的起因是他认为制作木乃伊耗费过大，于是禁止人们敬拜木乃伊。瓦斯卡尔随便找了个

---

① 塔万廷苏尤，"四方之地"的意思，包括两处高地——"钦察苏尤"和"安地苏尤"，和两处低地——"科拉苏尤"和"康廷苏尤"。
② 据说在真实历史中，瓦伊纳·卡帕克和尼南·库尤奇死于由西班牙人传入的天花。

罪名，责怪阿塔瓦尔帕对他不敬、没有来朝拜他，逼得他不得不宣战。瓦斯卡尔给阿塔瓦尔帕送去一些女人的衣物，以此羞辱他。阿塔瓦尔帕咽不下这口气，何况又有几位老将的支持，于是召集军队向库斯科进发。

瓦斯卡尔在人数上占优势，但阿塔瓦尔帕手下有良将，军队训练有素。"美髯"基斯基斯、查尔库奇马、"石眼"卢米尼亚维这三员大将浴血奋战，乘胜追击，带领军队直逼库斯科。骑兵一上场，战斗变得更加迅猛。而另一边，瓦斯卡尔不得不亲自领兵前来迎敌，试图遏制来势汹汹的敌军。他在阿普里马克河边成功拦截了弟弟的军队，之后便大杀四方。阿塔瓦尔帕只能带着军队躲到科塔班巴斯一带。军队在此遭到包围，很多士兵困在草原被火烧死。剩下的人不得不向后撤退。

漫长的北征就此拉开帷幕。

2. 撤退

瓦斯卡尔一开始有些犹豫，但很快就做了决定。一开始，情势不太好时，他想在基派潘平原等弟弟来后进行决战。他尽管赢了这场战斗，但自己也损失惨重，士兵也都疲惫不堪，于是他想先缓一缓再重振士气。而且，他们离库斯科不远，这也让他放心不少。库斯科作为帝国之都、世界之脐，庇护着他这位名正言顺的皇位继承人。可库斯科也是阿塔瓦尔帕梦寐以求的地方，它散发的迷

第三章 阿塔瓦尔帕纪事（片段）

人气息引得所有人蠢蠢欲动。瓦斯卡尔担心这样下去会很危险，他担心手下败将看到都城近在眼前就会重新燃起战斗的欲望。他可不愿意给敌军重振士气的机会。他还有一支可用的骑兵，就是另一个同父异母的弟弟图帕克·瓦尔帕带领的那支骑兵。深思熟虑后，瓦斯卡尔召集人马追逐叛军，决心一定要把他们歼灭。他甚至把萨克塞瓦曼要塞的驻军也叫来了，真可谓志在必得，他要让对方看到，为了充实自己军队的实力，他甚至可以把这样一支精兵调离职守。

不用问各位将军，阿塔瓦尔帕自己也知道，他们再也经受不住新一轮攻击了，只能撤退。于是，瓦斯卡尔和阿塔瓦尔帕一个追一个跑，就像两只追逐中的豹子。

大部队浩浩荡荡，穿河过桥，先是嘶鸣的牛马羊驼，然后是鸟兽笼子及衣物箱笼，接着是数不清的仆从奴隶、嫔妃公主、金银餐具以及御用衣物，队伍最后面是伤兵和皇帝，都由人抬着。

就这样，整个帝国在路上缓缓而行。山峦连绵起伏，田野一望无际，皆是玉米或土豆。士兵精疲力尽，耷拉着脑袋，无心欣赏壮美的景色。笼中的鹦鹉聒噪不安，一旁的豚鼠叫个不停。只有那些狗精神奕奕，戴着白色羽冠，在行走的队列中来回穿梭、不住欢吠，仿佛在看守羊群一般。

一路上都有货栈，负责管理粮仓的官员刚给北方军加满粮草，就惊奇地发现后面又来了一支军队。见这支军队举着皇家旗帜，他们只能毫无怨言地也给他们加满粮草。前头，路上扬起的尘土还未消散，阿塔瓦尔帕军队的尾巴还隐约可见。

瓦斯卡尔派人去给弟弟送信。帝国的信使都是些健步如飞的人，而且路上遍布驿站，所以就算是偏远地区的微末小事皇帝用不了几日也能了如指掌。这些信使身材瘦小，不会引人注目，而且动作敏捷，能在人群中来去自如。大地神帕查玛玛[①]还没来得及震动一下，信使就已经来到阿塔瓦尔帕身边了。信使在阿塔瓦尔帕耳边悄悄说了几句话，后者也向他低声说了几句。话音刚落，年轻的信使就撒腿往回跑，远远见到另一个信使就高喊着传递消息，听到消息的信使立马跑去传递给下一个人，这样接连几次，瓦斯卡尔就收到了回复。库斯科皇师就在基多叛军后头，相距不远，加上信使来回传话，两个皇帝几乎像平常聊天那样开始了对话。

"弟弟，投降吧！"

"哥哥，绝不！"

"看在父亲瓦伊纳·卡帕克的分上，停止你的疯狂。"

"看在父亲瓦伊纳·卡帕克的分上，停止你的报复。"

两军相距甚近，在田间耕作的农夫看到他们经过，大概会以为他们是同一队人马。

3. 北方

北方军强撑着来到卡哈马卡，这里有一支驻军，是阿塔瓦尔帕

[①] 印加神话中的女神，意为大地母亲，主管种植和收获，还会制造地震。

第三章 阿塔瓦尔帕纪事（片段）

前不久攻占此地后留下的，可以为他们所用。士兵们精疲力竭，眼前所见是一片模模糊糊的景色，苍翠的山谷中飘着几缕白色烟雾，那是热泉的热气，是此处的名胜。和先祖们一样，阿塔瓦尔帕也喜欢跟着父亲在闲暇时来这里泡泡温泉。他原本想让士兵们先泡泡温泉、消去疲劳，然后再跨过可怕的安第斯山脉，最后回到家乡基多。但那要没有追兵紧追着他们才行。可现在追兵就在身后。哥哥的军队就驻扎在城外的山丘上，白色帐篷扎满了整座山，看上去就像是山蒙了一块白布。升起的烟雾更是给眼前的景色增添了一份凄凉。

阿塔瓦尔帕下了肩舆，穿着凉鞋在卡哈马卡广场上来回踱步。他环视四周，看到人们在饮马、卸包袱、搭帐篷。突然，他感到胸口不适，一阵不安袭来。于是，他决定天亮前就动身。

一大早，瓦斯卡尔的侦察兵发现城中空无一人。北方军已经在艰难地翻山越岭了。山上路窄渊深，气温剧降。秃鹰在空中盘旋。巍然屹立的安第斯山就像拦路虎一样拦在北方军面前，但他们常年进出，对山路很熟悉。因此，他们终于得以稍稍摆脱追兵。他们走过矿洞隘路、深渊密林，接着又经过几个建在石崖上的要塞，最后终于翻过了山脊，基多就在眼前向他们招手。大家松了口气，心想着只要回到家就安全了。

他们已然忘了自己曾经犯下的罪行，但那些被他们屠戮的部落并没有忘记他们，那些奇穆人、卡让基人和加那利人早已盯上了阿塔瓦尔帕这位"暴君"，这位下令要把他们赶尽杀绝的人。难道不是阿塔瓦尔帕让人把图米潘帕夷为平地的吗？而这座伟大的城邦是先帝建立的，这里的人对瓦斯卡尔一直忠心耿耿。那些逃过一劫的人认为机会难得，既然阿塔瓦尔帕逃到这里，他们就有机会复仇了。于是，他们开始偷袭。大势已去的基多军又损失了很多人马，现在就算有卡哈马卡的援军也无济于事了。而且，他们忙于应对加那利人的袭击，行进的速度变慢了，最终被库斯科大军追上。基斯基斯带领的后卫队几乎全军覆没，敌方骑兵首领正是瓦斯卡尔的弟弟图帕克·瓦尔帕（当然他也是阿塔瓦尔帕的弟弟，但他在库斯科出生长大）。

等阿塔瓦尔帕一行人到达基多的山谷时，已经晚了。他们损失惨重，恐怕要好几个月才能重整旗鼓，可他们没有这么多时间。最后，阿塔瓦尔帕做了一个决定，他让"石眼"将军卢米尼亚维烧毁基多城，自己则爬到那座人称"山心"的最高的山岭上，远远看着大火熊熊燃烧，心想就算瓦斯卡尔攻占基多，得到的也只是一堆灰烬。

阿塔瓦尔帕没有流一滴眼泪。他带着残兵败将继续向北逃，他们跨越边境，进入满是毒虫猛兽的丛林。阿塔瓦尔帕本以为瓦斯卡尔会就此罢手，但他低估了哥哥的固执或者说恨意。图帕克·瓦尔帕的骑兵在他们身后紧追不舍。再这样下去，北方帝国钦察苏尤的光荣之军就会变成一堆千疮百孔的烂肉。

尽管如此，阿塔瓦尔帕选择继续往丛林深处走去。不久前他们还在安第斯山忍受刺骨的寒风，如今又身处炎炎烈日之下。虽然没人敢埋怨阿塔瓦尔帕，但据亲信打探，士兵开始自怨自艾，盼着一死了之。他们一个接一个心灰意冷，一心求死。

好在基斯基斯逃过了图帕克的攻击，此刻正骑在马上，寸步

第三章 阿塔瓦尔帕纪事（片段）

不离地守在阿塔瓦尔帕身边。各位将领没有抛弃阿塔瓦尔帕，天涯海角都会追随他。

一天早上，就在他们以为追兵终于放过他们时，湿乎乎的空气中就传来一阵战歌：

> 拿叛徒的头骨盛酒喝，
> 用他的牙做一串项链。
> 拿叛徒的骨头当笛吹，
> 用他的皮做一面大鼓，
> 让我们大家载歌载舞。

阿塔瓦尔帕也许听到了，但他脸上没有丝毫的波动。不管在什么情况下，他绝不会方寸大乱失了身份。

此后的亡命之旅似乎带上了某种如梦似幻的色彩。他们时不时见到一些原始村落，村里的人赤身裸体，胆子很小又很好奇。有些人会给他们食物和水，而有些人则不太友好，不过这些人装备落后，只有弓箭长矛，根本不是他们的对手。北方军每到一个村子，就抢马宰牛，大肆掠夺。他们粮草不够，就把路上的村子当作临时的货栈以解燃眉之急。但最艰难的是他们无路可走。大家多次被困在蚊虫肆虐的沼泽之中。他们的一个奴隶和一头牛也先后被鳄鱼吃掉了。

跟着大军逃跑的还有基多的王室——要是不逃肯定会被瓦斯卡尔赶尽杀绝，因此衣衫褴褛的逃军大队中各色人等都有。

一天,他们终于到达国境的最北地,面前是一个地峡,东面就是传说中的大海。以前,他们只在古老的传说和传奇商队或神秘旅人的口中听说过此处。如今看来,传说是真的。这些人,虽然走投无路却一个个油然而生一种自豪感——他们到了前人没到过的地方。有人想起了红发女王的传奇,恭敬地举起双手朝拜——据说她是雷神的女儿,是太阳神派她下凡的。但阿塔瓦尔帕无心理会这些,他带着大家继续往前走,用尽力气穿越整个地峡,如今再也没有人比他们到过更北的地方了。他让大家停下脚步。再往前走,他们要面对的可不是装备落后的原始部落,而是一群强悍的敌人,据说他们凶狠好战,最爱用活人献祭。阿塔瓦尔帕漫长的逃亡之旅终于要在此地结束了,他的身边有妻妾众臣、各位将士,还有金银细软、各类牲畜。可如今他们已走投无路,只能在沙滩上等死。他们翻山越岭、穿过丛林沼泽,走过境外地峡,来到极北之地,这是连父亲瓦伊纳·卡帕克甚至先祖——伟大的变革者帕查库特克都不敢想的事。于是,阿塔瓦尔帕等着瓦斯卡尔到来,等着最后的决战,这是他们迟早要面对的。

正当印加满怀悲伤地想着自己会如何惨死时,卢米尼亚维将军前来求见他。落难至此,阿塔瓦尔帕已顾不得那些虚礼,不再让人抬着,而是自己一个人面向大海站着。他身上没有熏香,头发脏脏的,衣服也已经大半天没换了,尽管如此,大将军并没有忘了该有的礼节,他十分谦恭地脱下鞋低头拜见阿塔瓦尔帕。不管怎样,阿塔瓦尔帕头上仍戴着王冠。只见他额前垂着红色流苏,流苏下坠着鸟羽绒球。对这位两朝老将而言,这就足够了。

第三章 阿塔瓦尔帕纪事（片段）

"萨帕·印加，您看到海上那些小船了吗？"

他依旧低垂着头，先用手指了一下漂浮在海面上的几个小点，然后拍了一下手，叫人带来一个男人。男人浑身赤裸，被两名奴隶押着。将军按了一下这人的肩膀，让他跪下。

"这是我们今天早上抓到的，据他说，附近有几个大岛，划船过去，只需几天就能到。他是和同伴坐独木船来这儿捕鱼并交换货物的。我们收缴了他的货物，是些水果蔬菜，由此可见，那边物产丰富，我们大可前去一看。"

阿塔瓦尔帕身形已经很高大了，但将军跟他相比就像巨人一般，尽管弯着腰还是高过印加一头。阿塔瓦尔帕像往常一样面无表情，对将军的提议不置可否。

"我们没船。"他简短地说道。

"可我们有树。"将军回答。

他们决定准备撤离。基斯基斯跟往常一样，带人负责守卫；卢米尼亚维带着其他还能动的人去砍树搬木头；查尔库奇马则负责在沙滩上造船。不久后，人们坐上这些匆匆打造的独木船，牲口和金银则上了木筏——他们用羊驼毛编成的绳索把几根树干绑在一起做成筏，又撕了帐篷当帆用。以前饭来张口、衣来伸手的贵族也笨手笨脚地跟着大家一起造船、做筏、搬东西。与此同时，基斯基斯带领战士英勇地击退了瓦斯卡尔大军的攻击。林子边传来武器碰撞的声音、叫喊声、马蹄声，这些声音和海中的波涛声此起彼伏地交织在一起。

大家开始撤离。殿后的基斯基斯在一阵箭雨和咒骂声中冲上了船,他身后的沙滩上到处都是尸体。那些没来得及赶上木筏的马就在尸堆上狂奔。他们打得如此激烈,而几只在沙中筑窝的乌龟却连动都没动一下。

4. 古巴

海面风平浪静,船聚集在一起,没人掉队。

不久后,他们在一处白色沙滩靠岸,沙滩边长着的棕榈树,树枝无精打采地耷拉着。空中传来鹦鹉的叫声,沙滩上有几只粉猪。大家纷纷认为这是好兆头。这里景色优美,气候暖和,大家连日来的疲劳消散一空。他们哼着歌爬上山头查看。山上没有白雪,山中溪水清浅,鱼虾成群。他们来到林中,林子里到处是猎物,几个土著不时探头探脑向他们张望。这里的人赤身裸体,身体矫健,看不出有什么敌意。一位他们抓来的来自波帕扬的商贩自称能听懂当地话。阿塔瓦尔帕从他口中得知,有位年长的女王统治着群岛,这里有古巴、海地、牙买加三大岛屿,以及无数个像龟岛那样大的小岛。大家想都没想就一路朝北走去,也许是被这儿的美景吸引着前进,也许是出于习惯,毕竟他们在塔万廷苏尤时就一直住在北方。夜晚,他们烤了些蜥蜴和猪肉吃。阿塔瓦尔帕是否认为他们已经远离战争了?或许吧。但他就能从此安宁了吗?难说,他已历经沉浮。应该说,他从未有过片刻安宁。

日子一天天过去,大家渐渐放下心来。这天,启程的时候,

第三章 阿塔瓦尔帕纪事（片段）

他们恢复了以前的排场。穿格子衣的人在前面扫路，后面跟着唱歌跳舞的人，再后面是穿着黄金盔甲的骑兵，接着是被人抬着的印加，身后还跟着一群人，有侍卫将军、达官贵人，还有印加的妹妹兼妻子可雅·阿萨贝、年幼的表妹兼未婚妻库兹·黎媚、同样年幼的妹妹基丝普·希萨以及众位嫔妃、女祭司、奴仆、步兵等，后面还跟着一群有气无力的基多平民。基斯基斯带着手下给这支长长的队伍殿后。

走着走着，队伍突然停了下来。前面的人侧身站在路旁，印加被人抬着来到队伍前方。拦下他们的是一群骑着马的人，大概有四十人，他们浑身赤裸，头戴羽冠，身上和脸上都涂着彩色油漆，手中拿着武器。领头人肩上扛着一支木杆，上面镶着铁片。看样子，他不打算让这些陌生人再往前走一步了。阿塔瓦尔帕只能上前和他交涉。这群人的首领叫哈土依，是女王安娜卡奥娜的手下。他不知印加人的规矩，既没有下跪，也没有下马，就这样直勾勾地看着印加和他说话。阿塔瓦尔帕示意查尔库奇马为他转述。不过，他们都听不懂对方的话，只知道要去一个叫巴拉科阿的地方见女王。阿塔瓦尔帕迟疑了一下，他在考虑要不要杀了这些挡道的人。哈土依像是猜到了他的想法，他把手中的木杆对着天空，然后响起一阵轰隆声，一只红头秃鹫像是被雷劈中了一般落下来。看到这一幕，基多人慌了。他们想起一个古老的传说，不禁大喊："托尔！"就连人高马大的卢米尼亚维也慌忙低下头躲避，好像天要塌下来似的。只有阿塔瓦尔帕面不改色。太阳神之子是不会惧怕雷电的。尽管如此，他觉得还是放哈土依安全离开比较明智。

要是换作往常,他早就下令把这些丢人现眼的人都杀了,但现在他已失了势,不能再浪费人手了,况且连大将军都慌了,他可不想连将军也杀了。

5. 巴拉科阿

不久,他们到了海边,发现这座岛是一条狭长的地块,想必不用几日就能横穿而过。他们是被逼逃到此地,而不是特意来征服这座岛的。这一点,对古巴乃至整个世界的命运可谓不无影响。阿塔瓦尔帕人还没到就派人给女王送去礼物。他送给女王几只金盘子、几件衣裳还有几只鹦鹉。礼尚往来,女王热情地接待了他,让人又是击鼓又是跳舞,还撒了很多花瓣。奴仆拿着棕榈叶和鲜花前来迎接他们一行人。村子收拾得十分整洁干净,各处房屋粉刷一新、张灯结彩。跟着阿塔瓦尔帕的将军们看到村里有几间长长的茅屋,一座熄了火的打铁铺,烟囱中还冒着一缕白烟。沙滩上几头牲口正在悠闲地走动,中间立着两具巨大的船骸。不多久,宴会已经准备就绪。女王请印加坐在她身旁。哥哥瓦斯卡尔一向傲慢自大,看不起女人,但阿塔瓦尔帕不同,欣然接受和女王同坐一桌,一一品尝了那些端上来的菜肴。女王虽然老了,但依然雍容华贵,让他十分欣赏。

大家欢庆到深夜,第二天又接着欢庆。基多人完全沉浸在欢乐之中。歌舞进行到一半的时候,安娜卡奥娜表示想给他们看一些东西。女王的侄子，也是此地的酋长——哈土依将给他们表演一场战斗。一群浑身赤裸的人骑着马追赶一群穿着白袍的人，后者手里拿着带铁的棍子抵抗。棍子指向空中，轰隆声响起，响声又把基多人吓了一跳。最后，骑马的那群人赢了，他们收缴了会喷火的武器。阿塔瓦尔帕看了各位将军一眼，发现他们一脸惶恐，知道他们看懂女王的意思了。接着，他得知大概四十年前，一些陌生人坐着现在搁浅在沙滩上的船，从海上来到这里，然后被当地人打败了。女王的女儿依盖娜莫妲欣欣然地给他讲了这个故事。印加急忙发誓，说他来这里并不是来挑起战争的，而是来寻求庇护的。基多人立刻做出谦恭的样子，请这里的人——泰诺人收留他们。基多人还说，他们和泰诺人一样，也崇拜雷神托尔，尽管雷神位列太阳神之下，起源也不甚明了。

6. 瓦斯卡尔

没人知道这样的热情招待会持续多久。阿塔瓦尔帕无所事事，但没有丝毫不安，放心享受着女王的盛情款待。她讲的关于从东边来的陌生人的事实在太离奇了。他知道那些火器需要某种粉末才能喷出雷火，而这个岛并不出产这种东西，因此他们严格控制火器的使用，只在特殊情况下才能用。显然，他们这群陌生人的到来就是一种特殊情况。他还了解到，之前那群陌生人对两样东西很痴迷——上帝和黄金，他们喜欢到处立十字架，不过他们最后都死了，一个也不剩。

基多人在巴拉科阿生活得很惬意，不仅和当地人混在一处，有些人甚至脱光了衣服走来走去，而泰诺人则穿上他们的衣服玩闹。大家渐渐忘了以前的苦难，尽情享受着当下。

但该来的迟早总会来。

一天，安娜卡奥娜的探子来报，说有一群人上了邻近的牙买加岛，那些人长得跟基多人十分像，只不过人数更多。见此，阿塔瓦尔帕不得不告知女王，那是他哥哥，是冲他来的，而且不会善罢甘休。安娜卡奥娜召集众人商议，她女儿和侄子在一旁听着，阿塔瓦尔帕和妻子及众位将领也应邀出席。

瓦斯卡尔到底想怎么样？他为什么如此固执？难道是怕弟弟以后回去抢他皇位，这才不远千里、日夜不休地追到此地？泰诺人对这些问题不感兴趣，只担心他们两兄弟之间的战争会殃及他们。哈土依大发雷霆，对印加说："你们走吧，去山上、去海里，爱去哪儿去哪儿！"难道他们又要逃？逃到哪里呢？基多人手足无措。阿塔瓦尔帕看到将领们转着眼珠，一副惊慌失措的样子。依盖娜莫妲指着大海对他们说："答案就在你们眼前。"往东？怎么去？陆地在哪？距离多远？有人拿出船上找到的地图给他们看。阿塔瓦尔帕看着地图，对上面的世界一无所知，那里没有库斯科。他看不懂纸上写着的那些细小符号。依盖娜莫妲小时候学过说那些外来者的话，但没学过怎么写。其实，这些地图错误百出，可他们当时并不知道，要是知道就不会这样一股脑儿往前走了吧。

可怎么穿越大海呢？依盖娜莫妲接着说道："搁置在岸上的船，

第三章 阿塔瓦尔帕纪事（片段）

它们既然能到这里，就能回到来的地方。"可是船板都腐烂了，根本无法下水，况且，只有两艘船，尽管很大，也装不下所有基多人。万幸，跟阿塔瓦尔帕逃来的人中有几个能工巧匠。印加让他们赶紧修补两艘旧船，另外再造一艘更大的新船。查尔库奇马命能工巧匠按照旧船和安娜卡奥娜母女的描述制出了一艘大船。母女俩细细描述了那艘撞上礁石的大船的模样，在海浪的冲刷下，如今那艘船已荡然无存。

与此同时，安娜卡奥娜的探子监视着瓦斯卡尔的一举一动。库斯科大军仍在牙买加盘桓，他们不知道基多军去了哪里。女王让当地的人尽可能拖住他们。瓦斯卡尔迟早会找到弟弟的行踪，但这里岛屿众多，纵横交错，应该要过好久才能找来。瓦斯卡尔他们一日找不到阿塔瓦尔帕他们的踪迹，阿塔瓦尔帕他们就可以多一日的时间来造船。迫不得已的时候，还可以把瓦斯卡尔他们引到安娜卡奥娜的家乡海地岛上去，为阿塔瓦尔帕他们多争取一些时日。

基多的男人们锯木头造大船，女人们则把各色布料缝在一起当船帆。泰诺人打了一篮篮的钉子并浸上油防止生锈。船骸犹如大蛇蜕皮一般，渐渐脱胎换骨恢复生气。随着破船慢慢变新，两个民族看到了希望，他们能各得其所，这两个民族相处时和睦，分别时仍是好友。当然，就算基多人离开了，也并不意味着一切结束了，船是否能回到原来的地方也未可知，瓦斯卡尔是否会因为弟弟逃脱而迁怒于泰诺人同样未可知。但大家齐心协力，伐木的伐木，造船的造船，做帆的做帆，打铁的打铁，起码有备无患了。

当然，事情肯定不会一帆风顺。世界轴心不是正在脱位吗？

印加的妻子可雅·阿萨贝不想走。大家虽然卖力干活，但很多人跟可雅·阿萨贝一样，心中不无担忧。"哥哥，你在做什么？"她问道。对未知的恐惧和对已知的恐惧在她心中不相上下。她知道瓦斯卡尔就在附近，心中当然害怕。但看向天边时，她同样瑟瑟发抖。大海的另一边是什么样的？阿塔瓦尔帕知道该怎么劝她："妹妹，我们去看看太阳是从哪儿来吧。"他当然知道大家需要有人带头，于是顾不上礼仪规矩，直接面对众人大声说道："四州之国的时代已经结束了。我们将走向一个新世界，那儿到处都是肥沃的土地，跟我们原来的家乡一样富庶。有你们相助，你们的国君将成为新时代的维拉科查①，效忠阿塔瓦尔帕，必会让你们光耀门楣，流芳千古。万一我们失败，那就失败吧，大不了葬身海底。但如果我们成功了，那将名垂青史！走这一趟很值得！走吧，向第五州出发！"基多人听了这番话，士气大振，异口同声地说道："向第五州出发！"

不过，三艘船装不下所有人，而且阿塔瓦尔帕也不想失了排场。锅碗瓢盆、衣物首饰、牲口家禽、酒水吃食，这些都不能少。照安娜卡奥娜所言，最好再带上很多黄金。接下来，他按照身份尊卑和各人才能亲自挑选带哪些人一起走。最后选中的人有贵族、兵卒、官员（包括记账的、记事的还有占卜的）、工匠、女人等。他们总共不到两百人，但船已经被装得满满当当了。此外，他们还带上了马、羊驼和豚鼠。印加还带上了他的山狮和鹦鹉。

---

① 印加神话传说中的创世神。

出发前不久，依盖娜莫妲来到印加面前说道："让我跟你们一起走吧。"阿塔瓦尔帕知道，她从小就一直心心念念，想知道那些白人是从什么地方来的。他觉得带上她，以后会大有用处。

出发的日子终于到了。上不了船的基多人在岸边哭泣。安娜卡奥娜拥抱了一下女儿。阿塔瓦尔帕在将领的簇拥下，向曾收留他的岛屿挥挥手作别，心想恐怕不会再相见了。

7. 里斯本

他们在海上航行。

依盖娜莫妲成了阿塔瓦尔帕的情人。年轻的印加很喜欢这个女人，虽然她年纪跟他母亲一般大，但就是这么一个不再年轻的女人，却心甘情愿背井离乡，只为追寻小时候听过的故事。

他们经常一起看旧地图，想看懂上面画了些什么。阿塔瓦尔帕带来的人中有几个学识渊博的人，他们学会了使用一个可以指明方向的仪器。有了这个仪器，船就可以朝着指定的方向航行而不会偏离。

一天早上，卢米尼亚维来拜见阿塔瓦尔帕。他正在房中和依盖娜莫妲一起喝阿卡酒。窗外，一些白鸟在空中盘旋，这意味着不远处有块陆地。几周之后，他们终于看见陆地就在眼前。依盖娜莫妲一直陪伴在印加左右，已经学会克丘亚语（比起艾马拉语，阿塔瓦尔帕更愿说克丘亚语，不过他说话时带点基多口音）。

他们沿着那块陆地的海岸线航行。一天夜里，天快亮时，发生了一件怪事，把大家都吓了一跳。当时，海上没有一丝风，可海水却忽然翻腾起来。那场面就好像一场无声的飓风。他们的三艘船在海上不住颠簸，差点就被掀翻了。眼看陆地近在咫尺，大家还以为终于可以结束漂泊了，如果这时死了，那未免也太残忍了。幸好，开船的人十分能干，大家逃过一劫。

不久后，他们驶入一条大河的入海口。一座坚固的石塔出现在他们眼前，好似破浪而出，守卫着大海的入口。右岸小山青翠，可见此处气候宜人。左岸是一片平原，但被水淹没了，应该是河水暴涨泛滥所致。岸边有一座很大的白色石头建筑，它的长度恐怕跟库斯科最大的宫殿不相上下。四周鸦雀无声。这种寂静让刚到的基多人有些不安，不过他们什么也没说。

阿塔瓦尔帕让船靠近石塔。石塔墙上装着一些不知道是什么动物的雕像。大家对其中一个雕像尤其好奇，只见它鼻子上长着角，看着像是山貘的头。石墙上还刻着几个十字架，依盖娜莫妲一眼认出，这跟以前那些陌生人身上戴的十字架一样。听她这么一说，大家才知道他们已到达目的地。

船继续沿河而上。他们看到奇怪的一幕。只见岸边房屋倒塌，尸横遍野；山上火光冲天；男女老少、牲畜家禽在废墟中走来走去。基多人来到新大陆，最先听到的是狗的叫声和孩子的哭声。

船越往上走，河面就越宽，有些地方简直跟湖面一样。舵手不得不小心翼翼地驾着船，迂回前进，避开河中的沉船。突然，他们看到一个广场，广场面积很大，差不多跟四州帝国的萨克塞瓦曼

第三章 阿塔瓦尔帕纪事（片段）

要塞一样大。广场上躺着一些大小不一的船只，它们歪的歪，破的破，断的断。广场左边是一座华丽的宫殿，尖塔高耸，但底部似乎已经塌了。他们决定在这里上岸。

不难看出，广场不久前是多么宏伟壮丽，如今却只见一摊泥水。基多人刚上岸，鞋子就陷进了泥巴里，水没到脚踝。印加的脚也踩在水里，这里地面泥泞、又湿又滑，还是不要叫人抬着他了。

他们看到几个神情迷茫的人，这些人衣衫褴褛，在搁浅的船边转来转去。他们脚步拖沓，眼神空洞，时不时撞在一起，就像瞎了似的。看见他们这些陌生人，依旧神情呆滞，一脸麻木。城中时不时传来一阵阵咔嚓声，接着又是惊叫声，最后是凄惨的呜咽声。

空气并不寒冷，吹在人身上却也有些冷。早已习惯安第斯山严寒的基多人不以为意，却被眼前悲惨的景象震惊了。但不远万里跟着他们来的依盖娜莫妲是泰诺人，她的家乡终年炎热，只有旱季和雨季。阿塔瓦尔帕看到她光着身体，正在瑟瑟发抖。而大家也因为长途跋涉而筋疲力尽、不停抱怨。于是，印加决定找个地方歇息一下。但这里一片废墟，哪里能找到房屋呢？他们可是有一百八十三个人，还带着三十七匹马、一头山狮以及几只羊驼。大家决定返回刚才看到的那处宫殿，除了水上那座塔楼，现在只剩那处宫殿还未倒塌。

这座宫殿长长的，棱角分明，四周有细长的尖柱支撑，墙上有宽大的拱窗，四个角上各有一座小塔，中间有个大大的穹顶，洁白光滑，如白骨雕成。

宫殿里面住着一些奇怪的男人，他们身穿棕色或白色的长袍，头顶的头发剃光了。他们跪在地上，双手合十、双目紧闭，口中念念有词。过了好久，他们才发现有人来，一见甚多人，这些人全都像受惊的豚鼠一般四处逃窜。一时间，只听见鞋子踩在地板上噼啪作响，尖叫声在殿内回响。其中有一个人，右手戴着一枚金戒指，他不像其他人那样惊慌失措，而是朝他们走来并说了几句话。阿塔瓦尔帕问依盖娜莫妲是否能听懂他的话。但她只听懂了"天意""惩罚""印度"这几个词，至于那人说了些什么她完全听不懂，尽管听着有些似曾相识。以前那个陌生人对她说的话已被她遗忘在记忆深处，只记得零星的几个词语了。阿塔瓦尔帕见那些人虽有些害怕，但似乎没有敌意，于是下令让大家在这里先住下来。他们把牲口赶下船，众人在一个宽敞的大厅内安顿下来。依盖娜莫妲向戴金戒指的那个人说了个"吃"字。男人听懂了。他给他们带来一些吃食：热乎乎的汤，一种外面脆里面软的饼。他们饿了好久，觉得食物十分可口。他们还喝了一种深红色的饮品。

　　漫长的旅途终于结束了。众人和牲畜都没有被大海淹死。他们踏上了太阳升起的地方。

　　宫殿外的河面一片金黄，分不清是金色的水波还是浮在河面上的干草。

　　宫殿里有一个神圣的地方，那里的墙上镶着几块半透明的薄片，有红黄青蓝四色。房顶是石质的，形如一张向上凹的蛛网，房顶很高，比印加的皇宫还要高。大厅最里面有一座祭坛，装饰华丽，但不像太阳神庙那般金碧辉煌。中间是个雕像——一个骨瘦如柴的人被钉在十字架上。秃顶男人们在这里表现出十分虔诚的样

第三章 阿塔瓦尔帕纪事（片段）

子。基多人猜想这里定是某个华卡①圣地。这个被钉着的天神又是谁？用不了多久，他们就会知道了。

不久，这些秃顶人起了争执，基多人知道这些人是因为他们而起了争执。

阿塔瓦尔帕见四处的人都在清理瓦砾，觉得应该帮帮这些秃顶人，于是让基多人也帮忙清扫。这些来自塔万廷苏尤的人很快猜到这里发生了什么：这里地震了，大地裂开，巨浪扑上了岸。阿塔瓦尔帕他们对地震再熟悉不过了。而且，空气中隐隐有一股独特的鸡蛋发臭的味道，被微风从东面吹来。

阿塔瓦尔帕选了一个宽敞的房间，让人铺上睡觉用的席子，打算让妻妾们住进来。依盖娜莫妲没找到能挂吊床的地方，便来到印加的房间住下。之后印加的妻子可雅·阿萨贝也住了进来。其余的人则住在了内院拱廊下，牲口也被他们牵进了院子。秃顶人以前从未见过羊驼，虽然有些害怕，但禁不住好奇，纷纷上前观看。安顿好之后，众人渐入梦乡，而卢米尼亚维要了一杯那种红色的饮品，为大家守夜。

---

① 华卡，印加语中的一个代表宗教概念的词，可以指代神圣的仪式、死后的状态或任何神圣的物体。

8. 太阳升起的地方

秃顶人尽管胆小,但止不住好奇,想知道来的人是谁。他们看看我们的衣服,摸摸我们的耳朵,一脸迷惑。他们看到女人时显得十分不安,尤其是看到依盖娜莫姐时,简直就像看到了刺眼的阳光,一个用手挡住眼睛转开了头。他们找来一件粗布衣裳想给她披上,但依盖娜莫姐笑着推开了。这位古巴公主全身上下没有一点儿遮挡,只有手上和脚上戴了母亲送给她的镯子,脖子上戴了阿塔瓦尔帕送她的金项链。

戴戒指的秃顶人应该是这群人的首领,一副处变不惊的样子。他见依盖娜莫姐稍微能听懂他们的话,就带她去了一间屋子。屋里,几个秃顶人正在翻动一些方方正正的东西,这些东西上面布满了密密麻麻的小线条。她以前见过类似的东西,马上认出这些是封着牛皮套子的会说话的册子。屋子里堆满了这样的册子。那个首领展开其中一册,上面画着一张地图,和之前在船上找到的地图一模一样。她一下子明白了,这人想知道她从哪里来。他指着地图上一个叫葡萄牙的地方。那个地方的左边一片空白,除了很下方的一个小岛,什么也没有。

基斯基斯带了十个人去周围打探,不久后回来告诉阿塔瓦尔帕,说这个地方已经被完全摧毁了。这里的城邦很大,人口也很多。人们都被吓傻了,没人注意到他们这些陌生人。附近的河里鱼虾成群,这里不地震时应该很适宜居住。基斯基斯在路上发现一头牲口,长得很像羊驼,但体形要矮小得多,于是带回来给大家看

第三章 阿塔瓦尔帕纪事（片段）

看。他们看到空中一只鸟都没有。

不久，北方飘来厚厚的云，接着下雨了，雨水浇灭了山上熊熊燃烧的大火。秃顶人友善好客，基多人一扫旅途的疲劳。那些人像主人般招待他们，给他们端来暗红色的东西让他们喝。他们发现这个东西倒进透明的杯子里就变成了鲜红色。这种神奇的变化让他们惊叹不已。

过了几天，阿塔瓦尔帕觉得大家休息得差不多了，决定按照习俗烧掉那几个精心保存的箱子。箱子里面装的是他们从古巴出发到现在一路上吃剩的东西。按照习俗，他们还应该把路上穿过的衣服也烧了。但如今情况特殊，阿塔瓦尔帕不再是一国之君，他们远离故乡钦察苏尤，来到一个完全陌生的地方，也不知这里是否有羊驼和棉花，决定暂且不烧衣服（阿塔瓦尔帕发现，这里的人尽管住得很好，穿得却不怎么样）。

大家把箱子从船上搬下来。阿塔瓦尔帕坐着轿辇去观礼。他见河水已经退去，便吩咐大家就在岸边举行典礼。他们如今逃亡在外，什么也没有，排场自然比不上昔日，但落难的印加还是想借此彰显一下他的帝王之尊，尽管从来没有人对他有过不敬。天气微凉，他把自己那件蝙蝠皮做的披风让给了依盖娜莫姐穿。依盖娜莫姐站在他身旁，他的妻子也站在他身旁，而两位妹妹则坐在他脚边。三位将军骑着马、拿着斧子，守护在旁。歌舞过后，一名被挑选出来的太阳神女祭司在鼓乐声中点燃木箱。不久之后，火堆中飘出一股肉香，香味引来了住在附近的人。他们蓬头垢面、衣衫褴褛，两眼紧紧盯着箱子，对旁边的基多人视而不见。阿塔瓦尔帕没有出声,而没有他的指令,基多人不敢停下仪式,只好时刻注意这些人的一举一动。眼看这些人围成一圈靠近箱子,不久后终于有人忍不住了,把手伸到炭火中取出一块基多人吃剩的骨头。侍卫立刻把他抓了起来,正要杀了他时,阿塔瓦尔帕却示意放开这人。其他人见状一拥而上。基多人目瞪口呆地看着眼前疯狂的一幕。那些箱子四分五裂,这里的人像恶狗一般在抢食。他们一边狼吞虎咽,一边拳打脚踢地护着好不容易抢到的东西。基多人静静地看到他们吃完为止,不是因为可怜他们,更多是因为震惊。吃完了最后一点东西后,这些人终于回过神来,仿佛大梦初醒一般。他们仰起满是油污的脸,终于看到了面前的陌生人。这下轮到他们呆如木鸡了。

不久以后,有位著名的画家——提香[①]以此为灵感画了一幅画。画上的阿塔瓦尔帕年轻俊美,透着帝王之气,肩头立着一只鹦鹉,手中牵着一头山狮,身边围绕着一群女人;依盖娜莫姐披着金褐色的大氅,露出胸脯;可雅·阿萨贝面露厌恶之色,就在村民跟前的基丝普·希萨脸上满是惊恐;身穿艳丽的几何图形服饰的基多人一动不动;卢米尼亚维的黑马油光发亮,基斯基斯和查尔库奇马的白马鬃毛迎风飘扬;画面中心是一个当地村民,他盘腿而坐,啃着骨头,嘴唇翘起;这人面前站着一位大惊失色的太阳神女祭司;不远处的另一个村民,满脸好奇,正在用手摸一个面无表情的印加贵族的耳朵;还有一个人跪在地上,张开双臂向上天哀求;其他人

[①] 提香,意大利文艺复兴后期威尼斯画派代表人物,擅长肖像、风景、神话及宗教主题绘画。

第三章 阿塔瓦尔帕纪事（片段）

都向印加恭敬地行礼。

当然，此时此刻，提香并不在这里，而且实际情况也不像他画的那样。

确实有个当地人试图摸一下某位印加贵族的耳朵，但阿塔瓦尔帕不动声色地示意侍卫制止，侍卫用矛敲了一下盾牌，当地人听到响声都跑了，就好像听到雷声受惊的野兽一般。

经此一事，基多人到来的消息传开了。衣衫褴褛的当地人一股脑儿涌向秃顶人居住的宫殿。基斯基斯奉命出去打探情况。他回来报告，说那些人虽然没有明显的恶意，但似乎并不友善。听了他的话，基多人不到万不得已不会出门。更何况，他们在石墙筑成的宫殿中待得好好的。这里有的是红色的酒供他们喝，再说，他们就算出去也不知道该去哪。

9. 卡塔琳娜①

时间一天天过去，就这样过了一两个月。基多人原以为他们会一直这样待下去，直到吃光用尽为止。然而，历史给我们的教训则是，事情发生前极少数会有预兆，而这极少数中又有一些不会像预想的那样发展，所以说到底，绝大部分事情只是就这么发生了。

---

① 卡塔琳娜（1507—1578），葡萄牙国王若昂三世的妻子。

一天，这里的国王突然来到宫殿。他身旁跟着王后——一位年轻的金发女人，还有一大队由领主和士兵组成的随行人员。那些领主和王后衣着优雅，远胜常人。他们的衣物料子虽比不上印加王室，但看着也算精细。国王穿着黑衣戴着黑帽、一脸黑胡子，身上只戴了一根粗粗的项链，项链上挂着一个金环，环内嵌着一个红色的十字架。相比王后的金发，基多人对国王的胡子更为好奇。国王先跟秃顶人首领交谈了一会儿。基多人看到首领跟国王说话时态度与往日大不相同，不仅吻了一下对方的手，还动不动屈膝弯腰，一直低着身子（不过，他没有脱鞋）。

接着，国王表示想和阿塔瓦尔帕谈一下。

他说他叫若昂[①]。听到这个名字，印加转身看向依盖娜莫姐，他觉得这听起来有点像泰诺人的名字。

国王见依盖娜莫姐赤身裸体，似乎有些吃惊，但什么也没说。他说自己是葡萄牙的一国之君，还张开双臂比画，似乎在比画一个很大的帝国。他们的对话进行得十分艰难，依盖娜莫姐只能听懂零星的几个词。国王多次提到"代奥斯"[②]这个词，但她不懂是什么意思。阿塔瓦尔帕伸手指向西边，想告诉国王他们是从那边来的。若昂有些疑惑地问："巴西？"但他们依旧不明所以。

随后，大家陷入沉默。国王对王后说了几句话，依盖娜莫姐大致听懂了。国王是在问哪儿能找到一个说"土耳其语"的翻译。

[①] 若昂三世（1502—1557），葡萄牙国王，十分重视天主教的传播工作，在他任内葡萄牙设立了宗教裁判所，因此有"虔诚者"的雅号。
[②] deus，葡萄牙语中指"上帝"。

第三章 阿塔瓦尔帕纪事（片段）

王后从容地回答，说这要等她哥哥以后"东征"打败一个叫苏莱曼的君王回来后。依盖娜莫姐突然意识到自己能听懂王后的话。猛然间，一些她以为自己忘了的话从她记忆深处喷涌而出："您会说卡斯蒂利亚语吗？"

国王和王后一脸不可置信地看着她。

之后，两个女人开始热烈地交谈起来。

王后问他们这些人来自印度、非洲还是土耳其。

公主告诉她，她住在一个岛屿上，在太阳落下的那一边。

王后说他们知道那边有个很远的小岛，叫韦拉克鲁斯，葡萄牙人常去那里找木头，但不了解小岛的全貌。

公主说她很久以前在岛上见过几个陌生人，他们长得很像葡萄牙人，但找的是金子而不是木头。

王后想起一个热那亚的航海家，他想证明地球是圆的。她的外祖父母伊莎贝拉和斐迪南让他从西边出发，去找一条通往印度的航路。不过，这人一去不返，从此没人再敢去海上冒险了。

公主说她小时候见过这个海员，还亲眼看着他去世。

王后问他们是不是来自西邦戈，是不是大可汗派来的。

公主说阿塔瓦尔帕是四州帝国的皇帝，但没有说阿塔瓦尔帕跟哥哥争夺皇位以及战败逃亡的事。

阿塔瓦尔帕听到她们在说他，但听不懂她们说了些什么。

若昂好像能听懂，但他什么也没说。

王后说她叫卡塔琳娜，来自一个叫卡斯蒂利亚的国家。

此时，年幼的库兹·黎媚伸手摸了摸若昂的胡子，国王没有出手制止。

公主问他们的国家有多大。

王后说她丈夫还掌管着几个海外小国,她哥哥则统治着几个大国。

公主知道西班牙囊括了卡斯蒂利亚和阿拉贡两大王国。

王后说到意大利和罗马,说那里有个大主教,说到了德意志和德意志那些王侯,还说到了一个遥远的地方,叫耶路撒冷,是一个叫耶稣的人的城邦,现在落在了敌人的手中。

公主问这里发生了什么。

王后说大地震了一下,大海裂开了,海水倒灌进河里,把河里的船冲上了岸。

外面传来一阵凄厉的叫声,不知是人还是野兽发出来的。

若昂又跟戴戒指的秃顶人说了些话。国王看上去有些担忧,说话的语气很强硬。

依盖娜莫妲问王后两人在说些什么。她知道这座宫殿相当于她家乡的神庙,而那些秃顶人相当于祭司。王后解释道,几个祭司说以后还会有一场灾难来临,而若昂希望他们别再乱说了。这里的人认为是天神发怒让灾难降临此地,而他们这群陌生人的出现更是加剧了他们的恐惧和迷信。

公主问他们说的是哪一个神。

王后用手在面前和胸前快速地画了一圈。依盖娜莫妲以前经常看到西班牙人也那样做。

随后,国王和王后离开了宫殿。他们住在河对岸一处远离人群的地方，怕染上一种叫作鼠疫的疾病。

10. 印加勇士：第一歌第一节

高呼一声，远方之士，
出于西方，凭借本事，
拿下古巴，滨水之地，
攻克大海，初涉之际；
不惧风暴，尽情蔑视，
千难万阻，缠斗不息，
取得胜利，大业之基，
赢得荣耀，帝国新立。

11. 塔霍河

接下来几天，阿塔瓦尔帕一直待在房中闭门不出，叫人给他送去很多那种红色的酒。自从见了国王王后之后，他就有些心烦意乱。他本来还想着要像先祖征服北方那样征服这片新大陆，但如今意识到这个想法太过天真——他们不足两百人，怎么可能拿下一个王国？简直是痴人说梦。况且，从上次国王的随行队伍就能看出，这里的人实力强劲，他们训练有素、装备精良，遇到战事定能临危不乱。

　　基多人虽然不多，但也得好好管着，这就需要给他们指明方向，让他们有点念想，至少得给他们一点盼头。阿塔瓦尔帕深知，如果一直无所事事，后果会十分严重。他知道他们必须动身了，但去哪儿呢？他们如今已经到了新大陆，还能去哪里？还能做什么？他无法狠下心来离开这个坚固的港湾，更何况这里有喝不完的红酒。

　　然而，形势会逼他不得不做出选择，就像我们每个人，通常受形势所迫（人要是有自知之明，就会知道他根本无法左右命运）。

　　过了几天，神殿前聚集的人越来越多，议论声也越来越大。基斯基斯每天带人出去查探，他发现人越聚越多，叫骂声也越来越大。有些胆大的人甚至还朝他们扔石头。不过，大部分人见到他们还是战战兢兢不敢做什么，但谁又知道恐惧这道无形之堤还能支撑多久呢，会不会很快就被愤怒的洪水冲破呢？依盖娜莫妲问秃顶人外面那些人是怎么回事。那个祭司首领会说卡斯蒂利亚语，他告诉依盖娜莫妲这里的人十分迷信，不像他认为地震就是个自然现象，而是认为那是上天的报复，并且觉得这和阿塔瓦尔帕他们的出现有关。当地人对他们的看法不一致，一些人觉得他们是土耳其人，另一些人认为他们是印度人。一小部分人觉得他们是上天派来的，但绝大部分人都把他们当作恶魔。就连秃顶人他们也争论不休。

　　依盖娜莫妲问祭司是怎么看待她的。只见这人下意识地看了一眼她的胸、臀和下腹，露出一丝慌乱，低声回答道："上帝的创造物。"

第三章 阿塔瓦尔帕纪事（片段）

依盖娜莫姐把这次谈话内容告诉了阿塔瓦尔帕，后者当下决定，下月初就离开。

他们跟秃顶人提出想要食物、车马以及"威诺"（当地人就是这么叫那种红色的酒的）。当地人看到他们要离开了都十分高兴，要什么给什么。

他们把三艘船留在了高塔边。反正，船体已经残破不堪，不能继续航行了，而且大家也不知道这里的河——秃顶人叫它塔霍河能通到哪里。

他们不知道该去哪里，不知道朝哪里走，只好沿着河岸一直走，因为卡塔琳娜说过这条河通向卡斯蒂利亚。到了那里做什么呢？阿塔瓦尔帕毫无头绪。不过，好歹有了个目的地，这个目的地现在听着虽然有些空洞，但至少是个地方。有个目的地总好过漫无目的。

一路上，尸横遍野，村落萧条，人们困苦不堪。各个地方的人见到基多人反应也不尽相同。阿尔维卡的人认为他们不是人；阿良汉德拉的人向他们乞讨；希拉自由镇的人殷勤地接待了他们，尽管他们自己一贫如洗；圣塔伦的人却挥舞着铁叉，怒不可遏地要叉死他们。

时间一天天过去，依盖娜莫姐发现自己越来越能听懂路人的话了。

阿塔瓦尔帕知道这意味着他们到卡斯蒂利亚了。他让依盖娜莫姐不要声张。他们继续沿着河往前走。不管怎么说，四处漂泊总好过落在瓦斯卡尔的手中或者葬身海底。反正，这样的生活，大家自从逃出基多后就已习以为常了。

他们就这样一直往前走,离海越来越远,途经无数村落,直到来到一个叫托雷多的城邦。

12. 托雷多

他们看到一座建在石丘之上的城邦,立刻就喜欢上了。

城门前一座石桥横跨于塔霍河之上,锯齿状的城墙围绕着整个城邦,城中一座庙堂高耸入云,几座坚固的宫殿巍然立在山上。

在这些长途跋涉的基多人眼中,托雷多就像是一座难以攻克的堡垒,不过,看到印加一行人到来,石桥上的守卫什么也没问就放他们入城了。

进了城后,大家各自去了小巷。这里店铺林立,但街巷却空无一人。他们循着喧哗声来到一处广场,原来城里的人都聚集在这里了。显然,今天是个特殊的日子。

基多人很想知道发生了什么,就连阿塔瓦尔帕也难掩一丝好奇之色,要知道,他可是出了名地镇定,不管面对多么出人意料的情况,他都能面不改色。

广场中央,一群男女紧紧挨在一起,他们头戴尖帽,身穿黄色或黑色的长袍,长袍上画着红十字和火焰,而且黄色袍子上的火焰是朝下的。有些人脖颈还套着绳圈,他们手里都握着一支长长的蜡烛,没有火苗。他们身旁放着几只黑色的箱子和几个真人大小的布偶。

他们面前站着一群秃顶人,长得有点像里斯本的秃顶人。这些秃顶人围着一个大大的白色十字架,这个十字架显然是特意为今天准备的。其中一人滔滔不绝地讲着什么,一边讲一边指着那些被绑起来的尖帽人,似乎在指责什么。

依盖娜莫姐看到广场一侧有几位"酋长"——看他们的衣着和仪态就知道。其中一位年轻的金发女人很像卡塔琳娜,穿着和眼神都一样。她身旁坐着一个穿红袍的秃顶男人,脸颊枯瘦,犹如干尸一般。他们身后站着几个拿着武器的士兵,看样子是他们的护卫。

广场上挤满了人,密密麻麻,躁动不安,他们仔细听着台上传来的话,时不时吟唱几句,就差手舞足蹈了。

依盖娜莫姐听不懂这些奇怪的话,有几句是用一种她没听过的语言说的,总体上不明所以。人们要求戴尖帽的人收回前言,但她实在不知道他们在争什么。除了几个被堵住嘴的人,戴尖帽的人一个个轮流上前回答问题,不断重复着:"是,我相信。"

仪式十分庄严,除此之外,依盖娜莫姐实在不知道这个仪式有什么含义,同行的其他人也不明白。

一位穿着朴素整洁的小伙子腼腆地走到她跟前,盯着她大氅下的裸体看。当人群开始高歌时,她问他这到底是怎么回事。小伙子有些害羞,后退了一步,但和那些祭司不同,他没有转过头不敢看她。

原来，这里正在审判"孔维尔索人"[①]，人们怀疑这些人仍在信奉他们以前的宗教"犹太教"。还有一些人是穆罕默德的教徒、幻想派教徒或路德教徒，不过这些人在这里不多。接受审判的人有些被判言语粗俗、亵渎神明、信奉异端邪说、重婚、鸡奸或巫术（有时好几项罪名叠加一起），但这些人受到的刑罚较轻——罚金、鞭刑、牢狱或苦役。小伙子进一步解释道，火焰朝下代表不用被火烧。他指着其中一人，说这人因为不用猪油而用橄榄油做饭而被抓起来了。她就这么跟阿塔瓦尔帕翻译，自己也不知道这算哪门子罪。之后，吟唱声继续响起。

用小伙子的话来说，这些审判官都是毒蛇，他们的母亲都是向男人卖身的人。不过，他对其中一人很是敬仰。据他说，那人曾在萨拉曼卡城求学，那是一个学城，囊括了天下所有学识。

随后，一人揭开一块黑布露出下面的绿色十字架。接着，主审判官对着各位"酋长"说了一番话。

金发女人是这里的王后，穿红袍的枯瘦男人是她的大臣。

仪式持续了很久，其间有人给审判官、受审者及各位贵族送上了点心。

之后，士兵带走了穿着黑袍的犯人以及那些黑箱和人偶。阿塔瓦尔帕好奇地跟了上去。卢米尼亚维将军不知道印加想干什么，只好下令让大家原地待命，自己则跟在他后面。依盖娜莫妲觉得将

[①] 西班牙语意思为皈依者，指的是在对西班牙的犹太人进行迫害之后皈依基督教的犹太人。

第三章 阿塔瓦尔帕纪事（片段）

军不是对她下的令，便带着那个小伙子也跟了上去。

他们来到另一个广场，这里立着几根柱子，上面吊着几个铁环，四周放满了柴堆。士兵们先是点燃了木柴，接着把黑箱和人偶扔进了火里。

然后他们就把犯人绑在了柱子上。

不知是出于什么理由，有一些人是先被吊死然后再火烧，而另一些人则是被直接活活烧死。后来，那个小伙子告诉他们，先杀后烧算是宽大处理，而那些罪行严重的就会被活活烧死。人们对着这些罪人在脸上和胸前画了一圈，就像卡塔琳娜曾经比画的那样。

印加对人祭当然不陌生，但看着眼前一具具躯体被烈火焚烧而蜷曲的画面，听着受刑之人的惨叫，阿塔瓦尔帕尽管努力克制，还是难掩震惊之色。

人们看着烈火燃烧，直到深夜才散去。

基多人的出现不可能没被人看到。不久，有人来带他们去见王后。

王后叫伊莎贝拉，是葡萄牙国王若昂的妹妹，但她跟卡塔琳娜一样，会说卡斯蒂利亚语，依盖娜莫姐可以和她顺畅地交谈。说实话，她比嫂嫂葡萄牙王后好看多了，打扮得也更精致。她丈夫统治着西班牙王国以及一个叫"神圣罗马帝国"的领地，出生在一个北边的国家，如今正在跟东边的一个大国打仗。

王后的哥哥此前已经写信给她，说一群从西边来的印度人将到她那儿去。她表示会好好接待他们这个西邦戈或契丹使团，还笑着说她现在不得不承认地球是圆的。

阿塔瓦尔帕注意到，有几个秃顶人——比如那个骨瘦如柴的红衣人听他们聊天时，脸上有些不耐烦，一副欲言又止的样子。其中一个叫巴尔韦德的人自称是"奥比斯波"①和"因吉西多尔"②，问他们是否承认"圣塔提尼达德"③。阿塔瓦尔帕让人回答，他不知道这是什么。随后，大家陷入一阵沉默。

基多人被安置在一处宫殿中，他们带来的牲口也有人负责照看。

第二天，他们去街上闲逛。当地人只是好奇地看了他们一眼，并没有过多在意，可能还沉浸在昨晚的审判大会中没有回过神来。

阿塔瓦尔帕的队伍中有一名红头发的铁匠，叫普卡·阿玛鲁。他注意到托雷多工匠打造的武器品质精良，跟兰巴耶克的几乎不相上下。他把这一发现报告给卢米尼亚维，将军顺便让他负责武器保管事宜。普卡·阿玛鲁把剑、矛、斧头和星头棒槌都收集到一起，带到当地的铁匠铺。工匠交口赞赏这些武器做得精细。他们一起给武器上油，接着又打磨一番，最后还互相交换。普卡·阿玛鲁终于有了称手的工具，兴奋不已。这里的锉刀、凿子、风箱都特别好用，打铁用的砧板也很好。星头棒槌引起了那些铁匠的兴趣，他们还很喜欢那个铁戟，说当地有一种类似的武器，叫"阿拉巴达"。作为交换，他们拿出十字剑和弯刀。这也算是继发现红酒之后，基

---

① obispo，主教。
② inquisidor，宗教裁判官。
③ Santa Trinidad，圣三位一体，基督教的根本教义，指上帝的本质是圣父、圣子、圣灵三位一体的。

多人和新大陆最初的文化交流之一。不光里斯本，托雷多也有这种酒，味道也不差。里斯本的秃顶人看到基多女人想委身于他们时都吓坏了，而托雷多的秃顶人却喜欢和女人在一起。

但融洽的局面没有持续多久。

这里的祭司似乎对"三位一体"这个问题十分在意，还为此专门成立了一个"至圣部"。他们表现得很执拗，一直问阿塔瓦尔帕是否相信一个叫耶稣的人是天神的儿子。阿塔瓦尔帕让人告诉他们，维拉科查在很久之前创造了世界，他已经不信太阳神和月神的儿子帕查卡马克了。印加这么回答是出于好意，但这个回答似乎让他们有些不悦，大家都不说话，互相瞅着。

最后，大家经商议决定，伊莎贝拉王后尽快告知丈夫阿塔瓦尔帕一行人的到来，基多人则静候国王查理回来。但那个叫塔维拉的干尸一般的"祭司"却不同意把国王叫回来，说国王在北边一个叫"低地"的国家有更重要的事情要做。

王后并不这样认为，她想让丈夫回来。她让"至圣部"尤其是巴尔韦德不要扰了客人的清静。虽然她十分客气地提出这一要求，但"至圣部"充耳不闻。他们还是问个不停，比如基多人有多少圣礼仪式、祭司是否结婚等。阿塔瓦尔帕让人告诉他们，在他的国家，跟神有关的事都交给女祭司，被挑选出来的女祭司负责供奉太阳神并侍奉印加。说完，整个大殿一片哗然。为了缓和一下气氛，阿塔瓦尔帕派了一名虔诚的女祭司向他们讲述如何敬拜天神。他还以为他们十分感兴趣，可他们却不想见女祭司。

几天后，基斯基斯的人回来报告，这里的人议论纷纷，说他们这群人其实是摩尔人①或土耳其人。"异教徒"这个词反复出现，基斯基斯知道这可不是什么好词。

一天傍晚，一个老妇人赶来通知依盖娜莫姐，说"至圣部"决定第二天黎明就把他们所有人抓起来，然后进行审判，最后烧死他们。老妇人是犹太人，亲眼看着家人葬身火海，如今身边只剩下一个儿子。

依盖娜莫姐急忙把这一消息告知阿塔瓦尔帕。他们立刻召集几位将军和印加的妻子一起商讨对策。基多人现在知道了，这里的犹太人、孔维尔索人、摩里斯科人②、路德教徒、新旧基督徒等不同信仰的人群之间有着严重的分歧。他们虽然不清楚那位被钉在十字架上的天神以及吃不吃猪油等事情背后到底涉及什么，但他们知道这里的人十分在意这些，那天的火烧仪式就能充分说明这一点。

他们商定对策，必须制服"至圣部"、护卫军、王后和塔维拉的侍卫。城里的士兵也要考虑在内。还有平民也一样。那些平民到时会作何反应还不好说，但据之前探子回报，他们极有可能不太友善。

依盖娜莫姐表示反对，她认为不是每个人都有错，而且除了那位跑来通风报信的犹太老妇人之外，平民当中不乏其他受"至圣部"迫害之人。

---

① 摩尔人，指中世纪时期进入欧洲伊比利亚半岛等地的穆斯林居民，大多为柏柏尔人，也有阿拉伯人和犹太人。
② 摩里斯科人，一支改宗基督教的西班牙穆斯林及其后裔。

印加的妻子反驳说，既然这些人迟早要死，也就不用手下留情了。更何况，现在杀了他们反而是在做善事，避免他们被活活烧死了。

不过，查尔库奇马指出了一点，孔维尔索人、摩里斯科人、路德教徒等，不管他们是什么人，基多人目前能找到的帮手也只有他们了。

基斯基斯问大家到时如何分辨哪些人不该杀。

依盖娜莫妲发现了一个很简单的方法。只有基督徒才会用手在面前和胸前比画。他们经常这样比画，看到死神降临时更是如此。她还记得，小时候遇到的那几个西班牙人就是如此。而那些被火烧死的人，正是因为比画得不够。

卢米尼亚维说，这样一来，只须饶过那些不比画的人，把其余人杀了就好。

阿塔瓦尔帕决定就这么办，让大家尽力而为。

大家悄悄分发武器并给马匹钉好马掌。所有人都准备投入战斗，包括贵族、妇女和拿得动斧子的孩童。他们跋山涉水、逃过瓦斯卡尔毒手、穿越狂风巨浪，不是为了在这里被那些满身长毛的野蛮人吊死或烧死的。

天刚微微亮，基斯基斯就示意大家开始行动。

他们先制住马厩里的马夫，接着杀死殿中的护卫，把那些"祭司"和"酋长"关了起来。然后把王后软禁在房中。接着，他们突袭军营，杀了很多士兵，那些人甚至都还没来得及反抗。他们拿走死人身上的火枪。人们听到惊叫声纷纷逃出家门，街上人人手忙脚乱地备马准备逃跑。

　　一场大屠杀开始了。长剑和斧头在空中挥舞，不管男女老少见人就砍。基多人闯入当地人的家中大开杀戒。那些人不管反抗与否都难逃一死。一些人躲进了当地人叫作"大教堂"的地方。基斯基斯下令放火烧了教堂。他们那位被钉在十字架上的天神根本没有出手相救。

　　此时，那位跟依盖娜莫姐说过话的小伙子也被大家追杀。他逃到门廊，想躲进院子里，但疯狂的基多人逼得他步步后退。他爬上屋顶逃跑，结果脚下一滑，摔在了地上。他听到叫喊声就在耳边响起，心想着他马上就要死了。普卡·阿玛鲁走上前去，往他肩膀砸了一槌。小伙子尽管受了伤，但出于求生的欲望，还是站了起来继续逃跑，仿佛一头被追捕的野兽。

　　城中在大肆屠杀的时候，阿塔瓦尔帕来到"至圣部"众位大臣面前。他想问问这些人为什么要置他们于死地。众人指着一幅挂在墙上的神像叽叽喳喳说了一通。他们不停地用手比画，有些人则像被雷击一样，颤颤巍巍，跪倒在地。

　　阿塔瓦尔帕本想告诉他们，死人的尸身要好好保存，这样他们在另一个世界还能继续存在，不管人们犯了什么错，如果天神要活活烧死他们，那他就不是一个好神，就不值得受人敬仰。

　　可惜，此时依盖娜莫姐不在他身边，没人帮他翻译，他只好下令直接将他们处决。他要把他们的头颅挂在墙外以儆效尤。巴尔韦德死之前骂骂咧咧的，但没人能听懂。

　　此时，依盖娜莫姐正出门查看情况，打算去告诉那个给她通风报信的老妇人,叫她不要担心。老人和儿子住的地方相对安全,基多人此前已经了解到那儿的人不会在胸前比画。

不过,她听到几声叫喊,接着是一阵杂乱的脚步声。然后一个血淋淋的东西就倒在了她跟前,后面跟着一群基多人,领头的是一个红发铁匠。她看清倒下的人正是那个腼腆的小伙子,就让基多人不要杀他。普卡·阿玛鲁不想听从依盖娜莫妲的命令——她一个异国公主凭什么命令他,于是就说是印加命令他们杀光这些人的,他必须照做。听了他的话,依盖娜莫妲朝他走去,胸口抵上了他手中的剑。普卡·阿玛鲁知道,要是伤了她必死无疑。于是,这些人只好悻悻地离开了。

依盖娜莫妲俯身查看小伙子。幸好,他还有呼吸。她问他:"你叫什么?"他低声回答:"佩德罗·皮萨罗。"她当下决定要收留他,等他伤好了就让他跟着自己。

短短两个小时,他们杀了三千多人。

依盖娜莫妲一回宫就被阿塔瓦尔帕叫去当翻译。印加命人把关着的王后和各位首领带上来,问他们为什么要害他。这些人回答说,要杀他的不是他们而是那些宗教裁判官。宗教裁判所不听他们的命令,查理国王要是知道也决不会允许他们这样胡来。

阿塔瓦尔帕对他们的背信弃义谴责了一番,然后就放了他们,第二天,城中就有人了,都是女人和孩子,仿佛什么也没有发生过。

他们在托雷多又待了半个月,城中及周边都十分安宁,大街小巷,熙熙攘攘,买卖交易一如往常。只有悬挂在广场上的"祭司"们的头颅提醒着人们不久前发生的事。

不过，阿塔瓦尔帕得为基多人考虑。虽然他们只有不到两百人，但也需做好接下来的打算。他下令烧毁那个审判大会中立起来的绿十字架，但没有强制人们摘下神像，到处都是这个被钉在十字架上的天神的画像。

他向王后和塔维拉重申了想见国王的意愿。王后告诉他，国王领兵去了东边一个大城以防敌军土耳其人夺取，不过她已经派人去通知国王他们到了。

现在能做的就是等了。但阿塔瓦尔帕深知，等待是一件折磨人的事，它会侵蚀大家的意志，尤其是干等而无所事事时。

查尔库奇马提醒印加，他们刚刚在这里屠杀了三千民众，最好不要在此地久留。

基斯基斯提议直接去见查理，但卢米尼亚维表示反对，认为他们刚到里斯本时，那里正好受了灾一片混乱，因此局势有利于他们，但如今他们对局势一无所知，既不清楚各方实力，也不了解当地情况，对战事的来龙去脉更是一无所知，贸然行动太危险了，而且他们虽然九死一生历经磨难，但大部分人没有上过战场。

他们对王后还是恭恭敬敬的，先派人向她通传后才来到她面前，但对接下来该怎么办却毫无头绪。阿塔瓦尔帕穿着黄金胸甲，披着白色羊驼毛斗篷，十分引人注目。他进来后一言不发，一旁的依盖娜莫妲开口说他们想要一张通行证。

"去哪里？"王后问道。

"萨拉曼卡。"她回答。

王后不安地看了红衣主教塔维拉一眼，这位瘦骨嶙峋的大臣问他们为什么要去那里。依盖娜莫妲说他们想趁国王查理回来前去那里学习卡斯蒂利亚王国的历史文化,以及整个新大陆的风俗民情。

"一群野蛮人还学习呢!"塔维拉翻着白眼说道。

不过,这些人现在也没资格讨价还价,只能签发通行证,还给他们写了几封引荐信,让他们去找萨拉曼卡的大神学家。

快要出发时,那位通风报信的老人来找依盖娜莫妲。她想带着儿子跟基多人一起去,另外还有二十多人也想跟着他们。她嘴里不停地念叨着:"古巴人!古巴人!"阿塔瓦尔帕一开始听得云里雾里的,后来才明白过来,原来这位老人,甚至他们遇到的大部分当地人,包括王后和红衣主教,都认为他们跟依盖娜莫妲一样,是古巴人。他问这些人为什么要跟着他们。老人对依盖娜莫妲说,他们一走就会有其他的宗教裁判官来这儿,会接着迫害他们这些人。

于是,阿塔瓦尔帕收留了他们,基多的队伍首次得到壮大,多了几家穷途末路的孔维尔索人,一小队有气无力的异教徒,还有一个奄奄一息的小伙子佩德罗·皮萨罗。

13. 马克达

跟之前一样,年轻的印加需要找个目标,好让大家忘记自我。他需要指明一个目的地、一个方向、一种动力,让大家凝聚在一起,不断推动他们、给他们力量。他们这一路,先是攻到了库斯科城外,就快触及"世界中心"了,但接着又仓皇北逃,到了荒远之地。正因为有了方向和动力,这趟异常艰辛的旅程才不至于变成一场彻底的流浪,至少,这群基多人从来没有觉得他们是在流浪。要是没有方向和动力,毫无疑问,他们一个个早就崩溃了。阿塔瓦尔帕的血管里流着曾祖父帕查库特克的血,他到目前为止所做的所有决策都是基于这种家族遗传的直觉。不久后,他会接触一个佛罗伦萨人的政治观念,会从这人身上学到很多,继而大展治国才能,而这种才能是他与生俱来的,是"翻转世界"的曾祖父传给他的。

去萨拉曼卡的路上,他们途经一个叫马克达的村子。阿塔瓦尔帕心想托雷多大屠杀的消息应该已经传到了这里,于是让众人在村外休憩,自己则带着基斯基斯和依盖娜莫妲走进村子。他之所以带着这两人,是因为基斯基斯善于打探,而依盖娜莫妲能听懂这里的话。

村民聚集在他们的"神殿"中。依盖娜莫妲穿上斗篷遮住裸体,和基斯基斯一起悄悄进入殿中看他们在干什么。只见,一个秃顶人站在一张木头讲台后面正滔滔不绝地讲着什么,他面前的听众看上去兴趣寥寥。眼前的场面既不隆重也不肃穆,与他们在托雷多见到的那个庄严的仪式全然不同。

突然,一个腰间挂着一把剑的人叫秃顶人住口,并朝他怒骂一通。依盖娜莫妲虽然没听懂他具体说了什么,但知道他指责秃顶人胡说八道。俩人一直吵来吵去,后来那个秃顶人跪在讲台后,双手合在一起,眼睛望着天,祈求神明帮帮他。

紧接着,那个带剑的人就像被雷击中了似的,一下倒在地上,口吐白沫,抽搐不止。在场的村民吓坏了,急忙恳求秃顶人解除咒

第三章 阿塔瓦尔帕纪事（片段）

法。秃顶人走下讲台，拨开众人，来到浑身抽搐的男人身边俯身查看。他把一个卷状的东西放到男人头上并嘀嘀咕咕念了几句，那人立刻不再抽搐了。

带着剑的人清醒过来后，立刻表示对秃顶人十分佩服，接着就离开了。见此情景，众人立刻涌向秃顶人，把一些铜的或银的小圆片交到他手中。他们口中不断说着一个依盖娜莫妲没听过的词："银度乐恨下"[①]。

那个被钉在十字架上的神明（他们猜秃顶人刚才召唤的应该就是他）竟然这么厉害，这让基斯基斯和依盖娜莫妲惊讶不已，回来就向阿塔瓦尔帕报告了此事。印加像往常一样，一脸平静。但他暗暗思忖不可小视这位天神。现在大伙心绪不宁，不能再被这种可能会伤害他们的魔力吓到了。怎样才能了解详情呢？经过上次托雷多事变后，阿塔瓦尔帕想低调一点，不想大张旗鼓去找那个秃顶巫师。他想暂时先不要跟当地人接触。他突然想到他们队伍中有几个新大陆的人。

被依盖娜莫妲救回来的佩德罗·皮萨罗已经痊愈了。晚上，他会给依盖娜莫妲讲一些当地的奇闻异事，再由她讲给阿塔瓦尔帕的妻子和妹妹听。依盖娜莫妲先跟小伙子讲了她在马克达神庙中的所见所闻，然后问他那个秃顶人的法力是哪儿来的。听完救命恩人的讲述，佩德罗不禁轻声笑了起来。

"你们遇到了两个骗子，他们事先商量好演了一出戏，目的

[①] indulgencia，意为赎罪。

就是骗村民的钱。那个教士是卖赎罪券的，会说几句蹩脚的拉丁语，就谎称奉教皇御旨向信徒售卖赎罪券，说只要买了这东西，灵魂就能得救。我敢肯定那个故意找碴的人就是他同伙，他们合伙骗钱。"

依盖娜莫妲把他说的话翻译给大家听，但她自己也没听懂。那个秃顶人的法力好像来自那位被钉在十字架上的神明，基多人想知道这种隔空打垮敌人的法力是怎么回事，又是怎么做到让人言听计从的。佩德罗年纪虽然不大却也不笨，他画了一幅画解释给他们听："如果太阳落山后你们再去那个村子，就会发现那个教士正在家中和同伙举杯庆祝，祝愿那些愚昧的村民健康长寿，而白天他们在众人面前演了一场戏。"说了一晚上，重伤初愈的他有些累了，打算回房睡觉，走之前说了一句："普通百姓还要被这些骗子骗多少次啊！……"

这是基多人在新大陆学到的第一课。

14. 萨拉曼卡

埃斯卡洛纳、阿尔莫罗斯、塞夫雷罗斯、阿尔维拉……他们又经过很多村镇，遇到许多人。他们这一群人有骑马的，有步行的，有穿得破破烂烂的，有扛着十字架的，形形色色。和在塔万廷苏尤一样，低头耕作的农人在他们经过时都纷纷抬头观望。

每天晚上，佩德罗会给他们讲故事。他讲了罗兰和安洁莉卡、

第三章 阿塔瓦尔帕纪事(片段)

雷诺和神驹、布拉达曼特和骏鹰的故事,还讲了鲁杰罗、费拉乌、奥林匹娅等人的传奇①。

这一天,佩德罗讲到了塞利卡那国王格拉达斯,讲他如何抓住查理曼之后又被手持魔法长枪的阿斯图尔夫击败。阿塔瓦尔帕全神贯注听着这段故事,想起了刚开始和瓦斯卡尔打仗时自己被他抓住然后又逃脱的事。他让佩德罗反复描述奥林匹娅冒险中出现的火枪。他想知道长炮、小炮、石炮到底是怎么样的,因为这些东西可不是虚幻的。佩德罗跟他说,这些器械只要知道了怎么用,就可以即刻发挥威力,比上帝虚无缥缈的惩罚可实用多了。他尽管年纪轻轻,但家人曾送他去当过一段时间的兵,所以知道这些枪械怎么用。从这之后,每次他们中途休息,其他人安营扎寨时,他都会教士兵怎么使用火枪。不过,基斯基斯却不以为然,觉得这些武器响声大又没什么用。

依盖娜莫妲很喜欢这个头脑灵活的小伙子,经常照拂他。而且他熟知这个国家和这个世界,所以阿塔瓦尔帕也十分欣赏他。正是他告诉印加,西班牙在和一个叫法兰西的国家打仗。

他们在路上遇见一个黑人小孩,孩子母亲是特哈雷斯一家旅馆的用人,常常受到虐待。印加的妻子看他可怜就收留了他。

几天后,他们终于到了萨拉曼卡。大家觉得这里比托雷多更

---

① 意大利作家阿里奥斯托(1474—1533)代表作《疯狂的罗兰》中的人物。它是西方骑士史诗乃至整个欧洲文学发展中非常重要的一部作品,取材于法国史诗《罗兰之歌》,以查理曼与撒拉森人之间的战争为背景,讲述罗兰迷恋上公主安洁莉卡的故事,集历史、神话、魔法、爱情等题材为一体。

美。卢米尼亚维向当地的官员出示了通行证,那些人小心又恭敬地接待了他们。负责照顾他们的又是一群秃顶人,当地人称之为教士。这些人在这里各司其职,有祭神的,有酿酒的,还有收管会说话的册子的。他们既是教士,也是档案管理人,甚至是学者或诗人,他们会聊世界的奥秘,知道很多神话故事,有些人还会作几首句子工整优美的诗。除此之外,他们经常唱歌,通常是合唱,而且只清唱不用任何乐器伴奏,曲调悠长又低沉。和里斯本那些人一样,他们尽管声称要清贫苦修,一个个却都住着大房子。

一天,一座大房子门前站着一群学生,他们看着墙头错综复杂的雕饰指指点点,似乎在找一只石头雕刻的青蛙。阿塔瓦尔帕停下脚步望着雕饰,看了好一会儿也没找到青蛙。这时,坐在门前乞讨的一个瞎眼叫花子对着他说了一句话。印加这次出来没坐肩舆,不过他没有因为此人对他不敬而感到不悦,只是让依盖娜莫姐帮他翻译(其实他自己也能听懂一些了)。

那个叫花子说了一句奇怪的话:"作品除了恶劣透顶的,都不该销毁摧残,而该公之于世;至于无害而多少有益的作品,那更不在话下。"

陪他们来的秃顶人想上去叫瞎子闭嘴,但阿塔瓦尔帕抬手制止了他。瞎子接着絮絮叨叨说了些让人摸不着头脑的话:"如果写了书只是给自己看,就没几人肯动笔了。著作很不容易;下了一番功夫,总希望心力没有白费——倒不是要弄几个钱,却是指望有人阅读,而且书中若有妙处,还能赢得赞赏。西塞罗说得对,'荣誉培育了艺术'。"

第三章 阿塔瓦尔帕纪事（片段）

佩德罗以前学过一点，低声解释西塞罗是很久以前的一个大哲学家。

"冲锋陷阵的战士难道是活得不耐烦了吗？当然不是；他要博得人家称赞，就不惜拼死当先。从事文艺的也是如此。"

瞎眼老人觉察到他面前有个秃顶人，于是转向他说道："宣教士一心要超度众生，讲道娓娓动听，如果对他说，'啊呀，您大师讲得真叫顽石点头'，瞧，他会不乐意吗？"①

瞎子说完大笑着起身。阿塔瓦尔帕摘下一只耳环塞到他手中。然后，他们继续东游西逛，而那个教士一路上都在念叨"禁书""异端""信仰审判"。

阿塔瓦尔帕和依盖娜莫妲吃惊地发现，这里的人有的很富足、锦衣玉食，有的人则一贫如洗，只能沿街乞讨。他们，尤其是依盖娜莫妲，觉得这有些不可思议，这些穷人竟然能忍受如此不公，没去杀了富人或烧了他们的房子。

佩德罗能看懂"会说话"的册子，说那是书。他以前看过一本书，那是一个教士偷偷翻译的，大家在私底下互相传阅。他给阿塔瓦尔帕和依盖娜莫妲念了一段书中的话："当贵族看见自己无法抵抗人民时，他们就开始抬高他们之中某一个人的声望，让他当上君主，以便在他的庇护下实现欲望。"

这是刚从佛罗伦萨那边传来的一套政治理论。阿塔瓦尔帕虽

---

① 瞎子说的话出自流浪汉小说鼻祖——《小癞子》前言。它是西班牙16世纪中期出版的一部中篇小说，作者不详，一度被列为禁书。本文中的引文出自杨绛译本。

然年纪还轻,但他继承了祖辈的智慧,预感到这套理论将来可能对他大有用处。书中还有这样一段话:"一个君主如果处事公平不损害他人,就无法满足贵族的欲望,但对人民却能这样做;因为人民的目的比之贵族更为公正,一方想压迫,而另一方则不愿被压迫。"

这倒不是说阿塔瓦尔帕有多么关心人民的幸福。他曾毫不留情地镇压过加那利人的暴动,碾死过被他叫作"疯狗"的通贝斯人,不久前还屠杀了托雷多人。但他对自己的人民却有一种责任感,他们从钦察苏尤死里逃生,如今只剩下两百人了。他知道,要护住这些人,就要面对无数强大的敌人,而要想和他们对抗,就得善用权谋,利用各种地域优势,知己知彼。他觉得这个叫马基雅维利[①]的人是个不错的军师。

基斯基斯开始研究地图,他想了解一下这里的山有多高,谷有多深,地有多广,还要搞清楚河流沼泽的分布。他仔细地一一查看。

查尔库奇马则跟着鼎鼎大名的弗朗西斯科·维多利亚[②]教士学习律法,了解法律及刑罚如何施行。

依盖娜莫姐在佩德罗的帮助下开始学着看书。这位被她救下的年轻人如今成了她名义上的老师,而实际上他们的关系可不止

---

① 马基雅维利(1469—1527),意大利政治学家、哲学家、历史学家、外交官。他是意大利文艺复兴时期的重要人物,被称为近代政治学之父,所著的《君主论》一书提出了现实主义的政治理论及"政治无道德"的权术思想。

② 弗朗西斯科·维多利亚(约1486—1546),西班牙神学家,萨拉曼卡学派始祖。他否认教皇的至上地位和权威,认为美洲原住民不该被视为宗教的罪人或是在智慧上差人一截,主张他们生来都是自由的人,也都有拥有财产的正当权利。

第三章 阿塔瓦尔帕纪事（片段）

如此。

阿塔瓦尔帕则对新大陆几位国王之间的纠葛十分感兴趣。

秃顶人有一本厚厚的书册。他们随时随地会说书里的话，几乎从不离身，简直可以说奉为珍宝。这本书里有很多故事，尽管秃顶人给基多人讲解了一番，但他们依旧没听明白。秃顶人所属的职位体制在他们看来也异常复杂。不过，基多人总算听明白了两件事：有一个地方叫罗马，受人敬仰；有一个教士叫路德，让人头疼。一提到路德，就连看似非常冷静的维多利亚教士也忍不住激动不已。阿塔瓦尔帕他们尽管弄不明白这些人到底为何而争，但猜事情应该很严重，北方因此都打得不可开交了。

厚书中有个故事让他们感到特别不舒服。从前，有个牧羊人，神让他接连失去了一切——妻子、儿女、羊群、健康、财富。神之所以这么做是因为和魔鬼打了一个赌，不知是出于无聊还是骄傲，他想证明这个可怜的牧羊人对他的忠心，想证明这人无论遭遇什么都会始终信他。基多人觉得这个神也太离谱了。故事最后，这位可怜人的妻子儿女、牲口财物全都失而复得（不仅失而复得，还多了不少，算是神对他的补偿）。可神这样做让基多人觉得他更离谱了。创世神维拉科查就绝不会玩这种幼稚又残忍的游戏。而太阳神，始终高高在上，从不会这般儿戏。

他们倒是觉得弥撒很有意思。管风琴的声音拍打着他们的耳朵，直抵他们的心灵。库兹·黎媚和基丝普·希萨玩闹着学当地人比画十字，还说想要受洗。

萨拉曼卡的秃顶人很愿意和基多的女子来往，不像里斯本的那些秃顶人。日子一天天过去，有几个女人的肚子渐渐鼓了起来。几个秃顶人却病倒了。

阿塔瓦尔帕喜欢听维多利亚讲自然法、实证神学、自由意志以及其他各种理念，这些理念十分复杂，加上阿塔瓦尔帕此时还不太会卡斯蒂利亚语，所以听得一知半解，也无法进行深入的交流。

一天，他们听说查理五世已经去西班牙了。他们听佩德罗讲了那么多圣骑士的故事，都忍不住想见识一下查理曼和手持圣剑的罗兰。不过，如今这位查理也不是无名之辈，他们很快就会见识到了。查理五世正带着大军向萨拉曼卡靠近。基多人觉得他的大军肯定十分厉害，传闻还在很远的地方打了几场胜仗（事实并没有那么简单，不过基多人要到后面才会发现）。

大家决定派一个使团去见查理五世，就让查尔库奇马和基斯基斯负责带人去。阿塔瓦尔帕没有让依盖娜莫妲跟着去——这个查理可不会把她当作安洁莉卡。一个学过几天克丘亚语的秃顶人会代替她当翻译。反正，使团只不过是个幌子，他们真正的目的是打探情况。查尔库奇马觉得应该把印加的山狮也带上，再带几只鹦鹉，说不定到时会派上用场。

15. 查理

三十个基多人骑着马出发了。他们蹚过一条小河，然后就看见了营地，那里遍地都是大帐篷。这里的人知道他们要来吗？穿着

第三章 阿塔瓦尔帕纪事（片段）

灯笼裤的士兵给他们让开一条道。他们骑着马在一片长枪和幡旗中前行。一个白胡子秃头男人前来迎接他们。他穿着一件黑色毛皮大氅，脖子上戴着银项链，左手戴着一枚红宝石戒指。他带着基斯基斯和查尔库奇马来到一顶帐篷前，十四个全副武装的士兵站在门前。两位将军下马进入帐篷，身边只带了那名翻译，几只鹦鹉和那头山狮。

他们来到帐篷里，看见查理五世坐在一把木椅上，身边围着几个大臣。他的脸上长着黑黑的络腮胡，穿着红色紧身上衣和白色长筒袜。两位将军看到他的下巴和鼻子时吃了一惊——他的下巴很长，像鳄鱼，鼻子也很长，像极了山貘。查尔库奇马本想上前把鹦鹉献给国王，但国王身边的两名侍卫把他拦下了。国王叫人把鹦鹉带了下去，两位将军猜国王这是接受了礼物，可他一言不发，甚至都没看漂亮的鹦鹉一眼。他微张着嘴，似乎在想什么，手习惯性地抚摸着躺在脚边的白狗。没人出声，只有山狮发出一阵低吼，引得那只狗开始低吠。他们就这样僵持着。两位将军站在那儿，心中惴惴不安。过了好久，国王终于示意下人给他们端来两杯浅黄色的酒。查尔库奇马接过酒喝了。查理五世的酒是装在一个金杯里的，他接过酒一饮而尽，然后拿手背擦了擦沾在嘴角的泡沫。他面前的桌上摆着一个银盘，里面是一只烤鸡。查理扯下一个鸡腿就开始慢慢啃了起来。两位基多将军呆呆地看着国王吃得胡子沾满油光。接着，国王把吃剩的鸡腿扔给了那只狗，终于开口说话了，他的声音有些奇怪，十分低沉，几乎低不可闻。他问阿塔瓦尔帕他们是否像妻子信中所写的那样来自印度。他坚信他们不是来自韦拉克鲁斯岛。葡萄牙人的红木就是出自那里,而据他妹妹葡萄牙王后所说,那里的人是一群吃人的野蛮人。查尔库奇马本想给他好好讲一下塔万廷苏尤以及阿塔瓦尔帕和哥哥的战争,但国王打断了他,转而说起他和苏莱曼之间的争斗。见状,查尔库奇马告诉国王,如有需要阿塔瓦尔帕会带人打败这个苏莱曼。听了他的话,查理五世发出一阵尖笑,他身边的人也跟着一起笑了。将军不知道他们为什么笑,是表示满意还是觉得这个提议太荒唐了。大笑过后,查理五世站了起来,显出中等个子。他大声说阿塔瓦尔帕必须为在托雷多犯下的罪行付出代价。那条修长的白狗见主人发怒,也不甘示弱,一心想效仿、取悦、保护主人——这种狗天性如此。它开始上蹿下跳,对着两位将军狂吠不已。但它只顾着发威,没承想跳得太远了。说时迟那时快,山狮一声吼叫,闪电般在狗嘴上抓了一把。白狗呜咽着往后退。查理停止叫骂,走近狗,温柔地和它说话,那是一种他们没听过的语言。他口中不断叫着:"桑沛儿,桑沛儿……"狗舔了舔主人的手。地上有一摊血。

查尔库奇马说阿塔瓦尔帕想见西班牙国王,明天会在萨拉曼卡圣马丁教堂前的大广场上等候国王光临。

白胡子秃头男人高声报起了查理五世的一连串名号:罗马皇帝、西班牙国王、勃艮第公爵……而查理五世却俯身看着狗,没等他报完,就不耐烦地示意查尔库奇马他们退下。

16. 圣马丁广场

他会来吗？什么时候来？萨拉曼卡的民众听到传言，慌乱不已，开始纷纷逃离。

阿塔瓦尔帕召集大家商议，说眼下基多人处境不妙，几乎必死无疑，突袭是最佳方案。况且，他们也不知道还能去哪里，既然如此，还不如守在这里。众人对此深表赞同。阿塔瓦尔帕提醒大家，他们在和瓦斯卡尔的对抗中曾多次走投无路，但最终都化险为夷。然而，在这群跟着他的人中，没人认为他们之前遭遇的危机能和现在面临的险境相提并论。他们现在已然走投无路，但愿能光荣地战死沙场。死亡在向他们招手。

尽管如此，卢米尼亚维还是带着众人加紧备战。他让普卡·阿玛鲁收集钢珠、弓箭以及各种可以投掷的武器，尤其是双刃短斧。这种斧头简单好用，还能砍破坚硬的铠甲。他安排众人埋伏在广场边上和邻近的房屋顶上，还给马戴上铃铛藏在圣马丁教堂，到时可以吓住敌人。他下令把所有能用的火炮对准平原上的敌军。他让手下务必活捉查理五世。

查尔库奇马还想寄希望于和谈，卢米尼亚维诘问道："你想谈什么？你有什么可谈的？除了投降，我们还能谈什么？你想有什么样的下场？绞死还是烧死？地下是不会收你骨灰的。"

阿塔瓦尔帕知道是时候对他的人说几句话了。用不着那些虚礼，反正他们就要一起赴死了，何况大家曾共同经历了那么多磨难。他早已把他们当作同伴,恳切地说道:"冲锋陷阵的战士难道是活得不耐烦了吗?"他告诉大家,历史会记住,在遥远的异国他乡,有这么几个人勇敢地站起来以寡敌众。他在萨拉曼卡修道院中的日子可没有虚度。他给大家讲了罗兰在龙塞斯瓦列斯山口的那一场大战,讲了列奥尼达①在温泉关的战役,还着重讲了汉尼拔如何在坎尼战胜罗马大军的故事。万一他们不幸战死,羽蛇神会在另一个世界迎接他们,把他们当作英雄。至少,历史会铭记他们这一百八十三位英雄,他们用弱小的身躯对抗一个大国,虽死犹荣。听了这一番话,大家大受鼓舞,一边挥着斧子,一边呐喊。接着,大家各就其位。

　　一大早,城里空荡荡的,只有几个乞丐和孔维尔索人。就连野狗都似乎对空荡荡的街道有些不习惯。这种寂静就跟里斯本风暴来临前的情景一样。对大家而言,等待是煎熬的,就像肩上扛着重担一般。本人亲眼看见好多基多人害怕得不知不觉尿了裤子。圣马丁大广场南面是教堂,对着呈半月形排列的一排屋舍。北面和西面被一排石屋堵死,北面的房舍下面有拱廊。东面比较开阔,只有几个货摊和一座塔,塔顶有个圆盘,把一天分成十二个时辰。将军们最担心的就是这里,他们想要一个完全封闭的地方,最好跟卡哈马卡②一样,只有几个狭窄的石拱门能出入。但现在不是想这些的时

---

① 列奥尼达,古希腊斯巴达国王,在第二次希波战争的温泉关战役中,率领少数斯巴达勇士顽强抵抗波斯帝国大军的入侵,最终全部战死。其英勇的表现使他成为古希腊英雄人物之一。
② 真实历史中的卡哈马卡战役是西班牙征服印加的重要战役,经此一役,印加皇帝被俘,西班牙开始殖民印加,并建立秘鲁殖民地。

第三章 阿塔瓦尔帕纪事（片段）

候。哨兵通知大家查理五世来了。

扛着长矛的步兵走在前头，接着是骑着马的皇帝，身边跟着各位大臣，他们头上遮着一顶大华盖，几位仆从举着华盖走路跟着。后面是两列身穿军服的士兵，他们扛着戟和枪。最后面是拉着粮草的大马车。总共大概两千人。基斯基斯和查尔库奇马之前在营地看到的有四万人。如此看来，大军留在营地没有来。所以今天基多人是以一对十。不过，和在托雷多不同，那时人们是在睡梦中被突袭的，而今天这些人全副武装，十分警惕。

查理五世穿着黑金色铠甲，骑着一匹黑马，马背上披着红绸。

依盖娜莫妲独自一人前去迎接。她脱下那件蝙蝠皮大氅，浑身赤裸地走上前去，阳光直直照在她身上，此时已近正午。士兵们发出一阵喧哗。队伍中一位秃顶人走向她，把那本厚厚的书册伸到她面前。"你承认唯一的神和我们的主耶稣基督吗？"依盖娜莫妲接过书，对这套说辞已经非常熟悉，答道："我承认唯一的神和你们的主耶稣基督。"接着，她看了教士一眼，眼中满是嘲弄，然后打开那本他们视若珍宝的书册读了起来："要有光，就有光。"①她边说边指着头顶的太阳。

广场上响起一阵哨声，接着一支箭射在了查理五世坐骑的颈子上。紧接着，哨声再次响起，这次更低沉更有力，然后那匹马的头部就被一颗指头粗细的铁弹击中了。顿时，空中弹石横飞，一齐射向骑兵。埋伏在屋顶的射手按照指令先打马。他们不断用箭和弹

---

① 厚册指的是《圣经》，这是《创世记》中的一句话。

石射击马的头部。这些牲口发出哀号然后接连倒下。这时呼叫声四起，都喊着"护驾！"，侍卫紧紧围住查理五世。殊不知，这是他们犯的第一个错。

接着火枪手又犯下第二个错——他们把枪对着屋顶上的射手，但由于位置不好、距离太远，打光了子弹也没有击中一个。

正在此时，教堂的门开了，阿塔瓦尔帕带领基多人骑着马奔拥而出。他们个个骑术精湛——这是祖辈流传下来的本事。他们天生警觉，又在磨难中炼出了胆魄，知道什么时候出手。马蹄嗒嗒把敌军围成一团，而敌人还没缓过神来，就被越缩越紧，最后紧紧挨在一起，以至于火枪手都被挤得没法装填弹药了。他们挤在一起，不时被倒在地上的马匹绊倒。与此同时，最外圈的护卫又支起长矛抵御攻击。现在，这一群人看起来就像是一堆缩成刺团、瑟瑟发抖的刺猬。

骑在马上的基多人不敢松懈，把敌人团团围住，不让他们有任何突围的可能。如果有人用矛刺基多人的马试图突围，那么后一匹马上的人就会一剑刺死他。箭镞和子弹一刻不停地射向赤手空拳的敌人，直击"刺猬堆"中心。"上帝来救救国王吧！"查理五世的将领将他围起来，用自己的身体给他挡箭和子弹。

场上的敌人越来越少，但基多人的弹药也快用完了，那些还没倒下的西班牙人拿起死人身上的号角，吹响号角呼叫援军。留在营地的大军马上就会赶来，基多人必须打破僵局，否则就完了。必须速战速决。只见卢米尼亚维策马向一排长矛迎面奔去，快触到长矛时一跃而起，然后奇迹般地越过尖刺落在敌军后。马蹄一下子踩

第三章 阿塔瓦尔帕纪事（片段）

死了好几个人，卢米尼亚维拎着大锤，左一下右一下不停锤向敌人的铠甲，敌人纷纷倒下。

缺口打开，众人一拥而上。此刻，基多人已经杀红了眼，挥着斧子砍倒一排人，后面就是国王了。大家没有忘记他们的目标是国王，但杀戮的欲望支配着他们不断砍杀，至于是否还记得要活捉国王，真的难说。

阿塔瓦尔帕急忙赶过去，身下的马从活人和死尸身上踩过。他策马快奔，急急地奔向人堆，眼看国王的铠甲在烈日下闪耀，但很快就被砸凹了。阿塔瓦尔帕一路挥剑砍去，不管是基多人还是敌人，谁挡道就杀谁，他深知查理五世的生死关系着他们这群人的存亡。

查理仍强撑着。阿尔瓦公爵为了保护他死在剑下，米兰公爵为了保护他死在斧下，西班牙诗人加尔西拉索·德·拉·维加用自己的身躯为国王挡住利刃；刀光剑影，不断指向国王的铠甲。查理很快撑不住了，倒在了地上，厚重的盔甲就如龟壳一般压得他无法起身。基多的战士扑向他疯狂撕扯着，犹如饿狗争抢骨头一般，他们撕下一块块盔甲，当作战利品。查理没有死，还在挣扎，像一头受伤的野兽一般扭来扭去，让基多的战士无从下手。

阿塔瓦尔帕好不容易来到他们跟前，但此时此刻，不管是敌方还是我方，众人眼中已看不到君王。虽然印加大叫停手，但他们充耳不闻。阿塔瓦尔帕只得用斧子狠拍身下的马，驱赶它往前跑。等到了查理身边时，他一个转身从马上一跃而下，接着一把扶起查理。

查理的脸和手都受了伤，手套下都是血，衣服也被撕烂了，露出了上身。阿塔瓦尔帕的手一碰到查理，空气中就似洒了魔法药水一般。战士们突然从疯狂中清醒过来，停止了厮杀。战斗结束了。广场上烈日当空。塔顶的圆盘上，那根长的指针已转了一圈，回到最初的位置。

17. 印加勇士：第一歌第十一节

吾等所求，并非虚妄，
美妙奇迹，任尔缔造，
此等异邦，缪斯逢迎，
欲增其采，一改平平；
痴心妄想，业已成真，
所求之事，皆是应验，
罗兰再世，无力回天，
骑士齐聚，局势难转。

18. 格拉纳达

也许有人会说阿塔瓦尔帕这般伏击查理五世有些不够光彩，但要知道，查理五世的威胁不能不当回事。他当着印加使者的面叫

第三章 阿塔瓦尔帕纪事（片段）

嚷着要他们为托雷多的事付出代价。更何况，基多人不久前刚见识了那些信徒是如何对待持有异见的人的。这些人特别在意其他人是否和他们信仰相同，总想着让别人皈依他们的宗教。当初依盖娜莫姐去见查理五世时，教士要她做的第一件事就是服从他们的信仰。

话说回来，西班牙国王被俘后心灰意冷，整个新大陆也陷入深深的震惊之中。

阿塔瓦尔帕知道，基多人的生死完全依赖于他们手中的俘虏。他决定离开萨拉曼卡，去一个更安全的地方。

基多人日夜兼程往西班牙南部进发，而查理五世的大军一直如影随形。如果说前者是只瘦小的豚鼠，那后者就是膘壮的山狮。西班牙大军紧盯着基多人，准备随时扑上去吞了它。追兵几次试图救走查理五世，但国王本人深深陷于悲伤之中，意志消沉，所以几次营救行动都以失败而告终。

他们前行了好长一段时日，来到了一座红色的宫殿。这座宫殿建在悬崖顶上，是从前一群信仰另一个宗教的人所建，这群人在这里待了很久，直到不久前才被驱逐出去。这里是格拉纳达，眼前的这座阿尔汗布拉宫①从今以后就是基多人的堡垒了，它就像印加帝国的萨克塞瓦曼一样坚不可破。

城墙围绕的宫殿中有一座是专为查理五世而建的，但他还从没进去过。尽管宫殿尚未完工，阿塔瓦尔帕还是让查理住了进去，并让他的侍从、大臣和那条狗继续跟着他，对他仍是恭敬有礼。阿

---

① 又称"红宫"，中世纪摩尔人统治者在西班牙建立的格拉纳达王国的宫殿。

塔瓦尔帕还把他的王后和两个孩子从托雷多召来与他相聚。过了几天，国王渐渐恢复了神志，一脸憔悴地出现在大家面前。为了帮他振作起来，阿塔瓦尔帕仍把他当作君王一般对待，让他处理各种政务。比如，他会让查理五世接见新大陆各地来使——大家纷纷来此打探情况，眼下局势发生了变化，必会引起轩然大波。那些使者见过查理五世后，会被带去见印加。见了几次使者后，阿塔瓦尔帕对新大陆的政治版图有了大概的了解，知道查理五世是这里最强的霸主，而这位霸主现在任他摆布。

查理五世统治的帝国几乎跟塔万廷苏尤一样辽阔，但比较散乱。西南有西班牙，北边有低地国家①和德国，东边有奥地利、匈牙利、波希米亚和克罗地亚，而另一个大国的君王苏莱曼正虎视眈眈盯着这些东边地区。南边有意大利，它离西班牙不远但隔了一个海，历来是兵家必争之地，常年战火纷飞。秃顶人的首领就在意大利，他也是那位被钉在十字架上的神在世间的代理人。查理五世称霸新大陆遇到的最大敌人是法兰西国王，法国拦在中间，让查理的帝国一分为二，而法国本身则受到北面岛国英格兰的威胁。位于大陆中心的是瑞士，一个联邦小国，为各国提供兵力。西班牙的邻国葡萄牙是一个航海探险的国家，主要致力于寻找新世界。

西班牙的西南端有一个海峡，人称"海格力斯之柱"，连接着大西洋，基多人就是穿越了大西洋才来到新大陆的。海峡的南边是

---

① 低地国家，即尼德兰（荷兰语），指欧洲西北部沿海低海拔地区，主要由荷兰、比利时（包括佛兰德地区）和卢森堡构成。从地理和历史角度来看，该地区还包括今法国和德国的部分地区。——编者注

第三章 阿塔瓦尔帕纪事（片段）

摩尔人的国度，四十年前他们的首领被逐出了西班牙（侬盖娜莫妲估算了一下，这跟西班牙人到古巴的时间差不多）。尽管摩尔人战败了，但还是有一部分人选择留在格拉纳达，这些人被称为"摩里斯科人"。他们生活在阿尔汗布拉宫对面的山丘上，那座山叫"阿尔拜辛"，意为"穷人之地"。

西班牙大军则驻扎在离格拉纳达城不远的圣菲小镇。各位大臣聚在这里商量对策，商讨如何应对国王被俘之后他们面临的困境。

除了国王，西班牙最有权有势的人都到场了。有瘦骨嶙峋的塔维拉红衣主教，有曾在军营迎接过查尔库奇马和基斯基斯的老臣格朗威利，有戴着红宝石十字架项链的国务秘书莫利纳，有特拉诺瓦公爵莱瓦，还有在圣马丁大屠杀中逃过一劫但双腿皆废、差点战死的阿斯科利王子。阿斯科利王子力谏主动发起突击，但其他人觉得阿尔汗布拉宫没那么容易拿下，何况对方手中还有查理五世这个人质。

虽然基多人在萨拉曼卡发起的突袭后死里逃生，但眼下的情况仍不容乐观。阿塔瓦尔帕享受着胜利的喜悦和胜利带来的好处，但他知道，如果不好好筹谋，那优势就会转瞬即逝。出奇制胜这一招已经不能用了，而双方实力实在悬殊。他们这么些人，却要对抗整个世界。

各地来使对查理五世仍然敬畏有加，这让阿塔瓦尔帕放心不少。他挟制着国王，就相当于有了最好的筹码。查理五世本人的一个举动也让他更加确信这一点：这位国王向阿塔瓦尔帕提议放他走，让儿女做人质，此时小王储费利佩才五岁，女儿玛丽亚更是还小一岁。阿塔瓦尔帕听了他的提议后笑了。查理五世也尴尬地笑了笑,偷偷看了王后一眼。

使者见过查理五世这位西班牙国王兼神圣罗马帝国的皇帝后,会被领去旁边的国王殿见阿塔瓦尔帕。使者会先穿过昏暗的大厅,这里有一幅蓝瓷画,画里的白柱上刻着查理五世的格言:"Plus ultra"。这是新大陆学者用的语言,意为"更远",阿塔瓦尔帕觉得这句格言也很适合自己。接着,使者会经过一个长长的水池,池边栽着矮矮的篱笆,池中倒映着拱廊,就像小船翻在了水中。水池尽头是一座用红色石头砌成的城楼,方方正正,筑有雉堞。之后,使者就会走进使节厅,厅内一片昏暗,尽头有三个凹室。透过凹室的窗户可以看见格拉纳达的平原和雪山,窗上装了镂空的彩色玻璃。阿塔瓦尔帕坐在正中间的窗洞中,右边站着高大的卢米尼亚维,左边躺着依盖娜莫姐。

使者从明亮的庭院中进来,刚眨了眨眼,迎面又碰上从镂空的窗户中照进来的阳光。逆着光,他只能勉强看清印加和两位大臣的身影,他们看上去就是几团大小不一的阴影。他头顶上的木板十分精美,画的是一片星空。他在星空之下显得越发矮小了。

查理五世知道自己的祖先曾在这里接受敌国的投降,他曾感叹说:"丢了这么漂亮的宫殿,真是可怜。"婚后,他和王后在这里度过了一段美好的时日,但因国事繁忙不得不提早离开,此后便一直没有回来过。阿塔瓦尔帕听说了这件事后,对查理说道:"这么漂亮的宫殿,有机会享受的时候不好好享受,真是可怜。"说完又安慰查理不要难过,说多亏了自己,从今以后查理可以尽情欣赏这

第三章 阿塔瓦尔帕纪事（片段）

座华丽的宫殿了。

最早来这儿的人中有一个正是格拉纳达的前主人——布阿卜迪勒[①]，他四十年前被赶出格拉纳达，现在想来碰碰运气看看能讨到些什么，但什么也没讨到。这位戴着头巾的老人只好回到流放地，不久后就死了。他的到来让查理五世羞愤不已，对身边的人说："我太不幸了。"他的这句话也被报告给阿塔瓦尔帕了。

阿塔瓦尔帕接见了一个从佛罗伦萨来的年轻人，跟他研究过的哲学家马基雅维利是老乡。年轻人叫洛伦齐诺，出身名门美第奇家族，一副激情澎湃的样子，口中说着一些奇怪的话："啊，要是共和人士是汉子……"依盖娜莫姐和佩德罗都听不懂这句话是什么意思。这个年轻人跟印加说起宫殿财宝什么的，似乎是想让印加参与到什么复杂的战事中去。他先是请求印加帮他把堂兄赶下台，因为他堂兄身为佛罗伦萨的统治者，却残暴地对待民众。基斯基斯听了他的描述，对这个奇妙的地方充满了好奇，忍不住想去那里看看。但阿塔瓦尔帕除了表示会收留这个年轻人之外，没再说什么。印加不太喜欢年轻人口中的"领主共治"，这种政治制度主张权力来源于人民，而不是来源于太阳神。

德国奥格斯堡的富格尔家族也派了一个人来。这个家族并非王公大臣，而是商会巨头，做银钱交易。来人穿着朴素，查理五世一脸倨傲地接见了他。但基多人注意到那天的局面有些反常。在新

[①] 布阿卜迪勒，中世纪摩尔人国王，西班牙最后一个穆斯林国王。1492年1月2日，布阿卜迪勒放弃首都格拉纳达，拱手将其让给斐迪南和伊莎贝拉，结束了穆斯林对西班牙中心的统治。

大陆，金银不只是用来显示身份的装饰品，还会给持有者带来强大的能力。金银通常被铸成小圆片，可以换取各种各样的物资。富格尔家派来的人要求查理五世尽快履行契约——一种写在纸上的合约，作用跟印加帝国的结绳差不多，否则不再提供金银。听了他的话，查理五世一下子面露窘色。阿塔瓦尔帕听说后，不禁陷入遐想。他想到安第斯山脉遍地都是金银，脸上露出了微笑。

从奥格斯堡还来了位学者，跟阿塔瓦尔帕说在喝酒吃饼的圣餐仪式中神"真实"存在。这个人叫菲利普·梅兰希通[①]，戴着一顶黑色的平顶帽。阿塔瓦尔帕做出仔细聆听的样子，他知道查理五世不喜欢这个人以及他那些想法，但还是接见了他并且聊了很久。对这个人所说的问题，查理不说十分担心，至少也十分在意（当然，跟他目前的处境相比，这都不算什么）。梅兰希通是代表路德来的，而查理五世视路德为恶魔。路德发起了宗教改革，想改变基督教某些礼拜仪式，并且重新阐述某些教义，不过基多人不明白那些教义有什么重要的。

一位从巴黎学成归来的秃顶人请求觐见查理五世，说要告诉国王一个对抗路德教的好办法。他说虽然阿塔瓦尔帕的出现改变了局势，政治重心不同了，但在基督教信徒的眼中，打倒北方反叛者仍旧是最要紧的，何况查理五世一向自诩虔诚。这位秃顶人叫伊

[①] 菲利普·梅兰希通，德国人文主义者和宗教改革家。从1519年起和马丁·路德共事，并将路德的思想系统化。他是路德派新教学校改革的组织者，被德国教育史家鲍尔尊称为"日耳曼导师"。

第三章 阿塔瓦尔帕纪事（片段）

纳爵·洛佩兹·德·罗耀拉①，阿塔瓦尔帕对他说的话十分感兴趣。这人身材矮小，目光敏锐，眼中既有狡黠也有仁慈，喜欢聊自己的信仰，说起话来清晰明了，在场的基多人听了他的话，对新大陆的故事增加了了解。

新大陆的人信仰一个由圣父、圣母、圣子组成的三口之家。圣父住在天上，他派圣子来地上挽救人类，经历了一系列波折和误会后，圣子却被人钉在了十字架上，圣子是来拯救人们的，而人们却没有认出他来。后来，圣子复活了，回到天上和圣父团聚。人们这才幡然醒悟，悔恨不已，从此之后一直等着圣子重新降临世间。与此同时，他们也会敬拜圣母。这个圣母是个奇人，怀孕后仍是处女。此外，他们口中还有一位神，叫"圣灵"，它有时指圣父，有时指圣子，有时两者都指。基督教信徒经常做的那个手势是个十字，代表的就是圣子遇难时的十字架。他们把他们的神称作"上帝"。他们如今做的一切都是为了弥补祖先的忘恩负义，是他们的祖先折磨上帝并把他钉在了一座山上的十字架上。那座山在一个很远的地方，现在被敌人占领了，他们一心想要夺回来。

他们之所以和摩尔人打仗，是因为后者虽然知道上帝的存在，却不追随他。摩尔人承认圣父，却不承认圣子，饮食习惯和语言也与他们大不相同。就因为这，双方几百年来斗得你死我活。另外，还有一个犹太人部落，他们历史悠久，风俗习惯和摩尔人相似。比

---

① 伊纳爵·洛佩兹·德·罗耀拉，罗马天主教耶稣会的创始人。他在罗马天主教内进行改革，以对抗由马丁·路德等人所领导的基督新教宗教改革，重树教皇的绝对权威。

如，男孩出生后不久，身体某个部位的一块皮就会被割掉。犹太人也不吃猪肉，只吃由经师祝祷过并按照仪式屠宰的牲畜（不过，他们可以喝酒，而摩尔人不喝）。他们也不信基督，尽管基督曾是犹太人。在最后一任国王布阿卜迪勒战败，被流放后，摩尔人仍被允许留在西班牙；和他们不同的是，犹太人没有国家也没有君主，除了那些抛弃传统习俗、转信基督的人，大部分犹太人几乎一夜之间就被赶出了西班牙。留下来的人被称作"孔维尔索人"，生活十分悲惨，总是遭到基督徒的怀疑。他们一直受到宗教裁判所的迫害，甚至有人被活活烧死。罗耀拉教士不赞成这么做，也不认可"血纯"的说法，认为这种做法会使各部落间无法进行交流融合。"我们的主耶稣不在我们血管中，而在我们心中。"他这样说道。

　　掌握了这些情况后，阿塔瓦尔帕觉得是时候找盟友了。他向查理五世提议，颁布一项法令，允许西班牙国内存在不同的宗教信仰，到时只需在这些不同的信仰之外再加上太阳教就可以了。查理五世先是张着嘴一脸茫然，似乎没听明白。依盖娜莫妲如今对翻译已经游刃有余，她准确地转述了印加的意思。查理五世明白过来后，开始破口大骂，最后义正词严地拒绝了这个提议。

　　阿塔瓦尔帕没法强迫查理五世颁布涉及整个帝国或仅仅是西班牙的法令，但他交代查尔库奇马和佩德罗，要让格拉纳达的人知道他这个提议。不久，阿尔拜辛的大街小巷都开始谈论此事，甚至连附近圣山上的摩里斯科人也开始议论纷纷。他们生活在宗教裁判所的阴影之下终日惶恐不安。已经有犹太人被烧死了，这意味着不久后就会轮到摩里斯科人了。虔诚的摩尔人不希望在原有的神之外再增加一位新神，他们总是说"安拉至大"。一开始，他们不赞同再增加一位神。但眼前改宗的犹太人就是鲜活的例子（他们不排挤这些犹太人，而且和他们相处得还很融洽），这让他们又陷入了深思：那些改宗的犹太人难道不该听那些基督徒的话，遵循他们的信仰和礼仪吗？那么，就快没命的他们难道不该抛弃自己的风俗吗？

更何况，"安拉至大"不是说"只有"安拉是伟大的。这句箴言本身就暗示除了他们的真神之外可以有其他的神。

这样一想，有些人就开始用不一样的眼光来看待太阳了。

19. 玛格丽特

查理五世被软禁在自己的宫殿中，那圆形的宫殿在他看来有些讽刺，心里很不是滋味（但他也说不清到底是什么滋味）。他终日郁郁寡欢，他只对下棋稍有兴致。这种棋分黑白两方，棋盘上有六十四个格子。讽刺的是，这个游戏的目的就是抓住国王。

查理五世教了印加的几位将军怎么下棋，查尔库奇马很快就熟悉了规则，下得一手好棋。但和查理下棋下得最多的是基斯基斯，他只要一有空就来和国王下棋，一下就是好几局，但几乎每次都输。

一天，站岗的士兵进来报告说门口来了个女人。来人是位王后，也是法兰西国王的姐姐，她来阿尔汗布拉宫求见两位君王。她带着一大队随从，乘着一辆四匹白马拉的车，头发弄得特别精致，衣着也特别华丽。她肤色白皙，仪态万千，说起话来十分优雅，不过稍微有些口音。

她和查理五世交谈时说的是另一种语言，没有几多人听得懂。据当时在场的人说，查理五世气得满脸通红，而玛格丽特（那位王后的名字）则冷冷地跟他说着话。

幸好有洛伦齐诺在，他还没回佛罗伦萨。在他的解释下，大家终于明白是怎么回事了。原来，这不是玛格丽特第一次见查理五世。洛伦齐诺记得，在他还小的时候，法兰西国王战败被俘。玛格丽特去求查理五世放了她弟弟，可查理五世没有同意。法国国王弗朗索瓦不得不割让了大片领土才换回自由。

而现在，玛格丽特以法国和弟弟的名义来向查理五世要回这些领土。

了解情况后，阿塔瓦尔帕同意在使者厅接见玛格丽特。

阿塔瓦尔帕虽然能听懂一些当地话了，但还是让依盖娜莫妲继续给他当翻译，一来他可以趁她翻译的时候进行思考，二来有她在他比较安心，她会给他带来好运，同时又让对方不敢直视。

这一次，洛伦齐诺代替卢米尼亚维站在印加身旁，万一印加有什么疑惑，他可以进行解说。

疑惑还真不少。

玛格丽特王后的领地在纳瓦尔，位于西班牙和法兰西之间，玛格丽特提出的一个要求就是让查理五世把领地归还她。

而法兰西国王则想收回四年前在"贵妇人合约"中失去的阿

第三章 阿塔瓦尔帕纪事（片段）

尔多瓦、佛兰德等北方领土。他希望西班牙国王永久放弃勃艮第，可见这个地方对两国都十分重要。

他还要求获得米兰、热那亚这两个意大利城邦的主权。

普罗旺斯、尼斯、马赛和土伦也一样。

这些地方对阿塔瓦尔帕来说都无足轻重。勃艮第和阿尔多瓦对他有什么用？米兰和热那亚算什么？什么都不是，不过是一个概念，甚至连概念都算不上，只是一个地名。一年前、一月前、甚至一周、一天前，他都还不知道有这些地方。阿塔瓦尔帕的眼里只有安达卢西亚，所以之前断然拒绝了布阿卜迪勒拿回格拉纳达的要求。但眼下帝国又不属于他，那几块地给了就给了，没什么可惜的，扔给谁都不要紧，不过就是地图上的几个点。

但又为什么要给出去呢？

玛格丽特放低了声音。她得知阿塔瓦尔帕不是从东边或南边而是从西边来的。可能是印度，或摩鹿加[①]，或西邦戈，又或者是其他什么地方。她知道他背井离乡，但历经波折后却占据了上风。他手握查理五世，而查理五世统治着罗马帝国、西班牙、那不勒斯、西西里以及勃艮第。局势对他真是太有利了。

玛格丽特接着说了下去，语气柔和又坚定。她说，基督教绝不会容忍这样的局面。教皇虽说和查理五世关系不怎么好，但不会坐视不管，到时定会派大军进攻格拉纳达。宗教裁判所也必定会把崇

[①] 在今天的印度尼西亚境内。

拜太阳神的他们视为异端。查理五世的弟弟、奥地利大公斐迪南①很快就会带着一支所向披靡的军队赶来。不过她又说,如果阿塔瓦尔帕有需要的话,法兰西国王一定会出手帮助他这个"从海上来的伟大国王"(玛格丽特边说边行了个屈膝礼)。她说弟弟弗朗索瓦以前就和苏莱曼结盟过,而苏莱曼可是异教徒首领、奥斯曼帝国的君主。和查理五世不同,被称为"虔诚基督徒"的弗朗索瓦并没有一味狂热地捍卫基督教。面对北方激烈的教派纷争,他表示理解和支持路德教。因此,如果印加愿意,两国可以结成坚固的同盟。到时法国会拥护,支持阿塔瓦尔帕。说到底,谁又想与太阳为敌呢?

阿塔瓦尔帕认真听她说完。他对新大陆各国之间的制衡有了大概了解,加上纳瓦尔王后说得情真意切,所以忍不住想满足她的要求换取援兵。其实,法国愿意和他结盟正中他下怀。但是,他们面临着一个难题:阿塔瓦尔帕掌控的是国王而不是王国,而查理五世尽管沦为阶下囚却依然是西班牙的国王和帝国的君主。只有查理五世才有权割让国家领土。阿塔瓦尔帕不试也知道,不论怎样压迫、威胁,查理五世都不会同意的。

玛格丽特带着一只鹦鹉和几句承诺回去了。

印加召集大家到狮子庭院商议。妻子可雅·阿萨贝提议要么杀了查理五世要么逼他让位,年仅六岁的幼君肯定更听话。基斯基斯反对杀死国王,认为这样会激起臣民报复。查理五世自己是绝不

---

① 真实历史中1558年起的神圣罗马帝国皇帝。在登基之前,他以哥哥,神圣罗马皇帝查理五世的名义统治着哈布斯堡的奥地利地区的世袭土地。此外,他还经常担任查理五世在德意志的代表,并与德意志王子建立了有益的关系。

会退位的，他知道帝王的身份就是他最好的保护，一旦没了权力，他就会一无是处。因此，基多人无法满足法国的要求。如果查理五世活着，他们就不能不经他同意割让领土；如果他死了，大军就会立刻攻来。眼下，他们唯一能做到的是，不对法国出兵。

兵力问题至今没有解决。有人才能打仗，有金子才会有人。于是，印加决定再和富格尔家派来的人聊聊。那个人说可以借钱给他们，但他提出的要求印加暂时无法满足。

不久后，印加交给依盖娜莫姐一个秘密任务。她要回里斯本一趟，并让佩德罗跟她同行。他们还带了几个改宗的犹太人，一行人背着葡萄酒、宝剑、火枪、书册、麦子、油画和地图出发了。查理五世被迫写了封信给大舅子若昂三世，让葡萄牙国王给依盖娜莫姐准备一艘好船并找个可靠的舵手。阿塔瓦尔帕交给依盖娜莫姐一串奇普结绳，上面的绳结是专人精心打成的，就连依盖娜莫姐这个印加最信任的人都不知道这是什么意思。

其实，这串结绳是他给哥哥瓦斯卡尔的一封密信。

20. 塞普尔韦达

查理五世身边有个学者，负责记录查理五世的生平和事迹，还负责教导小王子费利佩。这个人真的对基多人感兴趣。他总是表现出很想和他们交流的样子，经常问一些关于他们历史、风俗、信仰的问题，而且对他们表现出十足的好感。他是第一个弄明白他们从哪里来以及为什么来西班牙的人。

他叫胡安·吉内斯·德·塞普尔韦达①。他经常说他有个老师,叫亚里士多德,还有两个敌人,叫伊拉斯谟②和路德。

其实,这个人在骗他们,但他伪装得很好,还取得了印加的信任。印加把他派到圣菲,让他告诉西班牙人国王王后一切安好。他本应该跟他们说,国王除了没有行动自由还跟以前一样,只要他们不来攻打阿尔汗布拉宫,就会安然无恙,最后再告诫将领们不要轻举妄动,试图来救国王。

可是,塞普尔韦达非但没有安抚他们,还一再刺激他们。他说再不行动国王就要没命了,王后和孩子也饱受欺凌,快不行了,再不行动,西班牙就要亡了。

他还说阿塔瓦尔帕他们是异教徒,信奉穆罕默德,是来自地狱的恶魔,根本就不知道基督是什么,而且作风败坏,恬不知耻,让基督徒的眼睛和心灵都受到了玷污。

他还把听来的一个秘密告诉了他们,说基多人的首领是被哥哥赶出家乡的,说到底就是一群逃亡的人,跟犹太人一样,一直在

---

① 胡安·吉内斯·德·塞普尔韦达,西班牙人文主义哲学家、教育家、历史学家。曾将皇帝塑造为基督教的救世主。同时提出教育所要培养的"理想的人"应当是在各领域积极进取的实干家和冒险家。在西班牙"地理大发现"过程中,航海家身上的冒险、开拓、相信科学的精神恰恰充分体现了人文主义所提倡的这种个人进取与自我实现的精神。

② 伊拉斯谟,文艺复兴时期尼德兰人文主义者,著有《愚人颂》《基督战士手册》《箴言集》和《论自由意志》等。主张人性解放,主张自上而下对教会进行整顿和改良,通过人文主义对民众进行道德精神生活的教育,来消除各种社会弊端。因对教会的讽刺和揭露,触怒了罗马教廷,因同时不参加宗教改革运动而受双方的猜忌和攻击。

第三章 阿塔瓦尔帕纪事（片段）

世界各地流浪。

他告诉西班牙大军，他观察过，这些野蛮人男女老少加在一起还不到两百人，而且他们不太会用枪炮。

在萨拉曼卡突袭中被打残的莱瓦听了这番话激动不已，但塔维拉、格朗威利、莫利纳等人却比较谨慎。可以说这些外来者野蛮残暴，但不能说他们愚昧无知，从他们登上伊比利亚半岛之后的经历和所作所为中就可见一斑。他们应该知道，他们的生死取决于查理五世，人质活着对他们才有价值。他们就这么几个人，没什么实力，一定不敢对皇帝下手。

但从其他方面来看，应该尽快行动。大军需要用钱，而钱就快用完了。在局势明朗之前，富格尔不会再借钱给他们。与此同时，瑞士雇佣军开始嘟嘟哝哝不耐烦了。佛兰德、加利西亚、意大利多个地方出现了劫掠和兵变。大家都不想再经历一遍"罗马之劫"①。如果帝国的大军分崩瓦解，那么法国就会乘虚而入，西班牙人最担心的就是这一点。

随后，塔维拉恶狠狠地说出了一个人的名字："斐迪南要来了。"其他人不知道他这话是对谁说的。他们这般优柔寡断，斐迪南可不会高兴。

最后，大家决定让塞普尔韦达回国王身边，让他继续监视基多人的一举一动并随时向他们报告。塞普尔韦达的任务是为查理五

---

① 神圣罗马帝国的军队因得不到军饷发生哗变，向罗马进发，军队中大部分是雇佣兵，一路劫掠，纪律败坏。

世出逃做准备，或者在大军攻城时把国王带到安全的地方。到时，他就去打开阿尔汗布拉宫的大门。而眼下，他得继续伪装，继续和基多人友好相处。

21. 印加勇士：第一歌第二十节

新到之地，神明尽现，
御人之道，四方传遍。
齐聚一堂，庄严凛然，
东方之运，排布于盘。
光辉之地，五彩斑斓，
星光大道，众神追赶。
雷神之令，急急召唤，
听他一言，心中了然。

22. 阿尔汗布拉宫

一过就是几个月。阿塔瓦尔帕十分想念依盖娜莫姐，尽管他现在不需要翻译也能听懂当地人的话了。可雅·阿萨贝怀孕了。他时不时会去找查理五世说说话，练练卡斯蒂利亚语。两人会一起商讨如何打败奥斯曼帝国，夺回耶路撒冷，最后再征服摩尔人。阿塔

第三章 阿塔瓦尔帕纪事（片段）

瓦尔帕对查理五世口中的地中海充满了向往。塞普尔韦达告诉他什么是圣体圣事，而阿塔瓦尔帕则给他讲述先祖曼科·卡帕克的事迹。基斯基斯常常陪小王子和小公主一起玩。卢米尼亚维每天巡防。基丝普·希萨和库兹·黎媚一直缠着洛伦齐诺，让他带她们去意大利，而洛伦齐诺总是笑着说到时一定给她们买很多漂亮的裙子。阿尔汗布拉宫的花园中种满了番茄。查尔库奇马则时刻盯着塞普尔韦达，他不信任这个人。他没猜错，塞普尔韦达正在密谋策划帮查理五世逃跑。

查理五世时而心灰意冷，时而踌躇满志。他常常在狮子宫的国王厅里做祷告，一待就是好几个小时。他的外祖父母攻占阿尔汗布拉宫之后在这里做了第一场弥撒。这里属于阿塔瓦尔帕和大臣们所在的宫殿，查理五世本不能涉足。不过，印加爽快地同意了他的请求——这是一个君主对另一个君主的敬重。

其实，查理并没有消沉到每晚独自静思的地步。这只是塞普尔韦达的诡计。他可以经由国王厅去往狮子宫，而狮子宫就在科玛莱斯宫旁边。布阿卜迪勒小时候曾被父亲关在科玛莱斯宫塔楼的囚室里，后来顺着母亲用布条做的绳子从窗户逃走了。

查理五世会使用相同的方法逃跑。尽管阿塔瓦尔帕的人在外面守卫，但宫殿很大他们人又少，根本顾不过来，况且谁也不会想到去看守一个空的囚牢。

不过，他们的计划失败了，因为查理五世在计划逃跑那天痛风发作、卧床不起。机智的塞普尔韦达并没有就此放弃。基多军人手不足，每天早晨他们会打开阿尔汗布拉宫的宫门，放阿尔拜辛的犹太人和穆斯林进宫种菜、做饭、洗衣，做些杂事。傍晚，他们会再次打开宫门放这些人回家。塞普尔韦达计划让查理五世乔装打扮混在人群中一起出去。他给圣菲的大军送去消息，让他们派人埋伏在宫门口，负责接应国王，把他带到安全的地方去。

那一天到了。太阳西沉时，两人混在出宫回家的人群中。为了不引起注意，他们穿得十分朴素，还戴了兜帽挡住脸。然而，查尔库奇马十分警惕，每天都会在城墙上盯着宫门打开。他看到一顶兜帽下露出一个长鼻子，马上认出那是查理五世。他立刻发出警报，下令关闭宫门。埋伏在宫门口的人也听到了查尔库奇马的命令，一边大喊着"圣地亚哥"一边冲向宫门。这些西班牙人拿枪持矛闯进了阿尔汗布拉宫。基多人开枪出击，西班牙人反击，那些来宫里干活的人四散而逃，城门口顿时乱作一团。飞箭和投石呼啸而过，人们或是倒在地上或是哀号不止。为了尽量低调行事，西班牙方面只派了一小拨人，此时被打得直往后退。塞普尔韦达抓着查理五世的胳膊想带他出去，但查理五世却突然被火枪打中，倒在地上。塞普尔韦达在宫门关上的那一刻逃了出去，带着还没死的几个人逃走了。查理五世还在宫内，躺在一堆死人中间。查尔库奇马赶忙奔向他，发现他还有微弱的呼吸。

这位西班牙国王支撑了三天后死了。他临终前说了些什么，没人能听懂。

对印加他们来说，这简直是大难临头。千万不能泄露国王的死讯。人们趁着夜色草草地把尸体掩埋在阿尔汗布拉宫的菜园中。但塞普尔韦达目睹了国王倒下。逃到圣菲后，他向各位大臣反复强

第三章 阿塔瓦尔帕纪事（片段）

调国王已经伤重难治，现在没有什么能阻止他们进攻阿尔汗布拉宫了。虽说王后、王子和公主还在宫里那群野蛮人的手中，但现在除了复仇没有什么能抚慰基督徒受伤的心灵了。"复仇！"他高喊道。

那么，要如何确定查理五世已经死了呢？西班牙方面几次三番派使节前去打探，但都吃了闭门羹。尽管如此，他们还在期待奇迹发生，无法接受国王已经死了。此外，就塞普尔韦达和其他几人的描述来看，当时发生了什么并不太清楚，甚至都不能确定那致命的一枪是谁打的。塞普尔韦达发誓那一枪是从城墙上打来的，但口说无凭，不能光听他一家之言。况且，现在争论这些已经没用了。查理五世要么活着，要么死了。

基多人趁着对方犹豫不决急忙制订策略。他们心知王后和两个孩子不足以牵制西班牙大军，恐怕大军很快就会打来。虽然阿尔汗布拉宫易守难攻，但失去了查理五世这个人质的牵制，他们这些人肯定打不过西班牙大军。查尔库奇马提议给尸体动些手脚，然后拉着尸体在城墙上走一圈，让外面的人以为查理五世还活着。这一提议没有被采纳，不过大家都夸这个主意很妙。

其实，现在的局面只有一个解决方法——逃出宫去。当西班牙大军下达最后通牒，要求他们证明查理五世还活着时，阿塔瓦尔帕决定当晚就离开，而且要尽可能地不被人察觉。要是能逃到山间，他们或许就有救了。他们打算带上王后和两个孩子，以备不时之需。

他们刚一跨出宫门就知道计划落空了。西班牙大军就在门外等着他们，他们这是自投罗网。逃往山上的路被阻断了，基多人只能往山下逃，等逃到山下小河边时，大军追上了他们，开始对他们大肆屠杀。正在此时，可雅·阿萨贝的肚子却疼了起来。

河对岸是阿尔拜辛山丘，它挡住了去路，他们无路可逃，很快就会没命了。然而，阿尔拜辛并没有陷入沉睡，山上可以说是沸沸扬扬，波涛汹涌。这里的人注视着山下发生的一切，那些外来者英勇地和基督徒对抗，在炮火和马蹄的攻击下一个个倒地而亡。喧哗声在山上的街巷中扩散。摩里斯科人不停念叨着一句古话："什么样的民配什么样的官。"他们从眼下的情势中看到了一个天赐良机，一个翻身的机会，一个救赎心灵的机会。于是，一大拨人朝山下冲去，加入混战。他们从哪儿找来的武器？厨房、店铺、作坊、田间。这是他们一早藏的、偷的或自己做的，就等着有朝一日派上用场。

西班牙大军一时怔住了，停下了前进的脚步。他们装备精良，人马众多，没有被一下子击溃，但慢慢败下阵来往后退。虽然他们没有乱了阵脚，但这也足以给基多人一丝喘息的机会。基多人从水沟中站起来，爬上岸，匆匆隐入阿尔拜辛纵横交错的街巷之中，让西班牙人再也抓不到。

23. 加的斯

摩里斯科人的起义很快扩散到整个安达卢西亚地区。阿塔瓦尔帕趁乱出逃。阿尔拜辛只是个临时的落脚点，并非久留之地，西

第三章 阿塔瓦尔帕纪事（片段）

班牙人迟早会找来。斐迪南也会带着他那支战绩赫然的军队前来找他们报仇。

他们不能去科尔多瓦、塞维利亚这些城邦。他们顾不上带鹦鹉、羊驼、豚鼠甚至印加的山狮，只带了王后、王子、公主三个人质，如今这是西班牙王室仅剩的人员了。没受伤的人骑马，受伤的坐马车，没人再坐轿辇了。这群可怜的人一边呻吟一边追着太阳往西走。秃鹫的叫声一直跟随着他们，让他们想起了家乡的秃鹰。

如果是以前，阿塔瓦尔帕会朝大海走，那就是往南，可如今他却在一直往西走。他从早到晚一路催促大家往西赶，好像在追赶太阳，想要追上它、抓住它甚至超过它。但太阳神因蒂却始终在前方，怎么也追不上，他们追着追着就到了加的斯。

加的斯城中空荡荡的，人们都紧闭门窗躲在家中，不知道该怎么办。基多人小心翼翼地在城中行走，能感觉到有人在窥视他们。这里的教堂十分宏伟，大家想去里面稍微休息一下。但阿塔瓦尔帕却一直朝着海边港口走去。众人猜测他可能是想坐船回家了。有些人觉得要是这样也不错。很遗憾，港口空空如也，只有几只小渔船，大船都开走了。阿塔瓦尔帕这才同意让大家去教堂里稍作休整。

日子一天天过去。犹太人和摩里斯科人对基多人不离不弃，每日都会去城中找些食物回来。一天，那个托雷多犹太老人的儿子带回来一个不妙的消息：附近有一小队士兵出没，应该是冲他们来的，想来擒获或杀死他们，而且这很可能只是先遣队，西班牙大军应该就在后面，或许斐迪南的军队也来了。他们必须立刻离开这里。

可是，阿塔瓦尔帕不打算再逃了。大家已经精疲力尽，妻子也快分娩了。他们如今已经走投无路。那些能说得上话的人苦口婆心地劝说印加不能坐以待毙，但印加不为所动。他让基斯基斯负责防守。加的斯四面有城墙保护，必要时还可以向附近的摩里斯科人求助。可这跟当初被围困在阿尔汗布拉宫又有什么区别？将领们不禁心生疑惑。加的斯城根本无法和宏伟的阿尔汗布拉宫相比。当然，没人敢在阿塔瓦尔帕面前提出质疑。只听快生了的可雅·阿萨贝在呻吟抱怨。

情况很快越来越糟糕。基斯基斯虽然挡住了西班牙的先锋部队，但大军很快就包围了加的斯城，他们的处境十分不妙。城内的加的斯人不欢迎基多人，身后又是大海，敌人随时会从海上攻来。阿塔瓦尔帕一直死死盯着海面，任由将领们在城墙内作战。没错，大海是战略要地，决定了天平倾向哪一边。

一天早上，就在加的斯城即将被攻破时，海面上出现了五艘大船。基多人以为敌人从后面攻来了，心想这一次他们真的要完了。只有阿塔瓦尔帕还抱有一线希望。他盯着那些大船的船头。就在大家准备束手就擒时，印加看到了依盖娜莫姐、佩德罗还有弟弟图帕克·瓦尔帕。那一刻，他知道他们得救了，这天下将是他的。

24. 印加勇士：第一歌第二十四节

泱泱大国，千秋万代，
朗朗乾坤，天华地彩。
庸庸汝辈，耳通眼开，
赫赫勇士，大略雄才。
浩浩伟绩，流传千载，
冥冥天意，眷顾垂爱。
熠熠大道，繁荣安泰，
巍巍古国，辉煌不再。

25. 征服天下

德意志、英格兰、萨瓦、佛兰德，这些地方对阿塔瓦尔帕来说都不重要，他在乎的是安达卢西亚，是卡斯蒂利亚，是西班牙。现在，安达卢西亚是他的了，他定会拼死守住，不过眼下用不着拼命了。

大船带来了三样东西——金、银和火药。基斯基斯给城墙上的大炮装上火药，一下子就击退了围攻的人。他们没想着要一举歼灭西班牙大军，只是想传达一个消息：局势变了，你们的世界不再是以前那个世界了，你们是继印加帝国四州之后的"第五州"。

有了金银就能招来人马。大船运来金子的消息传开了，雇佣兵争相赶来效力。很多人离开西班牙大军来投靠印加。

阿塔瓦尔帕对外宣称，犹太人、摩里斯科人、路德教徒、巫师、罪民等这些饱受基督教迫害的人从此以后都可以得到他的庇护。

于是，每天都有成千上万的人赶来投靠，阿塔瓦尔帕也得以威信大增。

他派遣使臣去往纳瓦尔、奥格斯堡等地。

阿塔瓦尔帕不费吹灰之力就拿下了塞维利亚。他让王后和孩子们和他一起住在阿尔卡萨尔宫①。

他建立了一条自塞维利亚出发、途经古巴、通往塔万廷苏尤的海上要道。这样一来，金银的供给就有了保障，有了金银，富格尔家族就会借钱给他了。

阿塔瓦尔帕确实需要很多钱，他要大展宏图。

他召开西班牙国会让大臣们立刻奉费利佩为西班牙新一任国王，并顺便推举阿塔瓦尔帕为摄政大臣。在这里，有了金子，一切皆有可能；或者说，没有金子就办不成任何事。金子和银子让一切变得如此简单。

之前差点杀了他的塔维拉和格朗威利一干人等再也没有办法和他对抗。首先，查理五世已死，他们没了对抗的理由，其次他们没金银了，最后他们也没人了，士兵们患了一种前所未有的疾病。

---

① 阿尔卡萨尔宫在1987年被列入世界文化遗产，至今仍是西班牙王室的居住地。其曾是摩尔人的城堡，带有鲜明的伊斯兰教风格，后经历史变动，添加了哥特式建筑风格。美剧《权力的游戏》曾在这里拍摄。

印加把佛兰德和阿尔多瓦两块地及时送给了法国,而斐迪南不得不带着军队去保卫这些领地,无暇再顾及他。

如今,他要的是统治这个国家,或者更确切地说,是治理这个国家,因为西班牙王位并没有空悬。

他给了瓦斯卡尔什么才换得他的帮助?葡萄酒、火枪、麦子和书画。他告诉瓦斯卡尔,天下很大,他们两个不必争来争去,还让他看到世界上还有其他很多新的财富,只要用塔万廷苏尤随处可见的金子银子就能换取。

就这样,印加人发现了贸易,一种用钱交换商品的活动。

依盖娜莫妲出色地完成了任务。她本可以留在古巴和家人共享天伦。但她没有,也许是因为她爱阿塔瓦尔帕,尽管她和佩德罗的关系也不一般。但她选择来新大陆主要是因为她喜欢冒险,喜欢探索。她喜欢这个充满无限可能的新世界,想看看他们最终能走到哪一步。况且,她还想去意大利看看。得知洛伦齐诺已经回意大利时,她还感到有些失落。此时她还不知道命运将会为这位佛罗伦萨的年轻人作何安排。

她更不知道接下来要发生的事。

26. 印加勇士:第一歌第七十四节

天意弄人,命运无常。

勇士英豪,趾高气昂。

开疆拓土，势不可当。
欧陆之众，兵戈抢攘。
吾之先人，帝王将相。
天命之子，盛名远扬。
时运不济，悄然观望。
喧宾夺主，辱我何妨。

27. 小曼科

图帕克·瓦尔帕带来了瓦斯卡尔给阿塔瓦尔帕的回信。

既然阿塔瓦尔帕声称再也不会觊觎四州的皇位，那瓦斯卡尔自然也愿意放下旧怨和弟弟重归于好。按照阿塔瓦尔帕的要求，瓦斯卡尔派了三百个人来，还给他送来大量的金银和火药。作为交换，阿塔瓦尔帕会给瓦斯卡尔送去葡萄酒、火枪和油画。瓦斯卡尔十分感谢弟弟派佩德罗去教他如何使用这些新式武器。阿塔瓦尔帕看到，印加人能造出火炮了，还把火炮装到了船上。

瓦斯卡尔宽厚仁爱，遵从弟弟的要求，表示不会侵犯古巴岛（只要求古巴交纳一点贡赋）。

作为回信的结绳出自图米潘帕，瓦斯卡尔和大臣没有回库斯科而是留在了图米潘帕，也许是因为他预料到了北方会有大事发生（反正帝国也无法再往南边扩张了，那里是阿劳坎蛮族的领地）。

依盖娜莫妲历经波折才见到瓦斯卡尔，不过这位古巴公主不管走到哪儿都引人注目。在里斯本的时候,她竟然说动若昂三世给了她不止一艘而是三艘大船。当然,若昂三世这么大方也是因为他妹妹伊莎贝拉在阿塔瓦尔帕手中。她重回古巴的时候,泰诺人已经掌握了基本的造船技术,在她去找瓦斯卡尔的时候又给她造了两艘大船。

瓦斯卡尔对依盖娜莫妲带去的礼物叹为观止,在知悉结绳内容后,表示会竭尽所能满足阿塔瓦尔帕的要求,而且还让弟弟图帕克·瓦尔帕负责运送货物。此前,阿塔瓦尔帕仔细研究了地图,和依盖娜莫妲商量决定让船在加的斯而不是里斯本靠岸,因为加的斯离格拉纳达更近。

和图帕克·瓦尔帕一起来的还有另一个同父异母的弟弟,叫曼科·卡帕克,和印加帝国的开国之君同名,很是威风。图帕克·瓦尔帕乘着装满武器、红酒和书画的船回国了,而年轻的曼科·卡帕克却留了下来。表面上,他是瓦斯卡尔在塞维利亚的使臣;实际上,他就是个眼线。不过,阿塔瓦尔帕装作不知。

28. 塞维利亚王宫

和以前到过的那些地方不同,塞维利亚人很欢迎基多人的到来。

进城那天,还在服丧的伊莎贝拉王后一袭白裙骑着白马。她身旁就是阿塔瓦尔帕,头上戴着印加皇帝特有的金冠。

梅迪纳-西多尼亚、阿尔科斯、塔里法等一众公爵侯爵协同塞维利亚的市长（负责管理城邦的官员）前来迎接他们，一齐向王后和印加屈膝行礼。

王后和印加的身后是年幼的费利佩和他妹妹，再后面是一支六千人的大军。

进城的时候，查尔库奇马和基斯基斯使了个眼色。显然，他们想起了以前去查理五世军营时的情景。如今，时过境迁，没人敢对他们不敬。

查理五世的那条狗桑沛儿就在基斯基斯跟前上蹿下跳。他们逃离格拉纳达时，它就跟着费利佩了。狗鼻子上的抓痕依稀可见，那是阿塔瓦尔帕的山狮留下的。经过美轮美奂的王宫花园时，基斯基斯忍不住想起了这头猛兽，心想它肯定会喜欢这儿，在这里可以爬爬树，玩玩水，抓抓鸟，只是不知如今它在哪儿。

可雅·阿萨贝在王宫生下了一个儿子，阿塔瓦尔帕给他取名查理·卡帕克，对查理五世这位不幸的对手表示纪念。他准许费利佩去看望婴儿，还让他当孩子的教父。伊莎贝拉表现得十分热心，在她的坚持下，他们让当地的一位教士在孩子身上洒了些水，以示祝福。阿塔瓦尔帕觉得结亲是个好主意，甚至还想娶伊莎贝拉，但伊莎贝拉拒绝了他的好意。

洛伦齐诺从意大利回来了，还特意从罗马带来大名鼎鼎的艺术家米开朗基罗。他们先是说要建个墓园，把留在阿尔汗布拉宫菜园里的查理五世的遗体迁过来好好安葬。接着又让他给创世神维拉科查做个雕像。阿塔瓦尔帕还想让他给妻子和刚出生的儿子画幅肖像，但这位艺术家说自己不喜欢画活人，他只好作罢，让洛伦齐诺再另找一位画家。威尼斯就有一位十分出色的画家，跟查理五世很熟。不过，米开朗基罗为依盖娜莫妲破了一次例，他为她刻了一座精美绝伦的雕像。这座雕像如今还矗立在塞维利亚大教堂内，这里也是查理五世和伊莎贝拉举行婚礼的地方。

说实话，阿塔瓦尔帕更喜欢格拉纳达，高高在上的阿尔汗布拉宫让他更有安全感，但他必须住在海边才能和家乡保持联系，流经塞维利亚的瓜达尔基维尔河尽管水不深，但可以承载船只，开往古巴的大船也能在这条河上行驶。很快，一桶桶的红酒和面粉被源源不断地装上船，同时，一桶桶的火药和古柯被源源不断卸下船。瓦斯卡尔送来一箱箱的金银，阿塔瓦尔帕则送去一罐罐的油、蜜、醋——大洋彼岸的印加人爱吃这些东西。

四州帝国和五州之间的贸易日渐繁盛，阿塔瓦尔帕下令设立了一个专门的机构，管理两国之间的贸易往来，人称"贸易之家"。在西班牙乃至整个东方，没有经过贸易之家的许可，谁都不可以和西方进行贸易，里斯本除外。里斯本之所以例外，是因为葡萄牙之前对依盖娜莫妲提供了帮助。没有葡萄牙的帮助，西班牙的基多人早就完了，整个历史也将会改写（不过，葡萄牙必须把每次货物总价的五分之一交给西班牙王室）。

这样做也是为了补偿若昂三世的妹妹——伊莎贝拉王后，是对她痛失爱夫的补偿。

29. 国会

对王后的另一个补偿就是让她儿子成为西班牙的国王。

按照习俗，卡斯蒂利亚各地的领主、教士、商人要聚到一起朝拜新一任国王。这些人聚集在一起叫国会。典礼十分庄严，年幼的费利佩有些害怕。为了不出任何差错，查尔库奇马事先给他写好了发言稿，并让依盖娜莫姐和佩德罗一起把稿子翻译成卡斯蒂利亚语，又让梅迪纳－西多尼亚和阿尔科斯公爵仔细看了一遍，力求让发言稿符合国会的礼制。

如此一来，小费利佩就可以放心了，他一定会不负众望的，毕竟这么小的年纪就当上了一国之君，可见上帝对他的厚爱。塞维利亚的各位领主也为费利佩的演说出谋划策，认为应该重点说一下他父亲在三十三岁时去见上帝了。查尔库奇马暗暗思忖道，这一点一定特别重要，于是在演说稿中多次提及。

不过，上帝没有让年幼的君主独担重任，而是十分仁慈地派了太阳神之子从大洋彼岸来此辅佐他。

说到辅佐，大家有目共睹：每当费利佩忘了该说什么时，站在旁边的查尔库奇马就会跪下来在他耳边轻声告诉他该说什么。在场的西班牙人一开始对此颇为不满，但随后那些年长的大臣想起查理五世年幼时和他的老师谢尔夫也是这般情景。虽说，如今情形有些不同，但说到底也差不了多少。虽然如今西班牙王座上坐的是一个年幼且不会说西班牙语的孩子，但至少费利佩出生在西班牙的巴利亚多利德，而不是佛兰德。至于那个从海外来的摄政大臣，他有

第三章 阿塔瓦尔帕纪事（片段）

的是金子，而且看起来很大方。

年幼的君主在新的大臣的鼓舞下，宣布他将要施行政策。

第一条政策是解散宗教裁判所，废除宗教法庭。对此，众人小声讨论了一番后表示赞同，其中包括几个教士。听了他们的话，阿塔瓦尔帕知道实施这项政策应该不会遇到太大的阻力。

第二项政策是把阿尔多瓦和佛兰德割让给法国，和法国结成联盟，互帮互助。西班牙人对北方那些地方不太在意，所以对这个决定没有异议，甚至还松了一口气。

最后一条，任命来自海外的太阳神之子阿塔瓦尔帕为首相，代替格朗威利辅佐国王。格朗威利则和其他叛乱者一起被挂在了悬赏榜上。

塞普尔韦达被认定为查理五世之死的罪魁祸首，他的人头值一千金币。

佩德罗被任命为国务秘书，替代莫利纳。而莫利纳和塔维拉及莱瓦一样，都被冠以谋逆的罪名。

阿塔瓦尔帕还设立了一个祭神处，本想让罗耀拉来掌管，但这位圣洁的天主教徒拒绝了，最后是洛伦齐诺从罗马带来的瓦尔德斯[①]出任了这一职位。

查理五世的外祖父母于1492年在格拉纳达签订的"阿尔汗布拉宫逐犹令"从此被废除了。

[①] 瓦尔德斯（1499—1541），西班牙人文主义学者。推崇伊拉斯谟，在西班牙宗教裁判所的压迫下逃亡到意大利那不勒斯。

30. 托马斯·莫尔①写给伊拉斯谟的信

亲爱的伊拉斯谟：

你好！

你不知道，自从交还印玺卸任以后我过得多么舒坦。尽管国王亨利八世热切邀请我出任首相，但我还是没有接受这一任命。

说说你吧，听闻你身体不佳，需要静养，离开巴塞尔了。真心希望你的肾结石病能好起来。

今天提笔给你写信，是想请你帮帮我这个老朋友。这件事不只关乎我个人，毫不夸张地说，它关乎整个基督教世界。

你可能也听说了，英王陛下想休了凯瑟琳王后另娶安妮·博林为妻，但教皇并没有同意。这样一来，英王如今在教会眼中就犯了重婚罪。

你应该也听闻过那个"太阳教"，这个新的宗教正在西班牙崛起，它崇拜太阳神，是最近声名鹊起的阿塔瓦尔帕信奉的宗教，正是这位新来的大人物让查理五世一命呜呼的，据说他现在还成了西班牙真正的主人。

你能告诉我英王陛下到底在想什么吗？他竟然威胁教皇，说如果不满足他的要求，他就带着整个英国改信印加太阳教，他说信这个宗教的人可以娶很多妻子，说他们娶妻就如我们吃饭一般平常。

---

① 托马斯·莫尔（1478—1535），欧洲早期空想社会主义学说的创始人。著有《乌托邦》一书，当过国会议员、财政副大臣、国会下院议长、大法官。

第三章 阿塔瓦尔帕纪事（片段）

尽管"圣父"教皇大人警告过他，会开除他教籍，但仍无济于事。陛下执迷不悟，决意违抗教皇的命令。

你说，还有什么比这更亵渎上帝的？以前我们要对抗路德和他那些大逆不道的异端邪说，如今我们又得面对更可怕的危难，这些野蛮人的偶像崇拜简直就是从地狱来的。

请你写封信给国王陛下，告诉他这么做的后果，让他知道这只会摧毁信仰的基石。你看，这不仅仅是打倒那些拒不承认炼狱的人或那些不守斋戒的人就能解决的问题。不仅教会的统一性受到威胁，整个基督教也会陷入不忠不义之地。

说实话，最好的办法就是，你写篇文章，重申一下对基督教的信仰，并谴责一下那些异端邪说。

如今只有你才能制止这种疯狂，只要你说句话就能让整个欧洲重回正道。

谁知道呢？也许这个阿塔瓦尔帕就是上帝派来的，就是为了让迷途的羔羊重回教会的怀抱，让路德的追随者恢复理智，让他们联合起来一起对抗那些新来的异教徒。

你知道，我一直热切期盼着你能潜心写篇专论，论证一下我们的信仰才是真正的信仰，你心思灵敏、深谙真理，一定能写得让人无可辩驳。事不宜迟，没有比今时今日更好的时机了，也希望你能抛开一切，接受这一项光荣的任务。

1534 年 1 月 21 日，切尔西

致：鹿特丹的伊拉斯谟大师，

一个拥有卓越美德和知识的人。

全心全意地与你同在，

托马斯·莫尔

31. 伊拉斯谟写给莫尔的信

亲爱的莫尔：

你好！

诚如你所说，我身体不佳，疲惫倦怠。说实话，我每日被病痛折磨，苦不堪言。

我们交情深厚，加之你所说之事确实重要，值得详谈，我也就勉为其难，尽我全力认真作答。

首先我要告诉你，你要求我写的文章我恐怕写不了。长期的口诛笔伐让我身心俱疲，没有精力和热情再与人唇枪舌剑了。

其次，那些流言蜚语早已让我声名受损，我不过是个半截身子已入土的过气老人，恐怕英王不会听我的话。更何况，我曾多次拒绝了他的盛情邀请。

至于教皇一事，我觉得你最好的盟友恰恰是那个阿塔瓦尔帕，他才是那个能给你最大帮助的人，而你对他成见太深了。

之前查理五世威胁罗马教廷，如果同意英王休了他姨母凯瑟琳王后，他绝不会善罢甘休，但现在他死了，那些威胁也就不复存在了，国王王后离婚的主要障碍也就不存在了。只要教会同意离

第三章 阿塔瓦尔帕纪事（片段）

婚，亨利八世就可以名正言顺地迎娶安妮小姐了，这样一来，英王也就满意了，再也没有理由脱离教会了。

除了以上几点，也请好好想想你对印加及其宗教的评价。你真的认为这个宗教比你所鄙视的路德教更危险吗？和你以前揭露的道德败坏、贪婪无度的教士相比，它真的对教会危害更大吗？诚然，路德是有意挑起战争、分裂教会的，但阿塔瓦尔帕却是无辜的。福音书还没有传到他家乡，他们那儿信仰太阳教，这难道是他的错吗？

你言之凿凿，说这些教会的敌人信奉地狱之神，我虽无法反驳，但你要知道，不信教的人是不怕地狱的。

此外，如果你仔细研究一下这个太阳教，就会发现它和我们的信仰有很多共通之处。创世神维拉科查和太阳神不就是圣父上帝和我们的主——圣子耶稣吗？太阳神的妹妹兼妻子月神是否会让你隐约想到圣母玛利亚呢？他们崇拜的雷神不就像我们的圣灵吗？你也经常看到教堂里的画是用鸟来代表圣灵的，既然如此，那为什么就不能化作雷电呢？

你要仔细分辨，不要错把上帝的造物认作异端。基督徒越是厌恶异端，就越要谨慎避免随便污蔑人。你也知道，我不喜欢路德身上那股破坏欲和好战欲。而且，你有一句话说对了，这个阿塔瓦尔帕也许就能给世界带来和平。

1534 年 2 月 28 日，弗里堡
致：托马斯·莫尔，最聪明的人

> 他是上帝最坚定的捍卫者。
>
> 鹿特丹的伊拉斯谟

32. 托马斯·莫尔写给伊拉斯谟的信

亲爱的伊拉斯谟：

你好！

你不愧为智者中的翘楚，真的太敏锐了，又一次被你说中了：教皇陛下不打算开除英王的教籍了，并且终于同意他离婚了。从此，没有什么能妨碍亨利八世迎娶博林小姐了。

你尽管有远见卓识，但肯定有猜不到的事情。除了上帝，恐怕没人能无所不知。

你可能还以为英王没了背离教会的理由，英国会就此得救。殊不知，情况非但不是如此，反而更加危急。

你知道吗？国王陛下想建一座太阳神殿。他要精心挑选一群处女，供他取乐。他是真的疯了，竟效仿野蛮人阿塔瓦尔帕，宣称自己是太阳神之子。

我也想和你一样，客观地看待这个异教，但实在无法把它和我们真正的信仰联系到一起。就算有关联，那又如何？诚然，正如你所说，《旧约》预示了《新约》，也预示了救世主的到来。但我还是忍不住要问：承认摩西预示了耶稣的降临，难道我们就要变成犹太人吗？

不管怎样，谢谢你给教皇写信。毫无疑问，你的信起了重要作用，让他决定同意英王离婚，尽管情况最终并没有像预期那般发展。

愿上帝保佑你，我的挚友！

1534 年 3 月 23 日，切尔西
致：鹿特丹的伊拉斯谟
托马斯·莫尔

33. 伊拉斯谟写给莫尔的信

亲爱的莫尔：

你好！

我是否说过，这个外来者、你口中的"野蛮人"能为欧洲带来和平？其实，我才疏学浅，并不像你所说的那样能未卜先知，我也是因为我们的好友比代[①]写信告诉了我一些情况，才有了这样的看法。

法王弗朗索瓦上个月在巴黎接见了一位西班牙王室派去的大使，随行人员中有几位印度人或印加人（我也不知道该怎么称呼这

[①] 纪尧姆·比代（1467—1540），法国人文主义法学家，古典语文学家，曾任法国皇家图书馆馆长一职。

些人,他们那么崇拜太阳,或许是波斯人)。据说,这些人举止文雅、样貌俊美,最重要的是,在他们的斡旋下,西班牙和法国签订了合约。费利佩名下的好几块领地被让给了法兰西王国,作为交换,英明的法王弗朗索瓦宣布放弃争夺米兰。如此一来,意大利这个战火不断的地方就有望得到和平。

这还不算,我此刻欣喜万分,握笔的手都在微微颤抖,接下来我要告诉你来自西班牙的最新消息。

年幼的君主费利佩听从新任首相的建议,在塞维利亚颁布了赦令,宣称在卡斯蒂利亚和阿拉贡地区人们能自由信奉任何宗教,唯一的要求是每年举行两次太阳节(恐怕连最虔诚的基督徒也得承认,这一要求实在不算什么,对此,你应该也会同意我的看法吧)。

知道这意味着什么吗?这打开了一扇门,一扇通向一个更宽容的欧洲的门。这是我们梦寐以求的,如果上帝保佑,也许还能通向世界和平。但愿这一赦令能让各国君主此唱彼和,也能顺便平息路德的怒火。

这一切又说明了什么呢?只要有上帝的指引,一个贤明的异教徒会比一个嗜血的基督徒对人类更有贡献。说到底,苏格拉底不也是我们的主耶稣的一个前身吗?你会说苏格拉底和柏拉图是大逆不道的野蛮人吗?你会说那个以主之名在佛罗伦萨大行暴政的萨伏那洛拉①修士是个好基督徒吗?

亲爱的莫尔,希望你快点回信告诉我你的想法,我翘首以盼,望你一切安好。

1534年4月17日,弗里堡

致:托马斯·莫尔,我的人文主义兄弟

伊拉斯谟

34. 托马斯·莫尔写给伊拉斯谟的信

亲爱的伊拉斯谟:

你好!

我没在家中,所以晚了好几天才收到你的信,请原谅我没及时给你回复。

你对事态的发展感到喜出望外,我多么希望能和你一样,可惜事情的发展超乎了我的预料。

我在上一封信中说过,英王亨利八世颁布法令,宣称自己是太阳神之子,就如你的新识西班牙首相一样。

---

① 萨伏那洛拉,宗教极端主义者。在美第奇家族遭放逐之后掌权。希望建成一个神权统治、倡导虔敬俭朴生活的社会——佛罗伦萨共和国。他领导宗教改革,在广场焚毁珠宝、奢侈品、华丽衣物和所谓伤风败俗的书籍等,同时还禁止世俗音乐,推行圣歌,并改革城市行政管理与税收制度。

他把整个英国的修道院都改成了太阳神殿。

这还不够,最让我们羞愤悲哀的是,国王竟要求所有臣民宣誓,承认他是真真切切的"太阳神之子"。

这就是为什么今天我在伦敦塔中给你写信。我被关在这儿等待审判和死刑,只因为我拒绝宣誓,没有顺他的意,一起公然亵渎上帝,做这前所未闻、大逆不道的事。

致:鹿特丹的伊拉斯谟,再见。

1534 年 8 月 15 日,伦敦

托马斯·莫尔

35. 伊拉斯谟写给莫尔的信

亲爱的莫尔,我深爱的兄弟:

你好!

我在信中提到苏格拉底,绝不是让你效仿他的行径,主动去赴死。

看在我这个老友的分上,看在深爱你的孩子们的分上,你就向国王宣誓,满足他的要求吧。就算他声称自己是土耳其大帝或上帝本尊,那又如何?福音书中揭示的上帝之事,真相如何,你我心知肚明。

第三章 阿塔瓦尔帕纪事（片段）

家人才是你应该在乎的，还有你的远大抱负以及对这个世界的贡献才是你该考虑的。这些东西可比君王一时的儿戏重要多了，你说呢？求你不要去死。为了活命发个誓又怎么样？难道上帝会当真，你的良心会过不去？

跟你说件旧事。这件事也没多久远，你也许还记得，当时你还是个小伙子呢。路易十二刚登上王座就想和妻子——路易十一的女儿离婚，这让很多正直之人大为不满，其中就有让·史丹东克①及其弟子托马斯。他们在宣誓时只说应该向上帝祷告唤醒国王，除此之外什么也没说。国王只是把他们驱逐出境，离婚后又把他们召回去了。现在我有一个问题：就连史丹东克这样的人面对不忿之事都能妥协，你莫尔为什么就不能呢？小心"虚荣"这个恶魔。你会让家人朋友跟你一样，拒绝宣誓走上死路吗？当然不会，你不想他们死，况且你也知道，就算宣誓，他们的灵魂也不会怎样。这样做是对他们好，那为什么对你就不是呢？你为什么非要舍生取义呢？

祈求上帝让你恢复理智，把你变得更恭顺一些。我立刻写信给国王为你求情。

上帝保佑，望你安好。

1534 年 9 月 5 日，弗里堡
伊拉斯谟

---

① 让·史丹东克（1453—1504），弗拉芒修士，拉丁语作家，索邦大学教授。

36. 伊拉斯谟写给亨利八世的信

英明神武的英王陛下：

恭祝圣安！

您机智过人，一定猜到了我为何给您写信。今日我提笔是为求陛下放过我们的好友——才华出众的托马斯·莫尔，饶他一命。

不久前您还对他赞誉有加，今日却视他为不忠不义之人。难道他主动辞官就是不忠了吗？他心甘情愿放弃高官厚禄，这样的人会是阴险狡诈之徒吗？

陛下深知，莫尔对您极为崇敬，绝没有害您之心。

他在宗教事务上确实过于较真，愚钝执迷。可谁又没犯过错呢？就像父子之间没有隔夜仇，难道就不能互相原谅吗？一个手无寸铁的人，他的宣誓有那么重要吗？

陛下英明，请收回成命，饶莫尔一命。他至诚至恭、博学多才、举世无双，放过他，陛下也可成就自己的美名。若是一定要罚他，就把他驱逐出境。您一世英名，至高无上又仁慈无双。

拳拳之心，殷殷之情，望陛下感念。我曾教过陛下普鲁塔克[①]的著作，那时您虽年幼却是众望所归，如今长大成人，更是功绩斐然。

1534 年 9 月 25 日，弗里堡
鹿特丹的伊拉斯谟

[①] 普鲁塔克，生活于罗马时代的希腊作家，代表作《希腊罗马名人传》。

37. 伊丽莎白

塞维利亚赦令如风暴一般席卷了整个欧罗巴（五州的旧名）。

西班牙的摩里斯科人和犹太人是第一批拥护者。这是自然，因为他们是最直接的受益者。阿塔瓦尔帕明白这项赦令能换得他们的忠心，尽管这份忠心能维持多久不好说。他了解人民，知道他们性情多变。

塞维利亚赦令就如黑暗中的一道希望之光，照亮了德国、法国、英国（前面的信函也充分地说明了这一点），甚至瑞士。在这些地方，路德教徒与日俱增，他们饱受压迫，为了让新教取代旧教而斗争不息，他们想让宗教焕然一新（其实新旧两教十分相似，崇拜的是同一个神，只是具体的仪式典礼不同而已）。一个没有宗教裁判所的世界在西班牙成型了，既然如此，一切皆有可能，世界和谐安宁不再是一个遥不可及的梦。

路德对太阳教始终保持缄默，他无法证明这个宗教。

法兰西国王，一改最初的宽容态度，不想和路德教握手言和，反而谴责他们蛮横无理，想把他们赶尽杀绝。

其他国家则厌倦了打打杀杀，希望能出台类似的赦令。

据说有人被活活撕碎然后烤了吃掉，这些可怕的传闻让基多人胆战心惊。纳瓦尔的玛格丽特写信给印加，说在法国有一群疯狂的天主教徒把一个路德教徒的心挖出来吃了。连女王自己也说这是"残忍恶劣"的罪行，宫里的印加人听说这件事后吓得汗毛都竖起来了。按照女王的说法，人们之所以做出这么可怕的事来是因为某种不可理喻的信仰。新大陆的人在教堂举行典礼时,教士会让人们吃一片白饼、喝一口红酒。不知道通过一种什么样的联想,信老教的人认为他们吃的饼是上帝的身体,喝的酒是上帝的血。基多人对这实在理解不了。

而信新教的人却不这么认为,但基多人认为他们犯下的罪也不少。新教徒也会动用火刑。

新大陆的人因为荒诞无稽的迷信引发争论,继而亲人反目、生死相搏,这实在让基多人吃惊不已。

尤其是德国,亲人反目之事比比皆是,有些甚至都传到了塞维利亚。

有位公主皈依了路德教,离开了信仰天主教的丈夫——勃兰登堡选帝侯,逃到了叔父图林根选帝侯家中。公主催促选帝侯在领地推行宗教自由,效仿西班牙。她给阿塔瓦尔帕写了一封情真意切的信,表达了对他的景仰,称赞他让北方人看到了和平的希望(这位公主来自一个基多人从未听过的地方,一个叫丹麦的北方小国)。查尔库奇马提议印加和她联姻。可雅·阿萨贝提醒将军不要忘了新大陆的婚姻法则,就算贵为君主也必须遵守(当然英王亨利八世除外)。这位丹麦公主伊丽莎白已经结过婚了,只要她丈夫还活着,她就不能再跟别人结合,不管夫妻二人分居以后是否会和好。其实,这位公主要的不是婚姻,而是兵力。她想请首相大人出兵保护。自查理五世死后,斐迪南复仇的身影笼罩着欧洲大陆,各国都在担心他会发怒,或者更准确地说,各国都知道他的怒火迟早会降临,所以都在祈祷要降临就降临到邻国去。伊丽莎白提到施马尔卡尔登联盟——一个由信仰路德教的诸侯国组成的联盟①,但小小的盟军不是神圣罗马帝国大军的对手。斐迪南将接替查理五世成为神圣罗马帝国的皇帝,即将在亚琛接受加冕。伊丽莎白请阿塔瓦尔帕阻止加冕仪式,如果斐迪南坐上皇位,将会对他们两方都不利。

不过,不论是北方那些国家还是斐迪南,都不是印加真正在意的,他眼下要做的是尽力巩固他在西班牙的地位。

38. 瓦伦西亚

安达卢西亚总算是安稳无虞了;格拉纳达有卢米尼亚维将军驻守;加的斯成了"造船之乡";科尔多瓦大教堂②中立起了一座由米开朗基罗设计的太阳神殿;而塞维利亚日渐富庶,人口越来越多,成为新大陆最大的城市。犹太人大量涌入塞维利亚,给城市带来了优质的劳动力,进而又促进了城市的繁华。查理五世的遗骸从阿尔汗布拉宫迁了过来,费利佩终于可以把父亲安葬在他举行婚礼

---

① 施马尔卡尔登联盟,由信仰路德宗的诸侯所组成的军事防御联盟。联盟最初于宗教改革开始后建立,出于宗教动机,但此后其成员逐渐希望它能够取代神圣罗马帝国。倘若成员国领土受到神圣罗马帝国皇帝查理五世的攻击,其他成员国有义务出兵支援。由于同天主教会脱离能够带来显著的经济利益,施马尔卡尔登联盟发展迅速。在萨克森选帝侯的要求下,只有接受《奥格斯堡信纲》或《四城信纲》才能成为联盟成员。这一要求确立了路德宗在德意志的统治地位。《奥格斯堡信纲》由梅兰希通在马丁·路德的指导下起草,该信纲得到当时德意志七个选帝侯和两个自由城市代表的支持。路德等用德文和拉丁文同时公布《奥格斯堡信纲》,作为路德宗的信仰纲领。

② 科尔多瓦大教堂,原本是12世纪由摩尔人建造的清真寺,也是当时世界上的第二大清真寺。13世纪摩尔人被基督徒赶出西班牙后,清真寺被改建成了大教堂。

的大教堂中了,他从此可以长眠在华丽的大理石墓穴中了。洛伦齐诺信守诺言,从威尼斯带来了一位他赞赏有加的画家——提香。提香刚到塞维利亚就为阿塔瓦尔帕画起了肖像。瓜达尔基维尔河上商船往来不绝,运来一箱箱金银,运走一桶桶红酒。

不过,伊比利亚半岛上还有两个地方不太安宁,一个是位于卡斯蒂利亚的托雷多,另一个是位于阿拉贡的瓦伦西亚。

托雷多聚集了查理五世的最后几个心腹大臣,它位于山崖上,易守难攻。不过,印加对这些托雷多的残余势力并不十分担心。没有外援,这些叛乱分子支撑不了多久。

可瓦伦西亚就不一样了。它是通往意大利的海上门户,船只由此开往热那亚、那不勒斯、西西里等地,那些领地从前属于查理五世,现在到了费利佩的手中。瓦伦西亚地理位置优越,历来是各方势力的必争之地,此前一直遭到苏莱曼麾下的柏柏尔海盗的袭击。瓦伦西亚的人口里摩里斯科人占了三成多,基督徒认为他们与非洲的摩尔人是一伙的,说他们信同一个宗教说同一种语言,所以一定是想把西班牙拱手让给摩尔人。

说塞维利亚赦令在西班牙全国各地畅行无阻,这未免有些不实。众所周知,这个赦令的主要受益人是犹太人和摩里斯科人。不过,自从颁布了废除宗教裁判所的政策,老派基督徒也不那么抵触新法了。取消赋税也深得人心,大家都受够了查理五世为巡游和打仗而征收的苛捐杂税。从塔万廷苏尤源源不断运来金子和银子,有了金子和银子,阿塔瓦尔帕当然不需要再依靠赋税。贫穷才会引起混乱,而西班牙却日渐富庶。

但恐惧也会引起混乱。特别是在瓦伦西亚,这里的摩里斯科人跟摩尔人同气连枝,所以基督徒在抗击海盗时,总担心摩里斯科人会在背后给他们致命一击。因此,老派基督徒联合起来发动起义,抵抗新法。西班牙宫廷派去的使臣也被他们杀了。

阿塔瓦尔帕知道,要解决瓦伦西亚的动乱不能靠武力而是要靠策略,需要耍手段和计谋。于是他又去马基雅维利的作品中寻找灵感了。

39. 议会

提香为阿塔瓦尔帕画的肖像画中,最有名的应该是在王宫花园中画的那幅,就是那幅被世人称为《议会》的画。画中的印加化身为太阳神之子,侧着身体(这是画家特意设计的,这样就看不到印加在皇位争夺战中受伤的耳朵),头上戴着绯红色的冠带,臂上停着一只鹦鹉,左腕戴着一只金镯。他身后是一片水池,池边放着几篮橘子和鳄梨。一只橘猫躺在印加的脚边,一条蛇缠绕在他的腿上。远处是几株高耸的棕榈树,空中日月同辉,各自散发出金银色的光芒。印加身上穿的羊驼毛袍上绣着很多金丝纹章,有代表卡斯蒂利亚的城堡,有代表阿拉贡的红黄条纹,有位于两棵树之间的鹰隼,还有夕阳映照下的紫褐色帆船。这艘帆船象征着他从古巴到西班牙的历程。衣袍正中间则是一道彩虹,下面五个山狮的头围成一圈,圈中间是一个黄皮红籽的果实,是格拉纳达和安达卢西亚的象征。

画面一角依稀可见抱着婴儿的可雅·阿萨贝，还有浑身赤裸、神情高傲的依盖娜莫姐，以及基斯基斯、查尔库奇马、曼科·卡帕克、佩德罗和洛伦齐诺等人。

卢米尼亚维、基丝普·希萨、库兹·黎媚、费利佩和伊莎贝拉没有出现在画上。

其实，透过这幅画，我们可以隐约看到一个转折点，这个转折点决定了西班牙乃至整个世界之后的历史走向。

阿塔瓦尔帕习惯一边为画作摆造型一边跟众人商议国事。

他颁布的一系列政策就是在为某一幅画摆造型时决定的。这些政策不仅改变了某些人的命运，还改变了某些国家的命运。

阿塔瓦尔帕此时还只不过是个首相，直到这幅画完工那一天，画家才在印加的衣袍上加上了代表西班牙的徽章。

卢米尼亚维当时在阿尔汗布拉宫戍守；基丝普·希萨和库兹·黎媚在园中某个地方玩耍；但国王费利佩及其母亲不在画中却是另有隐情。真相就是，阿塔瓦尔帕故意没有叫他们来。

不管怎么说，托雷多的叛乱分子可是一直忠于查理五世的。阿塔瓦尔帕自然要小心查理五世的儿子和遗孀。

众人商议后决定派基斯基斯去攻打托雷多。之所以选他，一是因为他能力出众，二是想把他从费利佩身边支开。费利佩常常拿着木剑跟他学习剑术，他很喜欢这个孩子。

洛伦齐诺负责去热那亚找多里亚海军上将，让他组建一支舰队，去地中海对岸捣毁柏柏尔人的老巢。他们派伊莎贝拉去里斯

第三章 阿塔瓦尔帕纪事（片段）

本，让她向哥哥若昂三世寻求协助。而依盖娜莫妲则去巴黎寻求法国的帮助。

与此同时，还要让摩里斯科人离开瓦伦西亚。阿塔瓦尔帕认为这么做有利于缓弱基督徒的怒火。

不过，依盖娜莫妲提醒他这么做不太明智，会惹摩里斯科人不满，他们肯定会质疑他这么做是想过河拆桥。查尔库奇马提议，可以派摩里斯科人去德国各地平乱，美其名曰为国效力，反正德国各州现在战火纷飞，急需我们的援助。届时，他们会途经法国到达低地国家，那里是费利佩的姑姑玛丽的领地。他们首先要做的就是确保低地国家没有因为查理五世的死而生了异心。曼科·卡帕克负责带领摩里斯科人前往。

此外，该拿费利佩怎么办也必须有个决定了。查尔库奇马的探子截获了几封斐迪南的信。这位新任的皇帝信誓旦旦地跟侄子说，一旦和土耳其人的战事有所缓和，就会立刻带领大军踏平西班牙。斐迪南安插在王宫中的同谋被揪了出来，他们密谋救走费利佩的计划也曝光了。他们面临着一个老问题——国王死了是否比活着更好？阿塔瓦尔帕图的是王座，而这一点大家心知肚明。

可雅·阿萨贝一边给小查理喂奶，一边说应该公开处决费利佩，以儆效尤。

不过杀了费利佩，西班牙民众会怎么样就不得而知了。他们以前爱戴查理五世，恐怕现在也会支持他儿子。

更何况费利佩尚且年幼，还不到八岁。

查尔库奇马提议悄悄杀了他并伪装成意外。这么做的好处是，费利佩的舅舅葡萄牙国王拿他们没办法，费利佩的母亲以及那些民众也无话可说。

但基斯基斯极力反对，不停地说："他不过就是个孩子！"

此前一言不发的阿塔瓦尔帕冷冷地说道："不，他是国王。"

这就是那幅广为流传的名画上描绘的一幕。提香不知道他们在讨论什么，他们说的是印加人的语言，洛伦齐诺和佩德罗学过一些，能听懂。不过，这位画家可能预感到有不好的事要发生了，手一抖，画笔掉在了地上。

阿塔瓦尔帕收起姿势，走上前，弯腰捡起画笔递给画家。

这就是当时真实发生的情况，而不是像历史学家哥马拉①所说的那样，他写的很多东西，我不便在此提及。

不过，我保证我在本书中所说的一切都是真的。本书讲述的可不是七百年前奇穆人的故事或传说，可以说，书中讲述的故事就发生在昨天，而且巨细无遗，详尽至极。

话不多说，如何对待国王，这个问题一直悬而不决。不过，费利佩处境堪忧，命悬一线。

阿塔瓦尔帕说他想在西班牙进行改革，只有完全掌握权力、摆脱王室的束缚才能实现他那些宏图伟业。

各位大臣十分惊讶。什么改革，又是宗教改革吗？

阿塔瓦尔帕回答道："不是宗教改革，而是土地改革。"阿塔瓦

---

① 哥马拉（1510—1566），塞维利亚历史学家，著有《印第人通史》等，描述了欧洲在美洲的殖民活动。

尔帕确实是这么说的，无论是哥马拉、格瓦拉[①]、圣克鲁兹[②]，还是五州境内任何一个历史学家，对此都没有异议。

40. 费利佩

查理五世的两个孩子都还年幼，有个保姆专门照看他们。此时，父亲死了，母亲也出远门了。他们在王宫水池旁玩小木船。他们幻想着各种光荣、危险、刺激的故事。费利佩想象自己带领舰队四处征战，说等基斯基斯回来后，要和他一起打败海盗。玛丽亚也不甘落后。"我们先拿下突尼斯，然后再拿下阿尔及尔。"兄妹俩都想抓住红胡子海盗巴巴罗萨，为此吵得面红耳赤。一袭黑衣的保姆温柔地看着他们。

他们收到一封里斯本的来信，信中说他们的母亲正在回来的路上，舅舅贝雅公爵路易斯也一起来了，还带着二十三艘帆船。但他们最喜欢的故事是多里亚海军上将威风凛凛地带领着热那亚舰队大战敌人。那些印度人呢，他们在哪儿？

基斯基斯在火烧托雷多。

依盖娜莫妲躺在法国国王的床上，国王答应派一万人支援。

[①] 格瓦拉（1480—1545），文艺复兴时期西班牙方济各会修士，作为作家和布道者效力于王室宫廷。
[②] 阿隆索·德·圣克鲁兹（1505—1567），文艺复兴时期西班牙地理学家、制图师和历史学家。

曼科领着瓦伦西亚的摩里斯科人长途跋涉到了布鲁塞尔。

卢米尼亚维正前往巴塞罗那和大军会合。

阿塔瓦尔帕正和一群工匠待在凉爽的宫殿中,这里曾是"残酷者"佩德罗一世的王宫。他一边看着地图,一边画着图纸,想象着要如何在西班牙的山上开垦梯田,种植玉米和土豆。南边有内华达山,他们逃出格拉纳达后曾经过那里;北边有比利牛斯山[①],盟友玛格丽特就在那边。以前他一直在逃,现在他要建设。他的眼中火光四射,一如往常。

查尔库奇马站在殿中的窗边,观察着两个孩子,目光阴沉,心也阴沉。

查尔库奇马是个可怕的东西。

他走进花园对保姆低声说了几句话。老妇人脸色苍白地点了点头。她找了个借口想带玛丽亚离开。小姑娘不明所以,不想走,还想再玩一会儿。她想反抗但又怕弄皱了漂亮的裙子,最后还是乖乖跟着保姆离开了。

费利佩虽然不是个坏孩子,但不免暗自庆幸,终于可以独占水池了。现在,没人再来烦他了。小船舰队都归他一个人管了。他拿着从花园里捡来的棕榈叶搅动水让小船漂动。池中水波荡漾,小船动了起来。

他没注意到查尔库奇马已经悄悄来到他身后。那条白狗桑沛儿正在一旁安静地睡觉。

---

① 法国和西班牙的国界山。

费利佩又小又轻,而且正俯身看着水面,查尔库奇马将军只是轻轻推了一下。费利佩落水的声音很小,就跟一颗石子一样。孩子叫了起来,吵醒了狗,它见状狂吠不止,但什么也做不了。这一幕极其漫长。守卫闻讯急忙赶来,看到将军一动不动站在池边,只好又不声不响地退下了。过了一会儿,小小的身体不再动弹,肚子朝下漂浮在水中。狗停止了狂叫,转而发出呜咽之声。

此时此刻,伊莎贝拉刚经过直布罗陀海峡。她满心欢喜,刚见了兄弟,很快又能见着孩子们了。

阿塔瓦尔帕一心扑在改革事务上,对西班牙的农作和畜牧十分关心,这里山上到处都是白色的小羊驼。

一只天鹅因为刚才的骚动受到惊扰,从池中飞出,飞过印加头顶,而印加连头都没抬一下。

查尔库奇马是个可怕的东西,对主人唯命是从。

41. 突尼斯

费利佩一死,一切就变得简单了。

卡斯蒂利亚和阿拉贡的大臣眼里只有四州帝国的金子和银子,一致拥护阿塔瓦尔帕成为国王,统治西班牙、那不勒斯和西西里。新大陆的人认为洗礼十分重要,阿塔瓦尔帕便入乡随俗,接受洗礼,更名为安东尼奥。但这个名字并没有被世人记住,不管是敌人还是友人,除了几个正统的卡斯蒂利亚基督徒,大家一直叫他原来的名字。

历史记住的是他在国会上发表的豪言壮语。和历代国王一样,他发誓为西班牙而生也为西班牙而死。他如何信守诺言,人们已经看到了。

接着阿塔瓦尔帕又实施了联姻,以巩固印加人在欧洲的地位。

伊莎贝拉失去了儿子,悲痛万分,无力再推脱阿塔瓦尔帕的要求。于是,查理五世的遗孀成了阿塔瓦尔帕的一个妻子。因为费利佩刚死,他们的婚礼并不怎么喜庆,但很隆重。查理五世的墓穴在塞维利亚大教堂中,为了避免新娘睹物思人,婚礼没有在这里举行,而是在科尔多瓦大教堂中举行的。印加人的仪仗和西班牙王室的仪仗齐聚在教堂中。国王亲自给新娘穿上鞋子,接着人们按照习俗宰杀羊驼祭祀神明。一箱箱珠宝被送至王后面前。

基丝普·希萨嫁给了洛伦齐诺,并跟着他去了意大利,生活幸福美满。为了恭贺他们新婚,阿塔瓦尔帕罢免了洛伦齐诺的堂兄亚历山大的爵位,任命洛伦齐诺为佛罗伦萨公爵。没了查理五世的庇护,亚历山大遭到万人唾骂,灰溜溜地离开了佛罗伦萨。

曼科和玛格丽特的女儿"阿尔布雷的胡安娜"订婚了。

连年幼的查理·卡帕克也定下了亲事,以后要娶玛丽亚。玛丽亚出身尊贵,父母是查理五世和伊莎贝拉,祖父母是"疯女"胡安娜和"美男子"腓力一世,曾外祖父母则一度统治着卡斯蒂利亚和阿拉贡王国。

在一阵火攻后,托雷多也沦陷了。有了投石器和用不完的火药,基斯基斯很快就消灭了叛乱者。莱瓦被扔下城墙活活摔死。格

第三章 阿塔瓦尔帕纪事（片段）

朗威利和莫利纳举手投降，保住了性命。塔维拉拒绝宣誓，不愿承认阿塔瓦尔帕这位新国王，被赐鞭刑然后绞死。塞普尔韦达这个叛徒被扔进蛇窝，死后被剥了皮做成鼓献给印加。

阿塔瓦尔帕受洗后，教皇便为他带领的突尼斯远征军举行了降福仪式。巴巴罗萨的舰队寡不敌众，几乎全军覆没。经过一个月的艰苦战斗后，远征军终于拿下了拉古莱特港口。阿塔瓦尔帕出生在北方，从没到过沙漠，所以这次在沙漠行军又热又渴快要受不了了，但他仍旧面不改色，从容不迫。攻下拉古莱特港口后，他们就可以长驱直入直抵突尼斯了。被苏莱曼封为海上大将军的巴巴罗萨带着五千名土耳其近卫兵退守到堡垒之中。堡垒坚不可摧，而阿塔瓦尔帕的人不堪炎热纷纷病倒了。正当阿塔瓦尔帕心急如焚之际，堡垒中的奴隶发生了暴动，助了他一臂之力。两万名饱受奴役的基督徒揭竿而起，涌向城墙边，打开闸门。

佩德罗第一个冲过城门，身后跟着一队阿尔拜辛的摩里斯科人。这些摩里斯科人经过卢米尼亚维将军的训练，变得十分骁勇善战。跟在佩德罗身后的还有普卡·阿玛鲁，自离开托雷多后，他成了佩德罗最忠心的手下。他挥舞着星头棒槌打得敌人落花流水。丁托列托[①]画了一幅画描绘此刻的情景，画中这位红发基多勇士真的是荣光万丈。

两万基督徒奋起反击，在城中大杀四方。阿塔瓦尔帕进去的

[①] 丁托列托（1518—1594），意大利文艺复兴晚期的一位画家，提香最杰出的学生与继承者，在叙事传情方面效仿米开朗基罗，突出强烈的运动，且色彩富丽奇幻，在威尼斯画派中独树一帜。

时候，城中简直就是一个露天尸坑，四周一片废墟。不过，阿塔瓦尔帕还是要为此次大捷欢呼，他对着大军高呼查理五世的格言："更远！"他喊了三次，大军也高呼三次以响应。

虽然他们大获全胜，但可惜的是让巴巴罗萨逃脱了。单单一个突尼斯不值什么，需要荡清整个柏柏尔海岸才行。少年老成的葡萄牙王子路易斯坚持要捣毁巴巴罗萨的老巢阿尔及尔。阿塔瓦尔帕也想讨这个小舅子欢心，但出于自己的考虑，他不想赶尽杀绝。苏莱曼现在断了一臂，又要对抗波斯人，就无暇顾及斐迪南。这样一来，斐迪南在东边就没有战事了，那他就会转而攻打西边。既然印加现在是一国之君，就得好好为国谋划。他恢复了被红胡子赶下王座的穆莱·哈桑的苏丹身份，作为交换，突尼斯要对西班牙俯首称臣。这个要求并不过分，难道不是阿塔瓦尔帕解放了城邦，让它脱离了土耳其人的枷锁吗？阿塔瓦尔帕让阿尔拜辛的摩里斯科人留在突尼斯驻守。

随后大军返回海上，向西西里进发。巴勒莫城热烈欢迎大军到来，这让阿塔瓦尔帕直观地感受到胜利带给他们的荣耀。就这样，印加在一夜之间成了基督教的英雄。人们甚至为他建了一座凯旋门。教皇也来信祝贺。人们都把他比作西庇阿①。知名史学家阿隆索·德·圣克鲁兹那时只是个画地图的，他画了一幅突尼斯的地

---

① 西庇阿，古罗马统帅和政治家。他是第二次布匿战争中罗马方面的主要将领之一，以在扎马战役中打败迦太基统帅汉尼拔而著称于世。由于西庇阿的胜利，罗马人以绝对有利的条件结束了第二次布匿战争。西庇阿因此得到他那著名的绰号："征服非洲者"。

图。这幅地图后来还出现在画家维米耶①的一幅壁画中,这幅壁画有一整面墙那么大,叫作《征服突尼斯》。画上的人正举杯庆祝,开怀痛饮。

42. 米塔制

阿塔瓦尔帕尝遍了巴勒莫的美味后,带着一箱箱西西里葡萄酒回到了塞维利亚。

曼科来信告知他,派到佛兰德地区的摩里斯科人受到当地人的排斥。低地国家总督"匈牙利的玛丽"则把他们晾在一边,不闻不问,看样子是不打算对西班牙俯首称臣了。接着,曼科带着军队去了德国路德教地区。那里情况更糟,路德亲自出面呼吁民众"打倒恶魔势力"。摩里斯科人惨遭屠杀,只有少数几个人逃出生天,曼科自己也差点丢了性命。阿塔瓦尔帕没有多说什么,只是建议他去纳瓦尔,送些礼物给未来岳母玛格丽特。说实话,他对北方的乱局并不关心。此时此刻,他还没有料到那里发生的事是如此重要。

洛伦齐诺从佛罗伦萨送来一封信,看了他的信,印加感到十分欣慰。信上说他的美名传遍了整个五州,连斐迪南都不敢再向他这位基督教大恩人挑衅,怕引起众怒被赶出欧洲。阿塔瓦尔帕想听

---

① 维米耶(1500—1559),弗拉芒文艺复兴时期画家,以其肖像画和版画闻名,替跟随查理五世征伐突尼斯,画下战争场面。

的就是这些。

印加当然可以暗自洋洋得意。试问哪个君王不醉心于丰功伟绩？但阿塔瓦尔帕却早早地明白了一个道理：打天下易，治天下难。曾祖父库西·尤潘基打下的江山，疆域之广，无人能及。后世称他为"帕查库特克"，意为改变世界之人，真的十分贴切。

事实上，阿塔瓦尔帕的抱负十分远大，可不仅仅是在内华达山上留下几片梯田。瓦斯卡尔从"四州帝国"给他送来好几船贱民，有科拉人、查查波亚人、奇穆人、加那利人、卡拉人等，都是些低等人。这给他带来了大量劳动力。以前人人都认为不能耕种的地方，比如那些在山腰上、雪山下、荒原中的土地，印加都让人开垦出来，种上玉米、藜麦还有新大陆的人都爱吃的土豆。大片荒地披上了绿装，地上水渠纵横交错，灌溉着那些原本贫瘠的土地。

西班牙遍地都是羊群，它们经年累月在地上啃食。阿塔瓦尔帕认为正是它们造成了土地贫瘠干裂，于是下令杀光羊群。西班牙的新一任国王不需要一群牧民。他想要扎下根来。

阿塔瓦尔帕创立了粮仓。羊群被宰杀后，羊肉被切成条腌制后晒干。玉米、藜麦被磨成粉，土豆经过霜冻后晒干就能保存好几个月。粮食被装在瓦罐中或埋在地窖中。

有了这些粮食储备，他就能在荒年、瘟疫或歉收的时候填饱大家的肚子。

西班牙的农民开始嚼古柯，古柯可以助他们抵抗疲劳，起到提神的作用（当然，不乏有人滥用古柯，然后变得迟钝蠢笨）。

他废除了土地租赁制度，推行商兵制，借钱养兵。

第三章 阿塔瓦尔帕纪事（片段）

他还废除了大部分税，并把土地分给农民，农民以宗族或村社为单位，各个团体自行为成员分配劳动和财物。

他效仿四州帝国的米塔制，设立了相应的徭役制来取代税收。农民必须抽出一部分时间为印加和太阳神劳作（作为太阳神之子的印加也须侍奉太阳神，但他一般会交给祭司来做）。每次劳作之后会有不同的节日庆典，供民众娱乐。

这种新的分配制度在整个社会引起了反响。很多天主教教士抛弃了上帝，把教堂变成神殿供奉太阳神，这样就可以继续从新的制度中获取利益。出于同样的原因，很多女修道院变成了"女祭司院"。

工匠也遵循类似的徭役制。他们必须把一部分时间用于从事集体劳动（造房、打铁、修桥、挖渠等）或为印加个人服务（制作器皿、首饰、衣物等）——两者说穿了其实就是一回事。

宗族或村社有责任照顾老弱病残。

土地的收成不管多少都归劳动者所有，但土地本身不归他们所有。国家会定期按需调整土地分配情况。若某个村的人口减少，分配给它的土地也会相应减少。反之，若人口增多，就会多分配土地以便养活新增人口。如果各个团体的人数相差过大，国家就会重新分配人员。国家会派奇普官员负责记账。男女老幼，一个人就是一个小结，一个个小结绑在一串串五颜六色的绳子上，这一串串绳子就组成了一帘奇普结绳。

有些地方不愿施行新的制度，甚至发起暴动，但都遭到了朝廷的严厉镇压。

印加派使臣、官员、领主甚至乡绅在西班牙各个乡村、城镇推广新制度，让民众知晓以下详情：印加占用的那些土地都是些新大陆的人用不上的土地，是些他们不要而且也不会种的土地；要他们交税是因为那些地是印加出资开垦的；除了军队和宫廷的开支，印加把剩下的赋税所得都分给了他们，相当于把自己的资产给了他们；他们不用再因为微末小事而纷争不断；到时他们所有人，不论贫富贵贱，都不会受到非难。

　　除此之外，阿塔瓦尔帕还宣布，他会送给每个新婚的农民一对羊驼以示祝贺。

43. 君主

　　印加刚登上王位，根基还不稳，他自己也知道根基不稳就会岌岌可危。太阳神之子的身份在这里可没有在老家那么好用。

　　"世上没有任何事情比得上伟大的事业和做出卓越的范例，能够使君主赢得人们更大的尊敬。"马基雅维利在书中写道。

　　阿塔瓦尔帕刚登上王位，尽量不去动西班牙贵族。他给他们颁发金羊毛勋章，贵族们趋之若鹜，阿塔瓦尔帕不费吹灰之力就拉拢了他们。反正，这些西班牙贵族人数不多，而且还缺钱，不过他们仍是个潜在的威胁，要讨他们的欢心。

　　阿塔瓦尔帕细品马基雅维利的话，觉得那些话说的好像是自己。"在我们这个时代，阿拉贡国王斐迪南，即当今西班牙国王，

第三章 阿塔瓦尔帕纪事（片段）

就是一个例子。他身负盛名与光荣，从一个弱小的君主，一跃成为基督教世界中首屈一指的国王，几乎可以称作一位新君主。如果注意观察他的行动，你会看到它们全部都是最伟大的，有些甚至是非凡的。在统治初期，他进攻格拉纳达；这就奠定了他的权力基础。一开始，他从容不迫地行事，并且不怕遭到阻碍。他使卡斯蒂利亚的贵族们专注于此，只考虑那场战争而不考虑革新的事。就这样，他赢得盛名和驾驭贵族的统治权，而他们一点也没有察觉。"

如此说来，阿塔瓦尔帕不知不觉走了跟这位伟人一样的路，这位伟大的先驱正是查理五世和斐迪南两兄弟的外祖父，这两个人一个败在了他手下，一个还在跟他抢王位。

不过，接下来的文字却隐隐揭示了两位君主之间的差异。"他用教会和人民的钱来维持军队，并在长期战争中为武装力量奠定了基础，而这支武装力量又进而给他带来荣誉。此外，为了实现伟业，他总是利用宗教作为借口，逼自己狠心行事，把马拉诺人①赶出王国，一个不留。没有比这更悲惨和罕见的事例了。"

斐迪南是这般，阿塔瓦尔帕却反其道行之。不过，印加觉得这个斐迪南比任何人都更像自己，于是迫不及待地接着听他的事迹："他披着同样的宗教外衣进攻非洲，然后征伐意大利，最终进攻法国。他总是这样做成一件大事又接着谋划另一件，让臣民始终忐忑不安又惊叹不已，满怀期待。他的行动一个接一个地出现，让

---

① 马拉诺人，西班牙语，指1391年后为避免被处死或被迫害而信奉基督教的犹太人。

人应接不暇,没有时间对抗他。"

听到这里,阿塔瓦尔帕挥了一下手,示意给他念书的侍从住口,接着便宣布他要攻打阿尔及尔。

44. 阿尔及尔

多里亚上将建议国王,如果要进攻的话要趁早,不然到了冬天海上就会起风暴。印加听从了他的建议。

等过完了玉米节和太阳节,印加就集结起一支庞大的舰队,志在必得。

法兰西国王本就有心成就一番伟业,加上依盖娜莫妲的鼓动,毫不犹豫地加入了大军。

西班牙贵族也加入印加的远征军。

连教皇都把御用的地理学家派来给他。这位地理学家是摩尔人,原名哈桑·瓦赞[①],他对非洲伊斯兰地区十分了解,皈依了基督教后,人称"非洲人利奥"。

阿塔瓦尔帕还特意带上整个摩里斯科军团,对他们宣称此次进攻阿尔及尔是为了推翻土耳其帝国的暴政。此外,他还带了一队

[①] 哈桑·瓦赞(1495—1550),文艺复兴时期欧洲旅行家,曾游遍非洲北部,著有《非洲及非洲重要事物的历史和描述》。在一次航行中,哈桑·瓦赞被西班牙海盗俘虏,并被带到教皇利奥十世(乔瓦尼·德·美第奇)那里,得到后者的赏识和保护。由此,哈桑·瓦赞皈依基督教,改名为约翰内斯·利奥("约翰内斯"即"乔瓦尼"的拉丁语形式)。

第三章 阿塔瓦尔帕纪事（片段）

犹太人，让他们去寻找以前被赶走的同胞。

舰队占领了阿尔及尔海湾，很快太阳旗和十字幡就取代了新月旗，飘荡在佩尼翁要塞的城墙之上。

基督徒原本还担心找不到巴巴罗萨，没想到他就在城墙后面等着他们。

佩德罗被派去劝降。和他一起去的还有普卡·阿玛鲁，本指望他的一头红发能引起红胡子海盗巴巴罗萨的好感，但结果完全没用——巴巴罗萨的胡子是白的，而且能看出来以前也不是红色的。

不过普卡·阿玛鲁最终还是完成了使命。当时，巴巴罗萨一脸鄙夷地拒绝了投降，态度十分嚣张，还口出狂言："回去告诉你主子，基督狗绝不可能攻下阿尔及尔。等我主子得了风声，他一定会火速集结人马，再派一些奴隶，把你们打得落花流水，扔到海里喂鱼。"

听了这番话，普卡·阿玛鲁火冒三丈跳了起来，接着说出了以下这番流传到现在的话："我主子不是基督徒，而你是奴隶。"

佩德罗以为这下要没命了，他握紧剑，准备决一死战。不过巴巴罗萨没有违反双方交战不斩来使的规定，放他们离开了。

尽管没剩几个人，巴巴罗萨仍然在负隅顽抗，但在接二连三的炮火的攻击下，城堡最终沦陷了。

在打斗中，弗朗索瓦一世的坐骑不幸阵亡，但这位法兰西国王却欣喜万分。

一开始，阿塔瓦尔帕想把城邦交到雅伊亚·阿图米手中，后者之前被巴巴罗萨一世"银臂奥鲁奇"①赶出了阿尔及尔。他是前任酋长萨利姆的儿子，父亲死后（据说被扼死在浴缸中），他逃到了西班牙。听说阿塔瓦尔帕要把阿尔及尔交给他治理时，他简直喜出望外。不过，印加最终改变了主意。阿塔瓦尔帕打听到他父亲在位期间并不怎么受人爱戴。要取代土耳其人的统治，光有摩尔人的身份是不够的。想当初，巴巴罗萨二世接替兄长当上阿尔及尔的总督，声名甚至远远超过哥哥。阿塔瓦尔帕想把和奥斯曼帝国勾结的海盗一族连根拔起，但同时又觉得最好要找个跟他们有些关联的人来继任。他脑中灵光一现，决定任命普卡·阿玛鲁为阿尔及尔总督，对外宣称他是巴巴罗萨三世，"真正的巴巴罗萨"。"巴巴罗萨"在柏柏尔语中并不是"红胡子"的意思，况且普卡·阿玛鲁也没有胡子。塔万廷苏尤的人中也有长胡子的，但会被视为一种生理缺陷，而且通常是红头发的人才长胡子。而"阿玛鲁"在当地人听来很接近"红"这个词。印加让他用红蛇作为徽章，并把瓦伦西亚的摩里斯科人拨给他当亲卫。他还让哈桑·瓦赞留下当大臣，辅佐阿玛鲁（这位"非洲的列奥"还是格拉纳达人）。阿塔瓦尔帕觉得应该让西班牙的摩尔人来管理这些地方。自从颁布塞维利亚赦令后，他们就死心塌地为他效力，而且他们和这里的人有着相同的宗教信仰。他还任命了一个叫克里斯托瓦尔的摩里斯科人当卫队长，这人曾是奴隶，被困在西班牙北部布尔戈斯城中的一位贵妇人家中，后

---

① 奥鲁奇，最著名的巴巴里海盗之一，奥斯曼帝国的盟友。奥鲁奇攻击的目标通常是在地中海西部航行的非伊斯兰船只。

来不想做奴隶了就归顺了印加。

普卡·阿玛鲁把那些描绘自己在突尼斯的征战的画挂在了宫殿中。为了昭告天下，阿尔及尔已经换了主人，他把红胡子海盗的头颅挂在城墙上示众。

巴巴罗萨一除，荡平整个海岸就不是什么难事了。多里亚率领的舰队就如探囊取物一般占领了一座座要塞，接连拿下布日伊、提奈斯、穆斯塔加奈姆、奥兰……自此，阿塔瓦尔帕在西班牙人眼中成了"征服者"，摩尔人把他视为解放者。正当海军上将想一鼓作气直捣东边的罗德岛时，阿塔瓦尔帕却下令停止征战。他不想把苏莱曼赶出地中海，而是想留下他，让他不由得在东边和斐迪南作对。罗德岛对西班牙而言无足轻重。反正，从那不勒斯到加的斯的海路已经畅通无阻，他已经心满意足了。况且，弗朗索瓦一世和他想法一致，他以前和查理五世交战时就没有对土耳其人赶尽杀绝。不久之后，法王就会和奥斯曼帝国签订贸易条约。

45. 佛兰德

故事本可以到此为止。但人总想往高处走，就如水总往低处流，除非太阳熄灭，否则绝不会停下脚步。

斐迪南正在去亚琛的路上，他要去那里接受加冕。

之前曾说过，阿塔瓦尔帕对德国不感兴趣，这是事实，但如今发生了一件事，让印加改变了想法。

低地国家的总督"匈牙利的玛丽",出身奥地利王室,正是斐迪南的妹妹。她是个不折不扣的哈布斯堡家的人。哥哥的到来让她看到了一个时机,她可以趁此与新成立的西班牙王朝决裂,回到家族帝国的阵营之中。为了防止西班牙的盟友法兰西到时出手阻拦,她增加赋税,招兵买马。虽然查理五世是根特人,但根特的小资产者已经受够了统治者以打仗为名征收苛捐杂税,何况那些仗也不是为他们打的。于是,他们揭竿而起,反对增加赋税。

暴动的消息传到了塞维利亚,哈布斯堡家族的阴谋自然也藏不住了。

阿塔瓦尔帕没有忘记玛丽当初是如何对待曼科和摩里斯科人的。他本打算把德国这个诸侯割据、动荡不安的地方拱手让给斐迪南,反正这些地方也不会真的听命于他。但低地国家隶属勃艮第,以前是查理五世的领地,如今由他继承。他虽然从没去过,但心里已经把这里当作了他的地盘。印加决定亲自前往低地国家。

他带着大军穿过整个法国来到佛兰德地区。

46. 根特

不管到哪里,他都不准士兵去向民众索取粮食,所以需要带大量粮草。往日的一幕又重演了,就像当初和瓦斯卡尔内战时一样,大军浩浩荡荡行进在路上,所过之处扬起一片尘土。只不过,如今少了些鹦鹉、豚鼠、羊驼和山狮,却多了些牛羊、大炮和火

第三章 阿塔瓦尔帕纪事（片段）

药。天空中依旧有鹰隼上下盘旋，队列中也依旧有狗来回穿梭。

印加让人建起粮仓和货栈储备物资，有从安达卢西亚运来的，也有来自塔万廷苏尤的。

到了根特城外时，他下令大军安营扎寨。

短短几天之后，他就走遍了所有发生暴乱的乡村，先是安抚人心，然后派兵驻守。之后，他回到营地，让大家好好休息，自己却马不停蹄地带着几个人入城视察，卢米尼亚维和查尔库奇马这两位忠心的将军跟着印加进城（基斯基斯因费利佩之死伤心过度，留在塞维利亚看守都城）。

阿塔瓦尔帕穿过没有防守的城门，然后沿着一条寂静的小路往高处走去，道路两旁的房屋门窗紧闭。最后他来到一处开阔的广场，广场上有一座石墙教堂，教堂的钟楼高高耸立着。几层高的屋宇让他震撼不已。跟格拉纳达一样，这里的石墙是红色的，但屋顶却比较尖，凹凸起伏比较大。一地有一地的风格，阿塔瓦尔帕品味着这里不一样的风景。

一条简陋的运河穿过广场。

运河边聚集着很多人。

女人和孩子向他迎面走来，手中拿着绿叶枝条，口中喊着："唯一的主，太阳神之子，穷人的大恩人，请原谅我们。"

（没想到，他在西班牙进行改革的事竟然已经传到这里了。）

印加温和地接过绿枝，让手下人告诉他们，是佛兰德的那些官员造成了他们的苦难。他由衷地同情他们这些起义反抗的人，所以亲自来此看望他们，希望亲口对他们说声对不起，以平息他们的怒火，让他们放下心来。他会让人满足他们的需求，好好对待他们，并悉心照料孤寡。很多人在与总督的对抗中失去了亲人。

人们原以为印加会大开杀戒（大家对托雷多大屠杀还心有余悸）。听了他的一番话，众人欣喜若狂，欢呼不止。有人上来拥抱他，有人上来给他擦汗，有人给他拂去身上的灰尘，还有人把鲜花香草抛撒到他身上。印加走进大教堂，人们按照基督教习俗为他举行典礼。接下来几天，他拜访了城中的显贵，向他们许诺不会增收赋税。他对他们唯一的要求是，花点时间、出点力给货栈补充物资。

他们让阿塔瓦尔帕住在查理五世曾经的行宫里，为他设宴三日以示庆贺。

之后，他动身前往布鲁塞尔，打算去会会玛丽。

47. 布鲁塞尔

玛丽的军队毫无防备，装备不好，军饷也不多，很快溃不成军。

各位大臣被剥光了衣服，用绳牵着游街示众。女王哀求印加，不要让她如此难堪，但阿塔瓦尔帕可不想为她破例。况且，依盖娜莫姐也不会同意。

玛丽长得很像哥哥查理五世，但嘴唇比较厚，脸颊比较饱满，胯骨比较宽。印加觉得她容貌不错，胸脯也依然坚挺，就纳她为妃，而她很快就有了身孕。

第三章 阿塔瓦尔帕纪事（片段）

印加本可以用她跟斐迪南换一笔赎金，但查尔库奇马认为，与她联姻对他们更为有利，因而提议印加迎娶女王。玛丽很快就会成为继伊莎贝拉之后西班牙国王的又一个妻子。

如此一来，他们生下的子女一半是印加人，一半是哈布斯堡人。

他们在布鲁塞尔的圣古都勒大教堂举行了隆重的婚礼。阿塔瓦尔帕头上戴着用羊毛编成的鲜红色头冠，接受了玛丽女王的朝拜，这位新婚妻子跪在他脚下为他穿上鞋子以示服从。印加双手各拿一只装满酒的金杯，把左手的酒杯递到玛丽面前，接着两人一起喝完杯中的酒，以示互敬互爱。他把另一杯酒倒入金瓶中，献给太阳神。

今天我们还能在圣古都勒大教堂的彩绘玻璃上看到此情此景，画上还用拉丁语罗列了阿塔瓦尔帕的各个尊称："萨帕·印加、永远的奥古斯都、西班牙之王兼平定叛乱之君、非洲统治者、仁慈的比利时君主阿塔瓦尔帕，及其妻子玛丽。"顺便说一下，突尼斯和阿尔及尔所在的柏柏尔海岸也被称为非洲，而布鲁塞尔人自认为是一个叫比利时部落的后裔，因而也自称比利时人。对语言感兴趣的人应该不会介意我如此啰唆，不感兴趣的人，我只能说声抱歉了。

八千名布鲁塞尔人被判为乱臣贼子，他们之前要么在女王手下作战，要么鼓动民众和印加对抗，要么散布谣言阻碍印加到来，这些人被押送到西班牙一个叫拉曼查的偏远之地。

为了显示对布鲁塞尔的重视，也为了让人尽快忘记动乱，印加宣布全城欢庆九天。庆典在柯登堡王宫举行，这里曾是查理五世的行宫，妹妹玛丽常年住在这里。宴会厅富丽堂皇，一眼望不到底，恐怕库斯科没有一个宫殿可与之媲美。大厅外面是一条斜坡小路，总督玛丽和各位大臣曾被迫在众目睽睽之下，赤身裸体爬上这个斜坡。盛大的舞会在大厅中缓缓开启，极具五州风情。玛丽一脸苦涩地站在新任丈夫阿塔瓦尔帕的身边，强撑着主持舞会。舞会结束后，人们在花园中宰杀黑羊驼，接着印加的各个军队轮番上场展示。

说到这里，我不得不打断一下，把读者带回塞维利亚看看。这里每天都有来自四州帝国的船只抵达，它们不仅带来了黄金和火药，还带来了大量的人，这些人是来新大陆碰运气的。继基多的一百八十先锋之后，数不清的移民从塔万廷苏尤来到西班牙，他们中的大部分进了军队。

作为统帅的卢米尼亚维按照士兵的籍贯，组成不同的队伍。要知道，绝不能把琴察人和他们的宿敌云卡人放在一起，更不能把云卡人和奇穆人放一起，这两个部落从前打得你死我活；同样，印加人和昌卡人也水火不容，绝不能让他们并肩作战。

如此一来，出现在布鲁塞尔人面前的就是一支支各不相同又各具特色的军队。

首先上场的是凶狠的昌卡人，他们以骁勇善战而闻名。接下来上场的是瓦伦西亚的摩里斯科人、安达卢西亚的骑兵以及一支由来自西班牙各地的犹太人组成的军队。查卡人背上绑着老鹰的翅膀上场，引得人群一片惊叹。云卡人则戴着可怕的面具，手舞足蹈，挤眉弄眼，时而癫狂时而痴傻，让人害怕不已。他们手里拿着笛子或破鼓，逗弄不止，花样百出。按照惯例，由亚纳人组成的护卫队

第三章 阿塔瓦尔帕纪事（片段）

在佩德罗的带领下压台出场，如今基斯基斯已经不是这支印加精兵的首领了。

阅兵结束后，大家在王宫前面宽阔的草地上唱歌、跳舞、玩球。几只大天鹅掠过水池。

这里的人喜欢喝啤酒，这种酒有点像阿卡酒（不过它不是由玉米而是由另一种谷物制成的）。今晚，大家不醉不归。

阿塔瓦尔帕宣布用西班牙新法取代这里旧的宪法，宣告佛兰德以及整个低地国家都是西班牙王国不可分割的一部分，里尔、杜埃和敦刻尔克除外，这些地区已赠送给法国。

如此一来，"大胆查理"[①]建立的、同时也让查理五世心心念念一辈子的勃艮第王朝不复存在。

不久后，玛丽生下一个女儿，印加给她取名玛格丽特·杜基塞拉。前半部分取自玛丽的姑姑"奥地利的玛格丽特"，她不仅是哈布斯堡的大家闺秀，更是低地国家上一任总督；后半部分则取自阿塔瓦尔帕的母亲——基多公主帕查·杜基塞拉。多年以后，这位小公主会嫁给她同父异母的哥哥查理·卡帕克。

[①] "大胆查理"（1433—1477），勃艮第公爵，一生谋求让勃艮第公国成为一个独立王国，于1477年在南锡战役中战死。

48. 德国

斐迪南即将在德国加冕，可这里却正在分崩离析。多地相继宣布脱离神圣罗马帝国，比如黑森、图林根、波美拉尼亚地区，乌尔姆、康斯坦茨等斯特拉斯堡自由帝国城市，以及不莱梅、吕贝克、汉堡等汉莎同盟城市。这里的贫民受够了罗马教会的愚弄，明白了就算那一片饼干或一块面包代表了上帝的身体，那也只是饼干或面包而已。

萨克森公爵、图林根伯爵、勃兰登堡藩侯、普法尔茨伯爵等众多神圣罗马帝国的选帝侯表示，他们不再欢迎斐迪南这位坚决维护旧教的"救世主"。与梅兰希通交好的黑森伯爵腓力一世组建了施马尔卡尔登联盟，想带领整个德国皈依路德教，至少也要让皇帝不再为难路德教，到时就算动用武力也在所不惜。他们一个个都在觊觎教会的财富，都想占为己有，同时还垂涎教会的各种特权，想从教会手中夺走这些权利。

宗教改革自有其局限性，为了突破局限，再洗礼派的人付出了生命的代价。他们认为，人在孩童时期不具备理性，不应该被迫接受洗礼、信奉上帝。同样，农民也付出了惨重的代价。他们为了公正揭竿而起，结果却被大肆屠杀；他们把路德当作精神领袖和英雄，结果路德非但不支持他们，反而鼓动各位诸侯将他们赶尽杀绝。

腓特烈三世、腓力一世以及各位皈依路德教的诸侯对路德言听计从，杀了起义农民的首领，割掉了追随他们之人的鼻子耳朵。

第三章 阿塔瓦尔帕纪事（片段）

从那以后，德国乡下有几千个没有鼻子耳朵的人。

如今，斐迪南和阿塔瓦尔帕都来到了德国，农民压抑已久的愤恨一下子被点燃了。

一边是这些追随路德的诸侯，他们认为德国应该借鉴塞维利亚赦令，尽快平息宗教纷争。现在阿塔瓦尔帕来到了北方，他们希望他的出现会让斐迪南倍感压力，腹背受敌的他不得不做出让步。如今，斐迪南正面要对抗强大的法西联盟，背后又要提防虎视眈眈的苏莱曼，不能再失去德国众诸侯的支持了，根本顾不上他们是否信奉路德教。

另一边是德国的农民，他们得知继西班牙之后低地国家也开始了土地改革，心中不免又重新燃起了希望。他们把印加当作另一个"路德"，或是另一个"闵采尔"[①]。

就这样，这个布满游魂、充满迷雾的地方，这些不屈的灵魂开始前所未有地躁动起来。被割掉鼻子的人们默默地聚集到一起。他们缅怀往日的英雄，记起破灭的梦想。提到昔日的农民起义，大家一边泪流满面，一边咬牙切齿。夜深人静的时候，这些受到迫害的农民会向孩子们讲述那些可怕的往事，对各位英雄念念不忘，尤其是伟大的闵采尔。昔日的"幽灵"重现天日，宛若复生。他们之前一直躲躲藏藏，不敢见人，大家还以为他们早死了。阿塔瓦尔帕的到来带来了奇迹。往日各行各业、有名有姓的英雄相继露面。他

[①] 闵采尔（1489—1525），德国宗教改革时期神学家、革命家，终生同封建权威斗争，力图解放农民，在1525年德意志农民战争中成为起义军领袖，之后在战役中被俘，遭受酷刑后被处决。

们振臂高呼，提出的要求还是跟以前一样，仿佛对他们来说，时间一点也没有流逝。

"每个教区有权选举和罢免牧师。牧师必须严格按照福音书所记进行布道，不可随意发挥。因为只有通过《圣经》这一真正的信仰才能走向上帝。"他们侃侃而谈，这些话语随风刮到了在田间耕作的农人的耳中。

"牧师的酬劳从大什一税[①]中拨给。可以多分配一些给村社的穷人或用于支付战争税。废除小什一税[②]，这是人自己想出来的，上帝为人类创造了牲畜却没有要人们支付报酬。"他们娓娓道来，鹰隼一声长鸣，划破灰暗的天空，好似在表示赞许。

"长久以来的农奴制是丑恶的，因为基督已经洒下自己的热血为我们所有人赎了罪，不管是穷人还是富人，人人不受压迫。按照《圣经》所言，我们是自由人，我们想要自由。"他们慷慨陈言，森林中的树叶婆娑作响，仿佛在回答。

"农民不能渔猎，这有违友爱之道和上帝的旨意。上帝创造人类之时就给予了他们打猎捕鱼的权利。"他们愤愤不平，幽深的密林中传来野兽的嘶吼，好似在回应。

"领主把树木占为己有，穷人不得不出贵一倍的价钱来购买。那些没被买走的林地应该归还村社，让每个人都有足够的木材造房子和足够的木材取暖。"他们义愤填膺，干枯的木柴发出噼啪之声，

---

① 欧洲基督教会向居民征收的宗教捐税。教会以《圣经》中"农牧产品的十分之一属于上帝"的说法向基督教信徒征收此税。按照产品性质，大什一税主要是粮食。
② 小什一税主要针对蔬菜和水果。

似喜似怒。

"要大力减轻不断加重的劳役,要像我们的祖辈那样,只做上帝交代的活儿。"他们再三要求,"领主不得随意增加劳役。"

"许多农田租税过高。应该让有声望的人去视察农田、进行评估之后再设定地租,要确保不让农民白干,只要付出了劳动就该有所回报。"他们凄凄哀诉,冻僵的乌鸦从空中纷纷坠落。

"应该重新立法设定罚金,在此之前,法官不得随意判定罚金,必须遵照过去的法律条文。"他们一再申诉,这已经是路德背叛他们之前的事了。

"很多人把属于村社的田地占为己有,我们想要回这些田地。"他们语气强硬,阿塔瓦尔帕的到来给了他们底气。

"应该把遗产税全部取消。孤儿寡母不应再遭受无耻的压榨。"他们声嘶力竭,犹如夜幕降临之时凄厉鸣叫的猫头鹰。

"如有条款不符合上帝的言论或不合理,就应立刻废除。不应再提出更多的违背上帝或有损他人的条款。"他们缓缓道来,一丝不苟,让人心生敬意,这种天真又高尚的品质早就融入了他们的传说和信仰之中。

49. 小约翰

面对印加大军的重压和农民的怒火,德国的诸侯开始动摇了。北边和东边的诸侯皈依了路德教,想以此为渠道夺取教会的巨额财富,自然不会忠于斐迪南。可斐迪南虽然是旧教的卫道士,反对德国与罗马教皇决裂,但同时也是抵御土耳其人入侵的主力军。然而,他们深谙人性,知道农民之所以愤怒,并不单单是因为洗礼或其他教礼问题。其实,这些宗教问题都是次要的,最主要的是农民的生活实在太凄惨了。当农民再次发生暴动时,萨克森、图林根、勃兰登堡的王侯们一直在观望,不知道该怎么办,只能等待路德从威登堡给他们发来指示。

西边和南边却不一样,威斯特法伦、阿尔萨斯及施瓦本等地的王侯希望把起义扼杀在摇篮里,以免殃及他们。他们招募了雇佣兵在城乡大肆镇压农民起义。

斯特拉斯堡有个花匠,四处宣扬人人有砍柴、打猎和捕鱼的权利,雇佣兵认为他图谋不轨,想要把他抓起来。一天,他们找到了他藏身的农场,把农场围了起来。他们搜索一番后,却只找到他妻子和刚出生的儿子,就把他们都杀了。他们的暴行很快传遍了整个德国。这个被杀害的婴儿叫约翰,很快在各个乡村都发出了为"小约翰"报仇的声音。就这样,一个新的团会取代了从前的"穷人会",这个团会要的不光是正义,还有复仇。

此次农民起义是雇佣兵的暴行引发的,尽管师出有名,却敌不过雇佣兵的刀枪。农民们还清楚地记得,二十年前闵采尔人头落地,和成千上万腐臭的尸体一起被曝尸荒野。

那时,不管是路德还是皇帝,都没有管他们。但今时不同往日。

他们听说阿塔瓦尔帕是"穷人的庇护者",于是派人去布鲁塞尔请求他出手相助。他们知道,如果没有外部势力介入,洛林公

第三章 阿塔瓦尔帕纪事（片段）

爵（这个名不副实的"好人安托万"）根本不会管他们死活，只会狠狠镇压他们，到时他们只有死路一条。

此时，阿塔瓦尔帕并不着急回西班牙。东边有一个城市吸引着他，从布鲁塞尔骑马去只需一天，它就是亚琛——对手斐迪南即将加冕的地方。阿塔瓦尔帕知道，只要自己待在比利时，斐迪南就不敢前来，除非他想挑起战争，那就意味着他得带着大军穿过整个德国，那他在东边就没有防御了。

身为西班牙国王、比利时君主、柏柏尔领主、低地国家统治者，阿塔瓦尔帕决定支持"小约翰"起义，并派查尔库奇马领军前往阿尔萨斯。

面对所向无敌的印加军队和农民起义军的联合攻击，洛林公爵很快就败了。他逃往梅斯避难，可城里的商贩工匠却打开城门迎接追兵。他们同情农民的遭遇，觉得他们的要求十分合理，说农民"经常无故遭到伤害、压榨和啃食"。查尔库奇马没能俘虏公爵，愤怒的农民抓住了他和他的兄弟吉斯公爵，然后把他们活活打死了，最后还把他们的头颅插在了尖矛上。

不过，他们可不只是粗人，还懂谋略，很快就向印加大将军呈交了一份条款，这份条款跟从前施瓦本农民提出的要求可谓如出一辙。查尔库奇马让人把条款送往布鲁塞尔。半个月后，印加就让人送来了回复。我在此抄录一下原文，上面还有阿塔瓦尔帕的亲笔批注。

50. 阿尔萨斯农民的十二条款

第一条

《圣经》布道必须实事求是,而不是按照领主和牧师的意愿。

人人都有信教的自由,只要参加太阳神节日就行。

第二条

我们不再支付大小什一税。

同意。

第三条

地税降到百分之五。

地税将被取消,用轮流劳役制代替。

第四条

所有水域应免费。

同意。

第五条

森林应归还村社。

同意。

第三章 阿塔瓦尔帕纪事（片段）

第六条

猎物要免费。

同意，但只能在印加规定的时期内，比如太阳神节日或其他某些节日时。这么做是为了保障猎物繁衍。

第七条

不会再有农奴。

同意。

第八条

由我们自己选举首领。我们看好谁，就让谁当君主。

驳回。

第九条

由我们的人来当法官。

同意，但要由印加或他指定的人来任命。

第十条

由我们自己选举和罢免执法官。

驳回。只有印加有这个权力，但你们可以推选人员。

第十一条

我们不再支付死亡税。

同意。死者家属可以获得村社的一笔资助，印加也会从个人积蓄中拨出物资抚恤。

第十二条

领主私自占有的土地须归还村社。

同意。

51. 查理曼

协议条款一经公布，整个德国沸腾不已。

阿尔萨斯农民的事迹鼓舞了其他地方的人。从此，德国各个乡村的农民，不管生活多穷，住得多偏远，都知道自己不再无依无靠，而是有一股强大的势力可以作为靠山，这股势力是上天派来的，简直就跟神明一般，能够击溃所有诸侯，而且对穷苦之人有求必应。

确实如此，哪儿有需要，阿塔瓦尔帕就派兵去哪儿。他甚至不惜亲自带兵前往威斯特法伦。到了这里，他就能亲眼看看亚琛大教堂了，这可是查理五世加冕成为皇帝的地方。他能坐一坐查理曼的宝座，还能亲手摸摸他那金碧辉煌的陵墓。从前佩德罗给他讲过罗兰、安洁莉卡、布拉达曼特的故事，这些故事让他对查理曼产生了崇拜和羡慕之情。就这样，一个想法在他脑中生根发芽，日复一日，逐渐壮大，犹如一株土豆苗在孤寂贫寒之地茁壮成长。

继"小约翰"起义之后，各地农民纷纷揭竿而起，他们以草鞋为标志，举着七色彩虹旗。阿塔瓦尔帕采纳了彩虹旗标志，觉得这一标志十分适合查理曼建立的帝国。

52. 奥格斯堡

德国也有类似西班牙国会的议会，只不过参加德国议会的不仅是各个君主和地方统治者，还有神圣罗马帝国各个城邦的代表。城邦代表众多，德国地区又多，以至赶去参加议会的人多达几百。

下次议会将在奥格斯堡举行，那是帝国的城邦，位于施瓦本和巴伐利亚州交界处。印加已经控制了整个西德地区，自然有权参加议会。然而，斐迪南就在附近，肯定会对阿塔瓦尔帕万般阻挠，不让他参加议会。更何况，斐迪南这位奥地利大公一直把印加视为窃国者，而印加的图谋此时再也藏不住了：他如今要的是整个帝国，这一点已毫无疑问。弟弟查理五世死的那一天起，斐迪南就下定决心，他和阿塔瓦尔帕两人之间不是你死就是我亡，而如今这一天不远了。于是，他集结大军，驻守巴伐利亚。对他而言，这里是进入德国的大门，同时也是缓冲国，把他和施瓦本隔开了，而施瓦本几乎已经全部被阿塔瓦尔帕大军占领了。

如此一来，双方陷入胶着状态。阿塔瓦尔帕阻断了斐迪南前往亚琛的路，使得他不能进行加冕；而斐迪南则阻断了阿塔瓦尔帕进入奥格斯堡的路，让他无法参加议会，宣扬他的抱负。

两军对峙不下，都不敢主动发起进攻。大家暗自观望，犹疑不决。等待使大家身心俱疲。斐迪南的士兵首先扛不住了，纷纷病倒。而另一边的阿塔瓦尔帕大军也精疲力尽了，他们不久前刚和德国农民一起跟天主教诸侯打了一仗。

时间似乎在施瓦本平原上停滞了。

又是依盖娜莫妲想到了打破僵局的办法。

这位古巴公主亲自写信给法兰西国王，让他给苏莱曼通风报信。密信内容不外乎如此："斐迪南心不在焉，维也纳唾手可及。"

于是乎，已经占领了匈牙利的土耳其大军又一次动了起来。

收到战报后，斐迪南别无选择，只能立刻返回奥地利保卫都城。此外，军中的士兵生了一种怪病，这种病之前出现在西班牙、法兰西、佛兰德，现在来到了德国。生病的人会高烧不止，头发脱落，身上长满红疹、肿块。病人最先出现的症状是下体或喉咙里出现溃疡。一开始，大家以为这是黑死病，这种病极易传染而且一旦染上了很快就会死去。但这次的病不会致死，病人会慢慢好起来，病症也会慢慢消失。不过，病好了之后士兵们身体还是很虚弱，这让大家无心恋战。士兵们都想赶紧离开。土耳其人虽然凶狠，但至少是个熟悉的对手，而这些从海上来的印度人却不知底细如何，总是受到上天或魔鬼的眷顾。

现在，阿塔瓦尔帕面前的道路畅通无阻了。

他一到奥格斯堡就去见了这里最有权势的人，应该也是德国

第三章 阿塔瓦尔帕纪事（片段）

最有权势的人了。

这个人就是安东·富格尔，他是如此地重要，阿塔瓦尔帕径直就住到了他家，都没顾得上去议会露个面或见见当地官员。富格尔在城里的府邸接待了印加，他曾在这里接待过查理五世。印加很喜欢这里沙黄色的粗糙石墙。宫殿简约坚固，让他不由得想起了家乡基多的宫殿（说实话，他没去过库斯科，不知道那里的宫殿如何）。他细细品尝着对方为他备下的饭菜，发现这里的啤酒味道也不错。

两人有很多事要谈。

安东·富格尔穿得十分简单，但有点怪异，跟新大陆人的着装很不同。他身上穿着一件宽松的黑色大衣，脖领处露出里面的白色无领衬衣，头上戴着一顶又大又扁的帽子。他的头发套在一个类似袋子的东西里，而他的胡子就像雾气一般，虽然长得很多但很稀疏。他的双手戴着薄薄的白手套。

他跟印加说意大利语，而印加跟他说西班牙语。他们交流起来没什么问题。

其实，双方各自都清楚自己有什么优势，只是想明明白白地提出来，自己能给对方什么，以及自己能从对方那儿得到什么。

两人离开喧闹的宴会，来到富格尔家的书房，在这里定下盟约，他们的约定也将决定接下来将要发生的大乱。

书房里有一个柜子，上面有很多抽屉，阿塔瓦尔帕看到抽屉上标着一些他认识的城市名，比如里斯本、罗马、塞维利亚、奥格斯堡，还有一些他不认识的城市名，比如威尼斯、纽伦堡、克拉卡夫……

至于富格尔，他当然清楚眼前这位身穿裙子头戴羽冠的人来找他的原因。他的目的和曾经的查理五世一样：要维持一个帝国需要大笔的钱，要花两大笔钱。一方面，要付钱给雇佣兵来打仗；另一方面，要花钱买选帝侯的投票。海外的金子没这么快到塞维利亚港，而且从塞维利亚到这里还得花不少时间，就算运到了这里还得换成通用的货币才行。阿塔瓦尔帕要想拿下帝国就需要投入大笔的钱，而富格尔可以借给他。富格尔告诉阿塔瓦尔帕，他的金子会被换成一个个圆形的钱币。印加摆了摆手，示意知道了。塔万廷苏尤没有这样的钱币，但他初到西班牙的时候就发现了钱币的妙处。

富格尔细细地向他解释钱币的价值：一个金币可以换二十五只鸡，一公斤胡椒，十升蜂蜜，九十公斤盐巴，一个工匠十天的工作。

而阿塔瓦尔帕需要很多很多的金币。

印加一直静静地听这位银行家说话，始终一言不发。他不想问出那个问题，但富格尔现在就要说到那个问题了。

他想要什么作为回报？

富格尔拿起桌上的酒瓶，倒了两杯，把其中一杯递给印加，印加平静地接过了酒杯。杯中的葡萄酒产自佛罗伦萨的托斯卡纳地区。富格尔似乎很为此感到自豪的样子。来到新大陆后，甚至自从跟他哥哥打仗的时候起，阿塔瓦尔帕就懂得要放下身份，不再看重那些虚礼。他早就接受别人跟他面对面而不是隔着帷幕说话。他也早就习惯了新大陆的风俗，知道在这里有人请你喝酒是

第三章 阿塔瓦尔帕纪事（片段）

表示他想跟你交朋友。一起喝酒的人通常身份相当，友人相逢、逢年过节、庆祝喜事都少不了喝酒。当然，你也可以请人喝酒，借机毒死他。但这位德国银行家实在没理由毒死一个会让他成为欧洲首富的人，更何况这人还可以帮他彻底打败竞争对手——奥格斯堡的另一个银行世家韦尔瑟家族，以及热那亚的同行和安特卫普的富商。

身为德国人的富格尔应该也是犹豫了好久才选择了印加。斐迪南是查理五世指定的帝国继承人，富格尔理当支持他。但有两个因素促使他做出了最终决定：阿塔瓦尔帕有能力偿还，他有数不清的金子银子；和他合作可以打开新的市场。

说实话，富格尔的要求不多。从前，葡萄牙国王曾准许他的家族和印度的果阿城进行贸易，但后来又不让了。富格尔让阿塔瓦尔帕给他一张类似的准许证，准许他购买海外的货物。富格尔家族是靠纺织起家的，安东希望他能做纺织方面的生意，尤其是羊驼毛生意，在欧洲可没有能与羊驼毛一较高下的货品。他还想要进口橡胶，说橡胶生意大有前景，因为出产橡胶的树在欧洲没有。

阿塔瓦尔帕同意了他的要求，正要按照这边的习俗举杯庆祝时，富格尔忽然停顿了一下。

他还有一个条件。

他希望印加帮他除掉路德。

阿塔瓦尔帕吃了一惊，没想到富格尔会掺和到宗教问题中去。

他说，路德会影响生意。路德这人，愤世嫉俗，一直在攻击银行生意中最核心的业务——借贷。正是路德这个矮和尚搅黄了赎罪券这门利益可观的生意。要知道，罗马正是用售卖赎罪券所得来偿还富格尔家族的巨额借贷的。

安东·富格尔和路德没有私怨，但他想要路德死，两个月后路德还不死的话，他们的合约就自动作废，到时他不会再给印加一分钱。

阿塔瓦尔帕已然被帝王梦冲昏了头脑，尽管还不知道该如何履行这一约定，也不清楚这么做会对局势产生什么样的影响，但还是一口应承了。最后，他们举起酒杯庆祝，祝愿各民族友爱相处，祝愿帝国一统天下。

印加走的时候带走了一箱金币，而箱子中的五千金币跟富格尔家的财富相比，只不过是九牛一毛。

53. 新教诸侯

如今还剩德国东边和南边的诸侯还没被印加征服或说服，这些诸侯大多支持路德改革。

这些人主要有勃兰登堡选帝侯约阿希姆·赫克托尔、普鲁士公爵阿尔布雷希特、黑森领地伯爵"宽宏的腓力"、萨克森选帝侯"智者腓特烈"的侄子"宽宏的腓特烈"（这里的人还真是爱给诸侯冠以"宽宏"这一品质），其中"宽宏的腓力"对路德更是爱护有加。

还有一个人，萨克森的莫里茨，他与"宽宏的腓特烈"属于

第三章 阿塔瓦尔帕纪事（片段）

同一个家族，却是死对头。这人既不是选帝侯也不十分热衷路德教，但他手握重兵，不好对付，因而阿塔瓦尔帕决定集中精力对付其他几个。

此时，信奉路德教的诸侯陷入了两难的境地。一方面，他们注定跟斐迪南走不到一起，就像从前跟查理五世一样，因为斐迪南跟他已故的哥哥一样，自诩为基督教卫道士，根本就不想进行宗教改革。而他们这些诸侯却希望德国也能有一个宗教赦令，就像阿塔瓦尔帕在西班牙颁布的塞维利亚赦令一样，让全国上下都有信教自由。

另一方面，如果他们投靠印加，让他取代斐迪南接手德国，就意味着他们得接纳太阳教，但这个太阳教在他们看来不仅是异端邪说，简直可以说是大逆不道。

当然，他们也想过妥协。从前，他们依靠查理五世，继而又仰仗斐迪南，让他们帮忙镇压农民起义。这件事，阿塔瓦尔帕应该也能做到。

然而，阿塔瓦尔帕在被他征服的各个国家内实施改革，又对阿尔萨斯的农民做出各种让步，这让他们很是担心。诸侯当然不愿意放弃土地和农民给他们带来的切实收益，不愿意放弃贵族特权给他们生活方方面面带来的好处。阿塔瓦尔帕的出现会让暴乱之火燃得更旺，会让萨克森和普鲁士的农民蠢蠢欲动，这些地方的农民们已经在私下传阅十二条款了。阿塔瓦尔帕的图谋和农民的愿望似乎不谋而合，这一点实在让诸侯们担忧害怕。他们能做出的最大让步就是还农奴自由之身，让后者以后不再为奴。至于把土地归还村社或是其他什么人，他们觉得是天方夜谭。可这样的事却真实地发生在阿尔萨斯、维斯特伐利亚、莱茵兰乃至施瓦本和普法尔茨等地了。

阿塔瓦尔帕面对的就是这样一群不知所措、犹豫不决的诸侯。他又派精明的查尔库奇马去和他们谈判。大将军机智应对，软硬兼施，威逼利诱，催促诸侯赶快做出决定。

不过，这些新教诸侯仍然举棋不定。

为了走出这样迟疑不决的局面，他们提议印加和路德见上一面。到时，路德会告诉他们该怎么办，他们听路德的话行事就行。当然，就算到时路德让他们投靠阿塔瓦尔帕，他们也少不得要向阿塔瓦尔帕要些好处，到时满足他们就行；不仅如此，阿塔瓦尔帕还要给他们塞一大笔钱来获取他们的支持和投票。而这些钱都是从富格尔那儿借来的。

阿塔瓦尔帕点了头。他们派人去威登堡向路德传达诏令，让他立刻去奥格斯堡见阿塔瓦尔帕，听听他为什么要当皇帝，看看他是否有这个资格，换句话说，让阿塔瓦尔帕当皇帝是否会违背福音书。

几天后，路德的答复到了。他感谢议会的盛情邀请，但他不得不拒绝。路德委婉地提到了他之前的遭遇，大家自然也没有忘记那件事：不久前他去沃尔姆斯议会面见查理五世，结果却接到了要流放他的命令，后来还被人掳到了深山老林，差点一命呜呼。因此，他恳求这些好心的诸侯，原谅他不能去参加议会，并表示他会祈求上帝保佑他们。

第三章 阿塔瓦尔帕纪事（片段）

一向沉着的阿塔瓦尔帕此时也开始显得不耐烦了。

萨克森公爵提议阿塔瓦尔帕屈尊下降，亲自去威登堡一趟。到时，他会亲自恭迎印加并引见路德。

这位胖公爵长着一双三角眼、红胡子、短头发，阿塔瓦尔帕觉得这人不可信，但和大臣们简单商讨后就同意了。毕竟，帝国就在向他招手。

七位投票人中有三位主教，四位王侯。特里弗斯、美因茨、科隆三位主教在"小约翰之战"后被印加收入麾下。这三票会投给他。波希米亚王国是斐迪南的领地，普法尔茨伯爵被卢米尼亚维击败后逃往东边。这两个地方的选票不会投给他。所以，他必须还要再得一票。如今，就剩两张路德教的选票了。帝国的命运握在萨克森公爵和勃兰登堡选帝侯的手中。

印加即将去威登堡，依盖娜莫妲和查尔库奇马也会一起去。其余诸侯也会去凑个热闹，德国上下，甚至丹麦和波兰的人都赶着去看热闹。

54. 威登堡

一路上他们获得了很多情报。他们遇到了很多贫苦交加、饥肠辘辘、病弱不堪的人。男人缺鼻少耳、四肢残损，而女人不声不响、冷冷地看着周围，眼中满是仇怨，仿佛困在陷阱中的野兽，随时会跳起来咬人。

一个瞎眼的乞丐朝印加伸出木碗。护卫本想一脚踹开他，但阿塔瓦尔帕让人把他带到轿子前。乞丐不停摇晃着木碗，用一双灰白的眼睛盯着印加，说道："仁慈的上帝，帮帮穷人吧。"他得到一枚金戒指和两个金币后走了。

不久之后，印加一行人来到纽伦堡，城里气派的建筑和周边萧瑟的乡村形成了鲜明的对比。

接着，他们又到了莱比锡，这个贸易名城和先前的其他地方一样，给他们的感受也一样。穷的穷，富的富。

最后，他们到了威登堡。这里是有名的学术中心，但和萨拉曼卡全然不同。

城里到处是穿着长袍的修士，他们的脖子上戴着木头十字架，手里拿着纸张或书册，胳膊下夹着乳猪、面包或啤酒，来来往往，就像忙忙碌碌的蚂蚁一般。

城堡教堂的钟楼高耸入云，圆圆的楼顶，加上外面一圈荆棘状的王冠，看上去就像一朵被荆棘包围的黑玫瑰花苞，在城中投下凄凉的影子。

市集广场上熙熙攘攘，修士、学生、商贩、农夫摩肩接踵，牲畜家禽在人群中来回穿梭。

自从"智者腓特烈"死后，城堡一直空置着。萨克森公爵邀请印加一行人去城堡暂住，并派了几个人去服侍，不过印加把人打发走了。他们刚在空荡荡的城堡中安顿下来，查尔库奇马就迫不及待地去见菲利普·梅兰希通了，和他商讨会面事宜。梅兰希通可是路德的左膀右臂，也认识阿塔瓦尔帕，和他在格拉纳达见过。

第三章 阿塔瓦尔帕纪事（片段）

梅兰希通会说各国语言，他们就用卡斯蒂利亚语进行交谈。梅兰希通个子中等、长着红胡子，总是笑眯眯的，看起来平易近人。他虽然脸上已经有了皱纹，但浑身散发着一种青春活力，能让人一下子就对他产生好感和信任，不过查尔库奇马可不会轻易动容。他心下暗暗想道，此人外表平凡但机智非凡。

教授和将军举杯相庆，一起喝着路德亲手酿的啤酒。梅兰希通似乎兴致不错，尽管他不太爱喝啤酒。

两人聊了整整一下午，全然不在意身边人来人往。老仆时不时地进来送酒给他们，学生也时不时进来取放书册，他们都对这位不同寻常的客人十分好奇，不住地偷瞄，侧耳倾听他在说什么，可惜一句也听不懂。

晚上，将军回来向印加报告情况，说这里的人自称"新教徒"，要求有信教的自由，希望改变信教的方式，维持他们崇尚的教礼，还希望牧师可以结婚。理论上，牧师是不可以结婚生子或跟人发生肉体关系的，但有些牧师却结婚生子了，路德就是其中之一。教徒十分在意死后会去哪里和怎么获得救赎这两个问题。他们不想下地狱遭受烈火焚烧之苦，而是希望去天堂和上帝会合（可上帝说不定什么时候就重回人间，那样岂不就错过了）。他们认为天堂和地狱之间还有一个过渡的地方，但不认为可以在生前用金币买来一席之地。

还有一个问题，查尔库奇马听了很多，就是关于所谓"善行"的问题。一个人是否应该为获得救赎而做好事？新教徒坚信不是这样，他们认为死后会怎样跟生前的所作所为完全无关。他们认为人应该效仿上帝，大爱无私，施恩不望报。查尔库奇马当时很想问一下梅兰希通，既然如此，上帝又是如何决定让哪些人上天堂，让哪些人下地狱的呢。说实话，将军关心的是，能否从人们的观念中找到有利的东西，至于那些争论以及道德问题，他全然不关心。

另一边的梅兰希通可不这样想。他问了很多问题，十分关心印加他们来自哪里、有什么风土人情、信什么神。他想知道他们那儿是否打仗、是否有奴隶、是否听说过上帝、太阳神是否会惩恶扬善等。他还十分关心塔万廷苏尤到底在哪里。将军发现，梅兰希通知道印加人不是印度人，不像其他人，通常把两者混为一谈。

总而言之，将军认为梅兰希通此人十分好说话、愿意和他们协商。但梅兰希通也隐约地向他透露，路德这人不好相处。其实，这位发起宗教改革的大牧师脾气相当倔，而且多年以来并没有改观。

后来，两人又说了些无关紧要的事。梅兰希通喝醉时说了这样一句话：“奥格斯堡就是德国的佛罗伦萨，而富格尔就是我们的美第奇。”这句话看似无关紧要，查尔库奇马却觉得十分重要，回来后就告诉了印加。

55. 路德

会面的地点是在一个叫"大学"的地方，大厅里聚集了上千人，萨克森选帝侯也到场了。

第三章 阿塔瓦尔帕纪事（片段）

阿塔瓦尔帕一脸庄严地坐在讲台上，左右两旁分别是依盖娜莫姐和查尔库奇马，站在他们面前的路德就像一头愤怒的公牛。他滔滔不绝、声如洪钟，一旁的梅兰希通把他说的话翻译成西班牙语。但他说的话前言不搭后语，让人很难跟上他的思路。他一直在说犹太人，说他们罪恶滔天、不得好死。照他所说，犹太人"满身恶臭"，应该杀了他们。就算不杀，也要把他们赶出德国，烧了他们的房子。

路德喋喋不休地讲了将近一个小时。阿塔瓦尔帕默默地听着，跟往常一样面无表情（尽管此情形前所未有），让人看不出他其实听不懂路德在说什么。

接着，路德说到了他们这些从海上来的人。

用他的话来说，阿塔瓦尔帕他们是上帝派来惩罚恶人、肃清教会的。

他们信奉的太阳神其实就是上帝的化身，而阿塔瓦尔帕就算不是救世主转世也是先知再生或天使降临。

路德说自己也是上帝派来宣扬公正的人，所以他定会知无不言，绝不会缄默不语。比如现在，他就必须告诫印加，不应该让这个女人站在他身旁（他指着依盖娜莫姐这样说道）。梅兰希通没有翻译这一句话，但大家就算听不懂德语也都知道路德说了什么。

因为天有点凉，依盖娜莫姐此时已经穿了衣服，但路德可能听闻过这位古巴公主不穿衣服的事迹，因而怀疑她是魔鬼的使徒。依盖娜莫姐莞尔一笑，接下来人们便看到了惊人的一幕——古巴公主起身解开衣裙,当着众人的面露出胴体。后来,克拉纳赫[①]还把这一场景画成了一幅画,一举成名。

依盖娜莫妲一脸高傲地看着路德,嘴边挂着一丝冷笑,满是挑衅。众人一片哗然,有人指责,有人惊叹,甚至还有人大笑,而路德则指着赤裸的依盖娜莫妲,得意地说出了下面这番无礼的话:"男人肩宽胯窄,富有智慧;女人肩窄胯宽,应该在家生孩子。"

会议就这样中断了。

56. 进退两难

"杀了他!"依盖娜莫妲说道。

但没有那么简单。

杀了路德就是履行和富格尔的约定,就能确保富格尔借钱给他们,有了钱就能买到新教选帝侯的两张选票,但杀了路德就等于和新教选帝侯为敌,和所有支持路德的诸侯为敌,也就是和施马尔卡尔登联盟为敌。

阿塔瓦尔帕此时没有足够的兵力对抗。基斯基斯带着三分之一的兵力驻守在西班牙,防止苏莱曼或斐迪南突袭;印加又留下另外三分之一的兵力驻守比利时和德国西部。

可他也无法通过和谈获得选票,只有路德死了,他才会有钱

[①] 克拉纳赫(1472—1553),德国文艺复兴时期著名画家。

第三章 阿塔瓦尔帕纪事（片段）

去和谈，但另一方面，只有获得路德的赞同，他才能进行和谈。

阿塔瓦尔帕正在左思右想，而大批民众已经汇聚到了城中。路德和印加的会面让全国上下的民众看到了希望。当然，他们并未忘了往事：路德曾经背叛过他们，出卖闵采尔，并鼓动诸侯残杀起义的农民，但大家一心想着阿尔萨斯农民十二条款，他们把希望寄托在阿塔瓦尔帕身上，希望他能在德国施行这些律法。大街小巷聚集的人越来越多。

另一边，查尔库奇马又去找了梅兰希通，试图挽回局面。

梅兰希通已经说服路德先道歉再接着说其他问题。

其中要说的一件大事是太阳教的地位问题。显然，不能把它视作异端邪说或像伊斯兰教那样的宗教。阿塔瓦尔帕打赢了好几场战争，说明上帝是站在他这一边的。其实，新大陆各国接连战败就是上帝对他们堕落的惩罚，这也再次证明了路德的观点。所以，路德从理智上认为阿塔瓦尔帕是上帝而不是魔鬼派来的，略加思索后便认为太阳教就是"福音宗"的一种化身，相当于海外那个世界的福音宗，就好比对上帝的信徒而言，《旧约》是《新约》的前身。

"就好比雏形？"将军问道。

"不如说是同一件事的不同说法。"梅兰希通回答。

查尔库奇马问他该如何看待路德说犹太人的那些话。

梅兰希通手一挥答道："不用管。自从上了年纪，他对这个问题越来越执迷，不过这与你们要谈的事并不冲突，让他说就行。"

两人决定下次双方就在城堡教堂进行会谈。查尔库奇马放心地回去了，他喝了不少酒，有些飘飘然。他把梅兰希通的忠告一字不落地转告给印加:"让他说,尽量依着他。这样就能达成一致了。"

57. 城堡教堂

据传,就连大学者伊拉斯谟也千里迢迢赶来了,尽管人们几年前就听闻他死了——据说他为了躲避宗教迫害逃往巴塞尔并死在了那里。可想而知,两位"世纪大改革家"的会面具有多么重大的意义。结果如何,无人知道,所以德国乃至整个五州都在拭目以待。

与此同时,威登堡城中却越发躁动了。一些印着十二条款、带有阿塔瓦尔帕、闵采尔和小约翰画像的书册在人们手中传来传去。大街小巷画满了草鞋图案。有人写书册讽刺路德是"威登堡的蠹虫"。大批农民涌入城中,腓特烈选帝侯不得不找来雇佣兵维持秩序。彩虹旗帜插得到处都是。

城堡教堂中,双方也在竭力斡旋。路德公开向依盖娜莫妲道歉,说可以把太阳教当作福音宗的一种化身。他毫不留情地抨击外面那些妄图推翻上帝的狂热分子,要求严惩所有参与暴乱的人。尽管没有用"十二条款"这个字眼,但他提到了这些条款。他承认某些要求是合理的。("总算承认了!",一些人说;"有点晚了!",另一些人说。)他让诸侯自己掂量,该退让的就退让。这次他没怎么咒骂犹太人。

至于阿塔瓦尔帕这边，他同意和路德换个位置。他在观众席第一排的一条木凳上落了座，身旁就是依盖娜莫妲，她大方地接受了路德的道歉；而路德则登上了讲台，居高临下地对着阿塔瓦尔帕——要在往常，阿塔瓦尔帕绝不会允许别人这样对他说话。帝国是该做场弥撒了，他笑着对选帝侯这样说道。后来，路德又开始骂起了犹太人，查尔库奇马和梅兰希通面面相觑，有些忐忑，好在这些咒骂总体而言无关紧要。

最重要的是，双方达成了一致，同意出台一项宗教赦令。会议结束时，大家互相道贺。萨克森和勃兰登堡两位选帝侯一起来到阿塔瓦尔帕那里讨价还价（据说他们要价十万金币，但印加没这么多钱，因此才讨价还价）。查尔库奇马和梅兰希通避开众人在私下交谈。此时此刻，双方接下来签订合约是理所当然的事。

今天，我们知道事情并没有这样发展。

58. 教堂大门

第五天早上，一群乌鸦飞过钟楼上空。双方本该再次在教堂会面，然后签订合约，但此刻教堂前却聚集了一大群人。大家争先恐后挤到门前一睹究竟——距上次张贴布告已经二十五年了，人们不禁奔走相告，一传十，十传百，很快大街小巷都在谈论此事（门上的布告是用德语写的）。

不久后,路德来了,大家窃窃私语,纷纷给他让道。路德穿着一身黑衣,戴着一顶黑帽,一副大腹便便的样子。他的脸有些臃肿,神情严肃又疲惫,目光不像往常那样锐利,步伐也略显迟钝,但依旧让人心生敬畏。在他面前,人们不自觉地矮了一截。

在越来越大的喧闹声中,他来到教堂门前。他一直以为这是他的地盘,当然他也有理由这样认为。可今天,大家看到,路德的脸色一下子变得铁青了。

59. 太阳神九十五条论纲

1. 太阳神不是造物主的化身。
2. 太阳神就是造物主,是一切生命之源。
3. 维拉科查是太阳神之父或之子,是月神之父或之子。
4. 印加是太阳神在世间的代表。
5. 印加是开国君主曼科·卡帕克和妹妹玛玛·奥克略的后裔,两位都是太阳神后代。
6. 印加是他们的后代,因而被视为"太阳神之子"。
7. 印加隶属太阳神一族,因为曼科·卡帕克是维拉科查之弟或之孙。
8. 因此,旧教首领教皇不能管制印加及其封臣或太阳神信徒。
9. 旧历1531年为新历元年,正是在这一年印加从海上来到这里。
10. 地震后里斯本裂开一条大道迎接太阳神之子的到来,从此他无

第三章 阿塔瓦尔帕纪事（片段）

人可挡。

11. 一千多年前德尔图良提出的"三位一体"，从某种程度上阐释了太阳神、月神和雷神这三位神。

12. "三位一体"的理论并不完善，应该把圣母而不是圣灵纳入"三圣"中，作为月神的象征。或者在三位主神之外再加上雷神，变成"四位一体"。

13. 雷神虽然能用锤子震劈大地，但远不及太阳神厉害，必须听太阳神的命令。

14. "伪神"耶稣一家也不能代表真神太阳神、月神和维拉科查。据《圣经》所言，约瑟只是耶稣的养父，是凡人而不是神。

15. 玛利亚怀了耶稣却仍是处子之身，这是编出来的故事，为了掩盖她未婚先孕，其实约瑟是个没有生育能力的老头。

16. 太阳神却切切实实让月神受孕生下维拉科查、曼科·卡帕克和大地神帕查玛玛。

17. 说月神代表玛利亚，而不是玛利亚代表月神，这是大错特错的。如果真是那样，上帝根本不会让印加来到这里并取得胜利。但事实却是，在太阳神、月神和祖先的保佑下，阿塔瓦尔帕征服了新大陆。我们都错了，我们信的神和救世主都是假的。

18. 真正的圣地不在耶路撒冷，而在大洋彼岸的"世界之脐"库斯科。

19. 教皇及其代表不能以赎罪之名索取钱财，他们无权这么做。

20. 临死之人因死亡就免除了一切惩罚。

21. 那些售卖赎罪券、鼓吹教皇可以赦免一切罪罚的人大错特错。

22. 基督徒须知，周济穷人或借钱给缺衣少食之人，比购买赎罪券好得多。

23. 基督徒须知，看见有人困苦，不予援助，反而用钱购买赎罪券，他得到的不是教皇的赦免，而是维拉科查的愤怒。

24. 基督徒须知，他们并没有很多余款，应该把钱留作家庭必需开支，决不可浪费在购买赎罪券上。

25. 愿意在民间传播以上说法的主教、神甫、神学家，会对此做出解释。

26. 每次人们追根究底，想知道上帝为何把世上第一个男人和第一个女人赶出伊甸园时，那些基督徒就会胡编乱造，实在编不下去时，就说是蛇诱惑他们吃下禁果让他们堕落。

27. 人们问那些吃上帝肉喝上帝血的老基督徒，怎么能做出吃人这么野蛮的事，他们很吃惊，不知道怎么回答。只有几个路德教信徒回答说，在宗教仪式中上帝只不过是一种象征。

28. 路德教信徒认为，不管生前做了什么，一些人注定会得到救赎，一些人注定会堕入地狱，而剩余的人则在通往地狱的路上游荡。他们口中的上帝竟如此残忍专横，随意生杀予夺，跟他们嗤之以鼻的犹太人的上帝又有何不同？

29. 有一点路德没说错，如果某个女子因为处子之身就自以为高人一等，那她是"撒旦的处女"。尽管撒旦是基督徒编造出来的，但这句话是为了说明贞洁本身并不重要，男女结婚时不应该要求女子必须是处女。

30. 基督徒为什么非要人们只能信上帝不能信别的神？我们实在无法理解这一点。

第三章 阿塔瓦尔帕纪事(片段)

31. 上帝可以作为楷模,就像摩西或其他圣人一样,但他的死活只跟他自己有关,不会以任何形式拯救人类,对于基督徒或其他人也都一样。

32. 太阳神不会排斥其他神。他不需要这样做来维护自己至高无上的威严,别的神根本无法和他比肩。

33. 太阳神一视同仁,不会嫌贫爱富,不会偏袒少数,而是把和煦的光芒照向大地上所有的人。

34. 同样,太阳神之子印加也会把仁慈宽厚带给所有人,不会遗漏任何一个人。

35. 不少基督徒宣扬基督的事迹,只是为了蛊惑人心,骗人入教,一起对抗犹太人,他们胡编乱造,愚昧无知。

36. 上帝创造了世界然后又派自己的儿子来拯救世人,这种说法是无稽之谈。特洛伊战争时这位上帝在哪儿?他在酣睡?为何古希腊人不知道上帝的存在?

37. 上帝为何不向柏拉图和亚里士多德这些智者昭示自己的存在?为何要等这么久才出现?难道古时没有罪人可救吗?

38. 事实上,岁月会更迭,新旧交替,循环往复。

39. 第一阶段第一批人类出现,他们用树叶遮体。

40. 第二阶段第二批人类出现,他们和平相处。后来洪水暴发,这些人灭绝了。

41. 第三阶段野蛮人出现,他们崇拜帕查卡马克,处在不断的战争中。就是在这一时期,雷神之女给人类带来了铁器。

42. 第四阶段是霸主鼎立时期,世界一分为四。

43. 第五阶段是太阳神时代。印加正好在这个时期一统天下,世界多了一块地方,就是我们所在的新大陆。

44. 旧教残酷败坏,赏罚不公;太阳教却公正无私,仁爱平和。

45. 试问,哪有做父亲的会牺牲自己的孩子?

46. 既然人会犯错,为何又要让他们自由决断?

47. 为何让人犯罪又惩罚他们?

48. 人小的时候并不知道有上帝,是在听了基督徒的宣扬后才知道的,但人出生的第一天就会见到太阳。因此,信奉太阳神的人,不管小时候还是长大后,都不需要接受洗礼。

49. 保罗①担心有人不知道上帝,他说:"未曾听见他,怎能信他?"而太阳神根本不需要人帮他宣扬,他就在天空中闪耀,晨出夕落。

50. 保罗还说:"信道是从听道来的。"可太阳神的道不需要教,我们只需要抬起头就能看到。

51. 不过,保罗已经感知到了真理,他说:"黑夜已深,白昼将近。我们就当脱去暗昧的行为,带上光明的武器。"(《罗马书》,13章12节)

52. "信念软弱的,你们要接纳,不要辩论所疑惑的事。"(《罗马书》,14章1节)

53. "有人信百物都可吃。但那软弱的,只吃蔬菜。"(《罗马书》,14章2节)

---

① 使徒保罗,基督教最具影响力的传教士之一,著有《罗马书》。

第三章 阿塔瓦尔帕纪事（片段）

54. "吃的人不可轻看不吃的人；不吃的人不可论断吃的人，因为神已经收纳他了。"（《罗马书》，14章3节）

55. 因为维拉科查的国度，不在乎吃喝，只在乎公义、和平以及太阳神赋予的喜悦，这与《罗马书》14章17节所说相符。

56. 那些先知总是对基督教民众说"打倒基督敌人"，他们以为基督的敌人无处不在，他们真该去各处看看。

57. 太阳神支持穷人的权利。

58. 他孕育了大地，让人人有盐吃。

59. 不管是太阳还是土地都不会要求任何人支付大小什一税。

60. 不得出售、租赁或转借土地。

61. 不得囤积土地，要按需分配。

62. 水域也是土地的一部分，人人能够免费使用。

63. 鱼虾属于河流。

64. 猎物属于森林。

65. 森林属于土地，而土地属于太阳神。

66. 太阳神只知人不知农奴。

67. 印加是太阳神的后代，但太阳神把我们所有人当作他的子民。

68. 太阳之下，该隐不会杀亚伯。

69. 如果发生这样的事，该隐会受到同类的审判。

70. 活人不用为自己或别人的死付钱。

71. 那些诸侯都是伪君子，他们有很多情人，并且偏宠情人。

72. 教皇也是伪君子，让自己的私生子位居高位。

73. 大地绕着太阳父亲转。

74. 太阳确实是宇宙的中心。

75. 主耶稣是太阳神之子,是太阳神创造了人。

76. 耶稣是维拉科查的弟弟或孙子。

77. 五州大陆的耶稣基督,相当于四州帝国的曼科·卡帕克。

78. 但耶稣基督和曼科·卡帕克两者之间,后者更强,他的后代来到我们这里完成了主耶稣基督预示的善业,而不是反过来。

79. 上帝不想让我们去大洋彼岸传道。

80. 教皇只能代表他自己,他并非圣彼得之子。

81. 路德是该揭露教皇贪得无厌。

82. 路德不该揭发起义的农民。

83. 路德是该批判诸侯懒惰腐败。

84. 路德不该说人民奸诈。

85. 路德说得没错,圣天使堡就是淫窝。

86. 路德说得没错,教皇就是"敌基督",但他不该说托马斯·闵采尔是敌人,闵采尔只是一心为穷苦人着想而已。

87. 路德预见了一个时代的终结。

88. 但路德没有看见新时代的到来。

89. 印加象征着新秩序和新思想。

90. 诸侯不能代表太阳神。

91. 印加是太阳神唯一正统的代表。

92. 诸侯是印加的封臣,印加不在时就由他们作为代表。

93. 诸侯必须听从印加的命令。

94. 印加的律法就是帝国的律法。

95. 上帝是太阳神的另一个叫法。

60. 路德的末日

没人知道是谁写了这则告示，很多人都有嫌疑，比如施瓦本传教士克里斯托弗·夏普勒、起草十二条款且可能仍然在世的尤勒里奇·施密德、被判为无神论者的汉斯·塞巴勒和巴特尔·贝汉姆两位画家兄弟、再洗礼派领袖皮尔格拉姆·马培克，还有可能是工人或学生，甚至可能是路德自己的学生，就连梅兰希通也有可能。难道是阿塔瓦尔帕策划了此事？我们无从得知，直至今日没有任何证据能够证明。

可想而知，路德快气疯了。他觉得这则告示是对他的人身攻击，至少有一部分是如此。他绝不可能再签订合约。大学里回荡着他的叫骂声。事情闹大了。

事态一发不可收拾。萨克森选帝侯料到了这一点，立刻宣布宵禁，全城进入戒备。

就算这样，也于事无补。告示贴出的第二天城里就发生了暴乱。选帝侯的军队和起义的人发生了正面冲突。一时间，城中火光冲天，死伤遍地。大学里的老师呼吁大家冷静，但没人听。就连学生也分成了两派。突然间，大学里燃起了大火，很快烧到了路德的住处。路德跑去梅兰希通家避难，但据说吃了闭门羹。

发生了这么大的事，阿塔瓦尔帕却纹丝不动。他让军队留在城外不得妄动,对选帝侯的求助充耳不闻。他的护卫也待在城堡中按兵不动。

之后,路德藏在运干草的推车中试图逃出城,却被一群举着草鞋旗的农民当场抓获。

路德先是被暴打折磨了一通,之后又被活活烧死了。

农民的怒火却没有因为路德的死而平息。萨克森地区乃至整个德国一时间都陷入了动乱。

萨克森、勃兰登堡两位选帝侯以及其他诸侯纷纷请求阿塔瓦尔帕平息纷乱,现在只有他能做到了。梅兰希通代替路德签订了威登堡和约,同意德国宗教自由,但提出了"一地一教"的原则。也就是说,各个诸侯可以自行决定在他的领地信什么宗教,无需听从罗马教会。虽然不如塞维利亚赦令自由,但这已经不重要了。诸侯在争取到保留某些特权的承诺后,几乎全盘接受了十二条款。两位选帝侯同意向印加移交大部分权力,但要求获得金钱上的补偿。路德已死,富格尔的钱也到了,可以给他们每人十万金币。阿塔瓦尔帕从前在家乡时就一向大方,更何况现在是为了他的帝国大业。于是爽快地给了钱,没有讨价还价,要知道慷慨大方也是谋略的一部分。其实,不管身在何处,身为帝王就该慷慨豪迈。

61. 加冕

"吾皇,上帝赐予您盛大的恩典,让您登上至高的地位,凌驾于基督教世界所有的国王和君主之上,能造就此等伟业的人,在您之前只有查理五世,而在他之前只有查理曼大帝,您正在开创一个普世之国,您将一统基督教天下。"

这些话出自勃兰登堡主教之口,他正在金碧辉煌的亚琛大教堂内给阿塔瓦尔帕举行加冕仪式,庄严地授予他帝王的称号。

阿塔瓦尔帕面无表情地听着这些话。这位身材臃肿、唇薄目斜的主教把他说成天主教的恩人。这似乎有些言过其实:除了法兰西、英格兰和葡萄牙不在他的统治下,印加已经征服了大部分五州大陆。不仅如此,他还抢走了斐迪南的帝位,把这位信奉天主教的国王赶到了奥地利,让他独自对抗苏莱曼。

从那之后,太阳神的庙宇遍布整个新大陆,就连那些信奉基督教或路德教的德国诸侯都开始改信太阳教了。勃兰登堡选帝侯就是其中之一。

实在很难说阿塔瓦尔帕的所作所为是否光耀了他们新大陆的神耶稣基督。

此外,教皇也曾扬言,如果印加抢走本该属于被继承人兄弟斐迪南的帝位,教会就会革除他的教籍。(革除教籍就是把人逐出基督教团体之外,从古至今很少有君主被革除教籍。)

但勃兰登堡主教可不管这些。他是赎罪券买卖中的受益者,也是极力反对路德的人之一,还曾把选票以高昂的价格卖给了查理五世（查理五世的一位使臣曾经就说过他是个"恬不知耻"的人）。他本就是个蝇营狗苟、不知廉耻也不守信义的人。何况如今印加出兵占领了莱茵兰，他兵力不足，难以抗衡。既然是受情势所迫，他自然也就不用感到良心不安了。他就这样毫不犹豫地向阿塔瓦尔帕俯首称臣了。不过，和当初查理五世不同的是，阿塔瓦尔帕不需要付钱给他，当时是钱说了算，现在是兵器说了算。主教穿着一身鲜艳的红袍，手上戴着各色宝石戒指，盛装打扮为印加举行加冕仪式。

除了斐迪南，所有选帝侯都前来恭贺新帝加冕。一想到要放弃某些特权，大家就感到有些沮丧，但同时又因逃过一劫而松了口气。路德已然一命呜呼，洛林、吉斯两位公爵也跟着下了地狱，而他们至少还活着。

梅兰希通也来亚琛参加了加冕仪式，他的出席也说明阿塔瓦尔帕的所作所为是多么了不起，就算没有一统天下，至少也让帝国恢复了秩序。

神圣罗马帝国早就四分五裂，形同虚设的帝位一般会落在德国当时最有权势的家族手中。

而如今局势大变，阿塔瓦尔帕不是德国的诸侯，也不是徒有虚名。他是"革新者"和"穷人庇护者"，这些绝不是空乏的头衔，而是人民的真心话，阿塔瓦尔帕也无愧于这些称呼。他从主教手中接过象征皇权的冠冕、权杖和金球时，他的律法已经开始在帝国大范围内施行了，甚至连法国东部、瑞士北部都争相效仿他推行改革，平息内乱。

法兰西国王派姐姐玛格丽特王后代他出席加冕典礼,王后带着女婿曼科前来恭贺。

葡萄牙国王则派了弟弟路易公爵出席。和法王一样,路易也曾参加过对柏柏尔的征伐。

英国则派了国王的第二任王后安妮·博林前来(第一任王后是查理五世的姑姑,自然不可能来恭贺害死她亲人的阿塔瓦尔帕)。

哈桑·瓦赞也从阿尔及尔来到这里。

洛伦齐诺也来了,身旁跟着基丝普·希萨,她穿着一身时髦的意大利衣裙,美艳非凡,让人们惊艳不已。

教堂里回荡着管风琴的声音,阿塔瓦尔帕坐在查理曼大帝的王座上,看着眼前权贵云集,不禁想起了哥哥瓦斯卡尔。如今他也跻身帝王之列,还完成了任何一位先祖,包括伟大的帕查库特克在内,都不敢想象的丰功伟绩。

62. 帝国十律

第一条也是最主要的一条:无论何时不得以任何理由强迫那些不用交税的人缴纳贡税。不用交税的人包括印加及王室后裔、大小将领及其子孙后代、大臣及其亲属。担任低等职务的官员在任期内不用交税,士兵征战期间不用交税,二十五岁以下在家侍奉父母的青年不用交税。五十岁以上老人、所有妇女(不管老少或结婚与否)不用交税;病人不用交税;盲人、瘸子、四肢残缺的残疾人不用交税；但哑巴和聋子要交税，可以让他们做不需要说或听的事情。

第二条：除了上述这些人，其他人必须纳税，但祭司、神庙仆役以及被选中的少女例外。

第三条：无论出于何种理由，任何人不得用钱财来抵押要交的税，而只能通过劳作、服役或侍奉国王来履行义务。

第四条：不得强迫任何人做自己工作之外的活，耕地和当兵除外，这是每个人的义务。

第五条：每个人必须用所在地的物产来纳贡，不得用别处的物产，印加不会为难臣民，向他们索取他们没有的东西。

第六条：必须给干活的工匠提供工作所需的一切物品，比如给金银匠提供金银，给织布工人提供羊毛棉花，给画师提供颜料，等等。要保证工匠付出的只是劳力，并且工作时长要在一定的期限内，最多两三个月，超过这个时长，他就没有义务继续劳作了。

第七条：必须给工匠提供生活所需的一切物品，包括食物、衣服以及其他小东西，生病时要给他们药物。

第八条：关于赋税征收事宜。税务官、审计师、记录员会定期去各地首府征收赋税，用结绳记录纳税情况。只需看一下绳结，就能知道每个人做的事，比如干了多少活、干了哪些活、被派去了哪些地方等，这些都可以用来抵押他要交的税。这些官员还会清点各处粮仓货栈的物资。

第九条：除去国王的花费，余下的贡税会存入国库或公仓中以备荒年。

第十条：民众必须参与某些工程，为国王或城邦效力；这些劳作是税务的一部分，民众必须共同完成，比如造桥修路、修建神庙、供奉神祇等。必须建造货栈、官员府邸等公共屋舍；必须修建驿站；必须耕田种地、贮藏果蔬、蓄养牲畜；守好产业、文化和其他公共财富；必须开办客栈酒楼，为旅客供应食宿及一应物资。

63. 鼎盛时代

五州大陆就此进入和平繁荣的鼎盛时期。这个时期尽管没有持续很久，但仍然值得怀念，因为这是新大陆历史上少有的幸福时期。何况，若不是出了意外，谁又知道这样繁盛的局面会持续多久呢。

阿塔瓦尔帕大刀阔斧地进行了几次人口大迁徙，他让施瓦本、阿尔萨斯和低地国家的贫农迁到了西班牙最荒凉的地区，让他们大建灌溉水渠。

而西班牙农民则被迁到德国寒冷的山区，在那儿种植土豆和藜麦。过了不久，土豆和藜麦就遍布帝国及世界各处。

骁勇善战的昌卡军被派往萨克森地区监视威登堡周围苟延残喘的新教徒。

印加组织食品交换，以满足各地民众的需求。比如，把鳄梨和西红柿运往德国，又把德国和比利时的啤酒运到西班牙，用卡斯蒂利亚的红葡萄酒交换阿尔萨斯的白葡萄酒。

他和葡萄牙签订了一项合约，获得了巴西的领土权。作为交换，帝国不得和葡萄牙争夺香料贸易或阻碍葡萄牙经由非洲北部前往印度。

瓦斯卡尔会定期派使臣前来问候。

塞维利亚成为世界政治中心，里斯本成为世界贸易中心。新大陆北部港口如汉堡、阿姆斯特丹、安特卫普在富格尔的经营下欣欣向荣。

尽管有了塞维利亚赦令和威登堡和约的保障，人们可以信任何宗教，但信太阳教的人越来越多，而其他宗教崇拜则越来越少。

一位来自德国东边一个小国的天文学家认为太阳才是宇宙中心，而不是地球，他的这一理论很快传遍五州大陆。他还用拉丁文写了一本叫《天体运行论》的书。随着"日心说"的盛行，越来越多的人改信太阳神。（天文学家还受邀去塞维利亚当国王御用的占星师。）

不过，罗马教会时不时会派细作去西班牙乡村鼓动民众造反。他们组成了一支秘密的军队，领头人就是罗耀拉教士，他和阿塔瓦尔帕曾在格拉纳达见过面。印加不敢掉以轻心，让查尔库奇马一定要不遗余力，把这些人一网打尽。这些人秘密成立团会，取名"耶稣会"，以表对上帝的敬意，并表示愿为其献身。

这些残余势力让阿塔瓦尔帕有些担忧，但也仅此而已。不久之后，他将面临更大的危难，那时他才会真的束手无策。

64. 古巴音讯全无

忽然之间,那些船不来塞维利亚了。

一开始,人们并没有注意到这一点。码头还像往常那样热闹,人们还在给开往古巴的船上装载货物。大家以为那些船可能因为风暴等天气原因才耽搁了。毕竟从古巴到这里,路途遥远。但出去的船一艘都没有回来。

海上音讯全无,人们开始着急了。大家心中惴惴不安。一开始,人们还能假装不在意,但很快人人心急如焚,都在问"金子去哪了""为什么突然断了"。有人开船出去找,但那些船也一去不复返,没出海的人则越来越焦急。渐渐地,船员不愿意再开船出海,生怕一去不回。码头变得空荡荡,金银、火药、羊毛、烟酒的贸易都中断了。整个城邦陷入一片寂静。

不久,从里斯本传来消息。葡萄牙在海中有一座岛屿。有人看到几艘船接连在那个小岛靠了岸,船上的人戴着羽毛、披着兽皮。不久,纳瓦尔又派人送来消息,声称这支船队在法国海域出现。一些地方好像还遭到了洗劫。

弗朗索瓦一世给阿塔瓦尔帕发来国书,询问这些船为何出现在法国海域,并提醒印加不要忘了他们两国已结成同盟。

阿塔瓦尔帕还收到了亨利八世的来信,信上说这支神秘的船队已经进入位于英法两国之间的海峡。虽然英国暂时用武力震慑住了他们,但这些来势汹汹的人让英王也开始坐立不安。

印加召集大臣商议,但大家一头雾水。瓦斯卡尔在干什么?

他为什么切断了与古巴的联系？为什么要中断大好的贸易？派这支船队来是何用意？他有何目的？

依盖娜莫妲不明白为什么泰诺人一点儿音信都没有，也不派人送消息来。

卢米尼亚维认为，这一切都显示有敌人入侵了。

可雅·阿萨贝则认为，一定是瓦斯卡尔心中积怨难消，打来了。

查尔库奇马也这么认为，他觉得瓦斯卡尔定是不满足贸易协定，想染指五州的财富。

此外，他还指出了一个迫在眉睫的问题：没有塔万廷苏尤的金子，帝国的国库马上就要空了。

阿塔瓦尔帕当然知道，奥格斯堡已经来信催他了。信中富格尔态度傲慢，让他意识到自己的处境有多么堪忧。

"陛下定然知道我们家族对西班牙王室一向尽心尽力。您也该知道，没有我们，您根本无法坐上帝位，这是大家有目共睹的。当初，我们毫不犹豫，以身犯险，助您成就大事。其实，我们本可以不选陛下，而是选奥地利国王，他也许诺会给我们天大的好处。忠诚如我们，希望您能对我们卑微的付出表示感谢，立刻偿还我们借给您的钱并支付相应的利息。"

无论如何，必须与古巴取得联系，并尽快和瓦斯卡尔谈一谈。

经过一番商议，决定让依盖娜莫妲前往枫丹白露宫面见法王弗朗索瓦。她要立刻动身前往，先到纳瓦尔见一见曼科和玛格丽特女王。

65. 依盖娜莫妲写给阿塔瓦尔帕的信

太阳神之子台鉴：

首先，请你放心，我在纳瓦尔王宫见到了令弟曼科。他一切安好，与妻子琴瑟和谐，你当初让他娶玛格丽特的女儿真是做对了。他们二人如胶似漆，形影不离，白天在花园卿卿我我，夜里在屋内颠鸾倒凤。想必用不了多久他妻子就会怀上了。

不过，玛格丽特女王对法国最近发生的事感到忧心忡忡，担心你会出卖她弟弟，让法国陷入险境。她恳求我劝劝你，让你召回那些在法国海域出没的船只，尽管我一再申明，你不知道这些船来自哪里去往何处，但她就是不愿相信。无论我如何安慰都于事无补，最后我只能满心悲伤地离开，临走前向她保证，西班牙国王绝不会背叛她或她弟弟。

法国到处都是迷人的风光，一路上的风景让我惊叹不已，就好像我第一次来到这个国家一样。而且，这儿的酒也非常不错，不过和西班牙的酒味道有点不同。

弗朗索瓦在枫丹白露宫隆重地接待了我。我到的时候，他正在院外的马蹄形楼梯上等我，殿内乐声大作，各色乐器齐鸣，为我准备的舞会就在富丽堂皇的画廊中开始了。弗朗索瓦把枫丹白露宫重新整修了一番，这里现在已是他的常住之地。

法国王室那些人仍是那么优雅，我喜欢在花园中散步，女人在这里争奇斗艳，学士在这里凝望天空，还有很多意大利的画家和艺术家，诗人也在这里歌咏花的美丽和生命的脆弱。

不像玛格丽特女王，国王陛下没有因为那些船的出现而忧心忡忡，而是如往常一般愉快殷勤。不过，他只是在极力强撑而已，如今他身体虚弱、腿脚不便，不能像从前那样尽情跳舞了。我从使臣那儿得知，法王下体溃烂，无药可医，恐怕命不久矣。这儿的人说他得了"西班牙花柳病"（而西班牙人把这种病叫作"里斯本花柳病"）。

不过，除了脸色偶尔有些不好和疲累，法王强撑着不愿让人看到他病了，继续一心扑在国事上。

说到国事，弗朗索瓦和英王相反，他不希望法国有太阳教，尽管他姐姐十分推崇太阳教，他还是坚持要把那些非基督徒赶尽杀绝。

至于我们关心的那些船只，它们似乎去了英国，但英法如今正在交战，我们无法得知更多详情。我跟弗朗索瓦提了几句这些人可能来自哪里，但没有透露你跟瓦斯卡尔过去的恩怨。不过，我跟他说这些船应该只是开错路了，一收到你的命令，他们就会立刻开往塞维利亚。眼下，他似乎也接受了这种说法。

愿太阳神保佑你，保佑帝国。

旧历1544年4月30日，五州十四年
于枫丹白露宫
忠心的依盖娜莫姐
注：我此刻正穿着你给我的蝙蝠毛大衣

第三章 阿塔瓦尔帕纪事（片段）

66. 阿塔瓦尔帕写给依盖娜莫姐的信

美丽的公主台鉴：

你从法国发来消息，为了我和帝国，你不惜长途跋涉，我心中感激不尽。

我也有事要告诉你，我要说的事极其重要，也和你休戚相关。

终于有一艘古巴的船来了，船上有你的表兄哈土依，他告诉了我们事情的经过。

不久前，一个来自西边的叫作"墨西哥人"的部落到了古巴岛。

这些人勇猛好战，图谋不轨。他们打败了我哥哥和你表兄的军队。你表兄带着余下的泰诺人逃到了你们泰诺族的老家海地。但墨西哥人穷追不舍，你表兄只能躲入深山老林，如野兽一般东躲西藏，直到有一天，他弄到了一艘船，然后来到塞维利亚。

据他所知，墨西哥人已经打到了巴拿马海峡，和印加人发生了激烈的战斗。瓦斯卡尔的人拼命抵抗，因为一旦让这帮野蛮人跨过海峡，就再也无法阻止他们踏入塔万廷苏尤了，这样四州帝国就完了。

你把这些消息告诉弗朗索瓦，告诉他，那些在法国海域出现的船只与我们无关。

另外，再跟他说一遍：我们两国之间的盟友关系坚不可摧，他的事就是我的事，我们一定要齐心协力、同仇敌忾。最后，告诉他做好准备，严阵以待。

旧历 1544 年 5 月 9 日，五州十四年
于塞维利亚
好友阿塔瓦尔帕

67. 依盖娜莫妲写给阿塔瓦尔帕的信

基多之神——印加台鉴：

　　昨天晚上我们收到消息，墨西哥人已经登陆诺曼底。最早是一些农人看到他们走上了沙滩，之后他们去了"恩赐之港"勒阿弗尔，现在应该正溯河而上朝巴黎来。

　　弗朗索瓦召集军队准备迎敌。敌人来袭的消息让他很是振奋。尽管下体疼痛不止，他还是坚持骑上马，想带领军队去会一会那些外来者，随时准备迎敌。他把这次出征当作一次冒险，老弱的身体也焕发出了活力，不停地说这让他想起了豪情万丈的青春时光。曾经万人之上的老将阿内·德·蒙莫朗西①如今已不在他身侧。取而代之的是一个叫弗朗索瓦·德·洛林②的红胡子。王太子亨利也骑马跟在他后面。

　　宫廷上下一片欢腾，大家做好了征战的准备，三分痴迷七分

---

① 阿内·德·蒙莫朗西（1493—1567），法国军人、政治家，真实历史中是弗朗索瓦一世、亨利二世、查理九世三朝重臣。
② 弗朗索瓦·德·洛林（1519—1563），法国军人、政治家，真实历史中是亨利二世手下的重臣。

喜悦。

　　顺便说一句，现在有本书在宫中大受欢迎，是一个叫拉伯雷[①]的人写的，讲述了巨人卡冈都亚的事迹。故事诙谐有趣，充满讥讽，等我回去一定要好好给你读几段，希望你也能和我一样喜欢。我们这些人，虽然肩负国家重任，难道就不能偶尔消遣一下吗？

　　在此期间，请你向令尊太阳神祷告，保佑我们事情顺利，助我们旗开得胜。我在此遥祝陛下以及你的孩子一切安好。

旧历1544年6月7日，五州十四年
于枫丹白露宫
密友依盖娜莫妲

68. 阿塔瓦尔帕写给依盖娜莫妲的信

岛屿女神、高贵的公主台鉴：

　　塔万廷苏尤传来坏消息。墨西哥人已经越过巴拿马海峡，向南挺进。瓦斯卡尔的军队仍在顽强抵抗，一边打一边撤退。再有一个月，他们就要打到基多了。

[①] 拉伯雷（1494—1553），文艺复兴时期法国人文主义作家，同时也是杰出的教育家和思想家，著有《巨人传》。

此事是我弟弟图帕克·瓦尔帕亲口告诉我的。他带着人沿着安第斯山的河流而下，穿过密林，来到海边，然后沿着海岸到达巴西，在那儿修好了船，又过了很久才到塞维利亚。所以现在有了第二条连接塔万廷苏尤和新大陆的线路，但这条路无法逆向通行。我哥哥一定会派更多船只来这里，派人来告知我战况局势。

　　告诉弗朗索瓦，墨西哥人凶狠残暴，一定要小心提防。依我之见，一定要杀光进入法国的那些墨西哥人，否则他们就会建立桥头堡，进而侵犯法国，到时一切就晚了。

　　愿太阳神保佑你和法国人。

旧历1544年6月18日，五州十四年
于塞维利亚
挚友阿塔瓦尔帕

69. 依盖娜莫妲写给阿塔瓦尔帕的信

新大陆的太阳台鉴：

　　终于有好消息要告诉你了，我真的很欣慰，一想到你得知消息时该有多么高兴，我也止不住开心。我虽然不是成就好事的那个人，却是那个传达好事的人。

　　我们之前的担忧可能是多余的。

　　法国人和墨西哥人在一个叫鲁昂的地方碰面了。

第三章 阿塔瓦尔帕纪事(片段)

为了震慑对方,弗朗索瓦命令大军安营扎寨,展示一下他们的气势。五百个小帐篷平地而起,中间则是一个巨大的帐篷,作为双方会面的场地。这些帐篷用的是意大利金丝布。猎户忙不迭地献上各种各样的野味,他们打算置备一桌丰盛的酒席招待那些墨西哥人。弗朗索瓦穿上泛着幽光的铁甲,臂上戴着金色百合花盾徽。陪在他身旁的是儿子亨利,他刚接过了诺曼底公爵的头衔和职务。王后爱蕾诺尔[①]及弗朗索瓦的幼子奥尔良公爵查理也专程来此与他们团聚。

墨西哥人高大矫健,肤色不像法国人那般苍白。男性没有胡子,跟你我家乡的人一样。他们的首领年轻力壮,孔武有力,外形俊朗,身材高大,不过还是没有弗朗索瓦这个巨人这么高。他叫夸乌特莫克[②],效忠于蒙特祖马君主。他头戴羽冠,长长的头发束在脑后,虽然身上的衣服很朴素,首饰却不失精美。

他说自己信奉羽蛇神克查尔科亚特尔[③],但他还提到了雨神特拉洛克——一个手持锤子的天神,有点像我们的雷神托尔。

他手下的勇士手持长矛和圆盾,有些人头上罩着一个豹子头,让他们的头看起来就像长在猛兽口中一样,令人不寒而栗。

夸乌特莫克应该没有什么恶意。他说来这儿不是为了打仗,

[①] 真实历史中,爱蕾诺尔是弗朗索瓦一世的第二任妻子,两人于1530年结婚,膝下无子,弗朗索瓦一世的孩子均为其第一任妻子克洛德所生。
[②] 真实历史中,夸乌特莫克是阿兹特克帝国的最后一位领袖,蒙特祖马二世的侄子兼女婿。在特诺奇提特兰城战中被俘。西班牙人为搜刮黄金对其酷刑逼供,但他拒不透露阿兹特克人的藏金地点,最终于1525年被杀害,去世时可能尚未满30岁。
[③] 形象为一遍体生满绿色羽毛的蛇,名字是大咬鹃与蛇的组合,阿兹特克神话中的四柱神之一,象征西方。

而是听闻有人跨过了大海也想试试。他请求法王同意他在勒阿弗尔港设立商行，让法国和墨西哥进行贸易往来。

夸乌特莫克对王后殷勤有礼——这位王后就是已故的查理五世的姐姐。他还大大方方向我致歉，跟我保证只要古巴同意让他们设立商行、放他们通行，他就会下名字是"大咬鹃"与"蛇"的组合令撤走大军，只留一小部分人驻守，也不会再去攻打海地。

这一切都说明不用打仗了。这些墨西哥人所求不多，对我们而言，可谓皆大欢喜。你刚登上帝位不久，需要通过和平手段好好稳固，不宜交战。想必你也会同意我的看法，希望收到消息时你可以如我一般心安。

就此搁笔，送你几个香吻，再送你一句诗，我觉得这句诗很好地描绘了我们共同经历的一切，简直可以说是专为如今的你我而写：

世界向世人大笑，正是青春盎然之时。[1]

旧历1544年7月7日，五州十四年

于鲁昂

老友依盖娜莫姐

---

[1] 法国诗人克莱芒·马罗（1496—1544）所写，他开创了法国十四行诗的写作，启发和影响了七星诗社及后代其他诗人。

第三章 阿塔瓦尔帕纪事（片段）

70. 瓦斯卡尔发给阿塔瓦尔帕的奇普结绳

基多失陷。

印加撤军：三万八千人。

伤亡：一万两千人。

平民、士兵俘虏：一万五千。

朝图米潘帕行进的敌军：八万人。

人祭：两千。

71. 阿塔瓦尔帕写给依盖娜莫妲的信

亲爱的依盖娜莫妲：

先把下面这个消息告诉弗朗索瓦：来这儿的墨西哥人没安好心。然后你立刻返回西班牙，或者回纳瓦尔，到那儿你就安全了。我虽然不能完全确定，但相信塔万廷苏尤不久就会给我发来消息印证我的猜测。我哥哥瓦斯卡尔给我发来一封奇普密信。他说墨西哥人穷凶极恶，会毫不留情地处决俘虏。战争远没有停止，我的故土正在遭受蹂躏。基多已经沦陷，墨西哥人还在继续往南攻。

我即刻就发急函给圣莫里斯大使，但不知他能否赶在你之前通知国王。你们一定要告诉国王，墨西哥人在设圈套。法国人必须尽快出手，先发制人。

至于你，我温柔的公主，请你一有机会就立刻逃命。我已写信告知曼科，让他领兵前去支援法军，再有十来日他便可抵达巴黎。

我再说一遍，快逃命吧！但愿你能及时收到这封信。法国的驿路不太通畅，我让最好的信差给你送信，希望七日后你就能收到。

1544 年 7 月 14 日

于塞维利亚

好友阿塔瓦尔帕

72. 依盖娜莫妲写给阿塔瓦尔帕的信

君主：

不知你是否已经给我来信，还是在等有了更多消息后再回信？我没有收到你的消息，也不知该采取什么行动，所以就陪在弗朗索瓦身边，准备和他一起去签订合约。

不幸降临了。

昨日，即旧历 7 月 19 日，墨西哥人无耻地突袭了法国人的营地，他们虽然人数不多，但杀了我们一个措手不及，法国大军一时间陷入混乱，死伤无数。

与此同时，我们得知加莱的英国人攻占了布罗涅城。

弗朗索瓦刚从墨西哥人那儿逃过一劫，躲到鲁昂城外不远处，现在却陷入腹背受敌的境地。他断定这是英国人和墨西哥人串通合谋，一起进攻法国。他下令大军向巴黎有序撤退。

我能逃出墨西哥人设下的圈套实属侥幸：我趁着混乱往外逃，感谢我那黝黑的皮肤，墨西哥人以为我是他们的人。我在激战的人群中飞奔，躲过一排排长矛，避开斧砍剑刺，最后飞身跨上一匹马。就这样，我逃出了营地，而身后，法国人正被墨西哥人疯狂屠杀。幸好我骑术不错，逃出生天。现在，我已经脱离险境，和逃出来的法国残兵会合了，但不知我们还能活多久。

1544 年 7 月 20 日
于南特
落难公主依盖娜莫姐

73. 曼科写给阿塔瓦尔帕的信

吾兄五州皇帝台鉴：

我带着一万五千人前去支援法王，法国到处动荡不安。

法国大军被墨西哥人打得溃不成军，一路退至巴黎城外。法王还得迎击英国人，英国人现在已经与墨西哥人结成了联盟。刚接到情报，布罗涅即将失守。

法国遭到两面夹击，处境十分艰难，但局势并非不可挽回。只要你派基斯基斯带三四千人前来救援，我们就可以击退墨西哥人和英国人，把他们赶回海上。

至多五天你就能收到这封信,这样算来,你的援军十五天就能到。我敢保证,在此期间,巴黎会挺住。

旧历 1544 年 7 月 24 日,五州十四年

于普瓦西

纳瓦尔王子、曼科将军

注:爱蕾诺尔王后不见了,不知是死了还是被敌人俘虏了。

74. 瓦斯卡尔发给阿塔瓦尔帕的奇普结绳

图米潘帕被围。

我军奋力抵抗。

我军损失:两万。

敌军损失:一万至一万五。

反攻:六万人(其中有两万昌卡人、一万查卡人、八千加那利人、四千查查波亚人)。

炮兵:一百二十架火炮。

骑兵:六千匹马。

基多之战:双方各损失三万人。

正在着手谈判(阿托克、图帕克以及某某[1]将军)。

---

[1] 无法破译(史官注)。——原书注

有望休战。

75. 依盖娜莫妲写给阿塔瓦尔帕的信

陛下：

为何我没及时收到你的来信？不然我就能把墨西哥人两面三刀的做法告诉弗朗索瓦了，那样也就能避免此次灾祸了，可如今我们只能一路溃逃。

你知道吗，现在局面急速恶化。每天几乎都有墨西哥人登陆勒阿弗尔，面对源源不断的敌方援军，法国只能不断退缩。而英国人则攻下了布罗涅，朝巴黎行进，恐怕我们就会陷入前后夹击中了。

据传，爱蕾诺尔王后已投靠夸乌特莫克，并告知了墨西哥人大量情报，比如法国的风俗民情、地形特征以及法军的装备战术。弗朗索瓦一时间不肯相信，但说到底她是哈布斯堡家的人，她这么做也没什么不可思议的。

曼科带着一万五千援军赶到了，我们终于可以喘息一下了，要是没有他们，法国残军早就被横扫出局，我们也会命丧于此。不过，仅仅这些人还远不足以抵御墨西哥人和英国人的联合进攻。现在只有你才能救我们了。请你立即派军支援，让我们免遭荼毒，否则我们再无生机。

> 1544年8月6日
> 于圣日耳曼昂莱
> 忠心如初的依盖娜莫妲

76. 瓦斯卡尔发给阿塔瓦尔帕的奇普结绳

休战协议达成。

望五州停止战斗。

77. 依盖娜莫妲写给阿塔瓦尔帕的信

一切都完了！

曼科跟穷凶极恶的墨西哥人浴血奋战，战死沙场。他牺牲自己死死守住了巴黎，他的部下也尽数战死。

我们和法王躲到了卢浮宫，但国王因臀瘘痛苦不堪，不但无法骑马，甚至无法站立，整日躺在床上。吉斯公爵接过守卫巴黎的重任，尽一切力量抵抗，没有一丝懈怠，但局面太过糟糕，就算有再多的兵马，他也无能为力。

我们只能寄希望于你，盼陛下发兵前来救援。只有当外面炮火暂歇，我心中焦虑稍减时，才能在疲惫中找到一丝睡意，梦见基斯基斯或卢米尼亚维甚至陛下你本人雄赳赳气昂昂地带着大军到来。

祝你安好,太阳神之子。就算以后见不到我,也别忘了我。

1544 年 8 月 10 日

于巴黎

依盖娜莫妲

78. 瓦斯卡尔发给阿塔瓦尔帕的奇普结绳

停止一切战斗,和谈有望。

同意恢复古巴航路。

十艘货船整装待发。

财源耗尽。国家危矣。

钦察苏尤和安地苏尤内战一触即发。

请求即刻停火。

79. 阿塔瓦尔帕写给驻法大使圣莫里斯的信

吾阿塔瓦尔帕、五州皇帝,命你即刻向夸乌特莫克将军转达我交好之意愿,请他放心,我以帝王之尊担保,愿与辉煌的墨西哥民族和谐相处,愿两国友谊长存。

让他知道,五州之帝、西班牙君主唯有一愿,只求能和他们墨西哥早日签订合约，即便要和法国决裂也在所不惜，我会中断向法国人及法王提供的军事或其他一切援助。

告诉他，如果依盖娜莫妲公主落入他的手中，请不要伤害她。

你肩负的使命异常重要，无需我赘言。望你能迅速有效地完成，查理五世当初选你就是因你才能出众，我和他一样，对你的才能十分满意。国家安宁全系于此。愿父神太阳与你同在。

> 旧历 1544 年 8 月 15 日，五州十四年
> 于塞维利亚
> 西班牙国王、比利时与低地国家君主、
> 突尼斯和阿尔及尔国王、
> 那不勒斯和西西里国王、
> 五州皇帝阿塔瓦尔帕一世

80. 阿塔瓦尔帕写给依盖娜莫妲的信

你是我深爱的公主，我的知己，上天派你来到我身边，和我一起建功立业、助我排除万难。

但愿你能收到我的信。

听好了：不会有援军了。法国完了。你能逃就逃。离开巴黎，快回西班牙。这是命令。

第三章 阿塔瓦尔帕纪事（片段）

1544 年 8 月 15 日
于塞维利亚
帝王阿塔瓦尔帕

81. 依盖娜莫妲写给阿塔瓦尔帕的信

陛下：

不知你是否能收到此信。墨西哥人围住了卢浮宫，今晚或明早就会攻进来了。

原谅我，我无法抛下弗朗索瓦。我对你一片忠心，正因为如此，当年你派我来巴黎劝法王与我们联合起来对抗查理五世和斐迪南时，我才会毫无保留地把自己献给了他，其实我自己也心甘情愿。如今他命不久矣，国破家亡之际，我实在不忍心弃他而去。他自己支离破碎，还要眼看着国家四分五裂，我无法割舍对他的情义。若你看到他躺在床上痛苦哀泣，祈求上帝让他一死以获解脱，你定然会如我一般，心生怜悯，不忍见他如此凄凉。

我听到外面传来墨西哥人的鼓声。他们的战歌犹如野兽的嘶叫，让我全身冰凉。大屠杀就要开始了。这一次，恐怕我无法逃脱了。

记得我。永别了。

1544 年 9 月 1 日

于巴黎

友 H[①]

82. 大使圣莫里斯写给阿塔瓦尔帕的信

致吾皇阿塔瓦尔帕，太阳神之子，五州至尊

陛下：

此信乃为回复陛下上月十五日之致函。

首先，我向陛下保证，会在下文详述陛下之前交代我的任务，即关于依盖娜莫妲公主安危之事，以及向夸乌特莫克将军传达交好之意。

不过在此之前，允许我把这里的最新情况告知陛下，您对此定然也十分关心。

经过七天的激战后，墨西哥人最终攻入卢浮宫。之后，巴黎城中战火停歇，只剩东郊一小部分人仍在抵抗。

吉斯公爵向夸乌特莫克将军投了降，巴黎城现已落入墨西哥人的手中。公爵浴血奋战，脸部被长矛刺中，受了很重的伤，直到投降的时候伤口还血流不止。此刻他正躺在床上接受医生的治疗，据说这位年轻的医生手艺高超，缝伤口正骨头都不在话下。

法王和他的两个儿子都被软禁在房中。

[①] 依盖娜莫妲（Higuénamota）的法文首字母。

他病入膏肓，医生说命不久矣。不过，他接二连三发了几次高烧，现已退烧，医生说他很快就会好起来。

请您放心，依盖娜莫妲公主躲过了大屠杀，性命无虞。我已亲自去看望过，她一切安好。但愿这能让陛下稍感宽慰。

此外，有关爱蕾诺尔王后的传闻也已得到证实，而且事实比传闻更胜。看到法国王后与夸乌特莫克将军携手进入巴黎这惊人的一幕时，我才反应过来。之后，我又多次看到王后给将军出谋划策。毫无疑问，二人关系非同寻常。

至于陛下之前交代的最后一项事宜，是最难的，我费尽周折才勉强不负所托。陛下定然能想象当时局面有多么混乱，我好不容易才取信于他们。好在，我已按照您的吩咐，向夸乌特莫克将军转达了您希望双方交好之意。将军让我代他向您问候，说定会妥善安排。他相信，双方定能达成共识，到时对"印加人和墨西哥人都有利"（这是他亲口说的，翻译官和王后帮我翻译的）。

愿造物主保佑陛下您心想事成，让您实现崇高伟大的心愿。

> 旧历 1544 年 9 月 18 日，五州十四年
> 于巴黎
> 忠心不贰的仆人圣莫里斯

83. 依盖娜莫妲写给阿塔瓦尔帕的信

太阳的儿子，基多的荣光，忠实的盟友：

弗朗索瓦今天走了，我很愿意跟你说说当时的情形。

你新结交的墨西哥朋友让人在卢浮宫造了一座金字塔。这是一座相当宏伟的石头建筑，而且不得不说，还相当优美，一层一层的，让人忍不住想到你们印加人在山间开垦出来的梯田。

虽然我早料到这个东西是用于某种仪式的，但我万万没有想到它是这么用的。

知道下面这一点你应该会很开心：墨西哥人也有他们自己的太阳神，而且会用他们独特的方式进行崇拜，他们的太阳神同时也是战神。是不是很有意思？你不觉得这很贴切吗？

他们把法王、他的两个儿子、吉斯公爵以及上百个法国贵族献祭给了战神，这些被献祭的贵族中不乏年幼的少女，据说他们的天神喜欢这样的少女。

想知道他们是怎么献祭的吗？

法王当时已经爬不动台阶了，奄奄一息地被人抬到了金字塔顶。他们撕开他的上衣，然后把他放到了一块石板上。四个人分别抓住他的手脚，第五个人按着他的头。就在这时，一个祭司模样的人用利刃划开他的胸膛，把手插进去取出了他的心脏，然后举着心脏对着底下目瞪口呆的众人挥舞了几下。接着，他把心脏放进一个容器里，之后把尸体推下金字塔，尸体沿着血迹斑斑的台阶一直滚到了塔底。候在塔底的墨西哥人会把尸体搬走，据说会把尸体切成

第三章 阿塔瓦尔帕纪事（片段）

碎片，取出骨头做成饰品或乐器。

看啊，太阳，多少罪恶假汝之名而行！

幸好，弗朗索瓦是第一个被献祭的，不用亲眼看着两个儿子被折磨致死，不用承受丧子之痛。

我通过圣莫里斯知道，你对墨西哥人提出的条件之一就是不能伤我性命，对此我不胜感激。不过，我已一把年纪，想来那些神明对我已经不感兴趣了，就算你不提出这样的条件，他们也不会让我登上金字塔献祭的。

我不想再跟你多说什么了，望你谅解。说实话，经历了法国这一连串悲剧后，我不想再回西班牙了，那一幕幕惨剧仿佛还在我眼前，而对于这些惨剧，你并非全然无辜。我无法做到像爱蕾诺尔王后那样，尽管她背叛丈夫和法国情有可原。身为王族之后，我一生只侍奉过一位国王，以后也绝不会再侍奉别人了。请你大人有大量，让我用别的方式表示对你的忠心吧。请任命我为低地国家的总督吧，让我取代你妻子玛丽的职位，她之前辜负了你的信任，但你后来征服低地国家时宽宏大量饶了她，让她继续执政。

在此遥祝神圣帝国的君主，基多的王子。永别了。

> 1544 年 10 月 9 日
> 于巴黎
> H

84. 波尔多共治

毫不夸张地说，阿塔瓦尔帕一点点打下的新大陆因为墨西哥人的突然入侵而摇摇欲坠。

阿塔瓦尔帕也不想抛弃法王，但只能选择如此，大家对此也没有异议，因为五州不能没有四州。如果塔万廷苏尤灭亡了，那阿塔瓦尔帕的帝国一下子就成了没奶喝的婴儿，也会随之灭亡。依盖娜莫妲因为对弗朗索瓦情深义重而失去了理智，不愿承认这一点，她也不细想一下，和墨西哥签订合约对家乡古巴意味着什么。签了合约，古巴就能恢复世界贸易枢纽的地位，海地就能免遭战火的荼毒。酒油、粮食、金银就又能流通起来了。如此一来，泰诺人就能重新富强起来，他们的雪茄就能卖到世界各地。

墨西哥人的入侵影响深远，其中之一就是海滨城邦波尔多随之飞速发展，一跃成为法国的都城。五州和墨西哥的合约就是在这里签订的，自此之后，新大陆进入共治时代。

阿塔瓦尔帕动身前往波尔多会见夸乌特莫克。这位墨西哥将领娶了弗朗索瓦的女儿玛格丽特为妻，如此他便可以名正言顺地统治法国了。弗朗索瓦的两个儿子都已经被他开膛破肚，法国王室后继无人，没人能威胁到他的地位了。

夸乌特莫克可不只是一个勇猛的武将。他还足智多谋，懂得权衡利弊，而且对当地的风俗民情了然于胸。他看到皈依基督教于他有利，便决定将来要给儿子取个墨西哥名，让他的墨西哥血脉植入法国历史之中，然后再按照新大陆的习俗礼法教养他长大。按照

第三章 阿塔瓦尔帕纪事（片段）

法国风俗，国王可以有多个女人，这些女人叫"情妇"，而情妇通常比妻子更受宠爱，有时甚至地位更高。夸乌特莫克留下弗朗索瓦的遗孀当了情妇。

从前饱受压迫的伏多瓦教派——一个法国南部的路德教分支，第一个归顺了新主。接着，其他地方也跟着平静地归顺了，没有大的波澜，只有一些小骚乱，但也被严厉镇压下去了。

葡萄牙、英格兰国王也去了波尔多，分别为印加和墨西哥助阵。

亨利八世名正言顺地得到了法国北部加莱和布罗涅地区，这是墨西哥人对他提供军事援助的回报，但英王的其他诉求并未得到回应。

纳瓦尔一分为二，由西班牙和法国一起统治。

葡萄牙保持主权独立，法国承诺会沿袭西班牙的政策，允许葡萄牙经由非洲北部和东印度群岛进行贸易往来。

古巴和海地成为自由贸易区和免税岛，必须接待在三大航路上行驶的船只，这三大航路分别经由古巴通往加的斯、里斯本和波尔多。

亚速尔、马德拉、加那利群岛因其地理位置特殊而成为海上中转站，和古巴、海地一样，必须让来往船只停靠。不过，亚速尔群岛成了法国领土，马德拉和加那利群岛则分别归葡萄牙和西班牙所有。

按照合约，英国可以在亚速尔和冰岛（大洋北部一个冰天雪地的岛屿）之间的区域开发其他航路，英国在此区域内发现的所有岛屿都归其所有。

合约规定，上述四国的船只如果开错了路，走了别国的航线，也不会遭到拦截，但到了目的地后须交付货物总价的五分之一作为过路费。

合约签订后，大家举杯相庆，这里的葡萄酒十分有名，众人赞不绝口。

而那些仍不愿意接受新主的新大陆人则聚集到了意大利的特伦托，在这里举行了很多次辩论，争论他们失败的原因，想弄明白上帝为什么没能护住他们。（此书写成时，他们仍在争论不休。）

斐迪南退到了东边，继续统治着奥地利、匈牙利、波希米亚等一大片领土，尽管仍旧处在土耳其人的威胁之下，但此时苏莱曼忙着和波斯人打仗，暂时无暇西顾。

热那亚、威尼斯两个共和国分别依附阿塔瓦尔帕和斐迪南，但各自拥有独立的主权。

米兰公国则被西班牙纳入版图。

神圣帝国与德国北边的几个新教国家如丹麦、瑞典和挪威签订了合约。

哈士依成为海军元帅。

"匈牙利的玛丽"卸任低地国家总督一职，由依盖娜莫妲接任。

阿塔瓦尔帕此后再也没见过依盖娜莫妲公主。

第三章 阿塔瓦尔帕纪事（片段）

85. 印加之死

五州天下安定，进入了繁荣昌盛时期。

一天，阿塔瓦尔帕突发奇想，想去意大利看看，见识一下传闻中的魅力，毕竟它的魅力造就了无数杰出的艺术家。自依盖娜莫妲走后，他一直郁郁寡欢。依盖娜莫妲去了布鲁塞尔后就一直不愿见他，除了有关国事公务的信，其他的信一概不回。也许是因为这样，阿塔瓦尔帕想去意大利散散心，忘了这位故友。

洛伦齐诺曾多次邀请他去佛罗伦萨，但他一直没去，因为国事繁忙，他身为一国之君实在抽不开身。

这一次，阿塔瓦尔帕告诉洛伦齐诺，他会在新历十七年第四个太阳节的时候去佛罗伦萨。

太阳节在这里很受欢迎，因为太阳节的作用是驱除疾病。五州各地的城邦经常遭到黑死病的袭击，而这个致命的疾病造成新大陆人口大量死亡。

斋戒在九月的第一天开始。

这里的人不用处男的血做面包，而是用处女的血，他们十分注重女孩是否"未经人事"（只针对女性，他们不关心男性是不是处男）。他们会在女孩眉间扎针取血，就跟我们在家乡取处男的血一样。

皇帝此前从未有过思乡之情，谁又能料到，他彪悍的体魄下藏着如此柔软的情感呢，毕竟多愁善感可不利于征服天下。但是，这也许是因为他一生跌宕起伏，从没有机会多愁善感。如今，阿塔瓦尔帕看到佛罗伦萨,就好像推开了梦中的一扇门,门那边是久违的故乡。

城中张灯结彩迎接他到来。他坐在肩舆上,漫不经心地听着一旁的洛伦齐诺滔滔不绝地讲着恭维他的话。看到石头宫殿的那一刻,他惊呆了。那些石墙尽管有些粗糙,还是让他一下子想起了家乡的建筑。

河对岸的山丘上一座堡垒拔地而起,他还以为自己到了萨克塞瓦曼。

山坡上是呈梯田状的花园,山顶上烟花盛开,让他想起了塔万廷苏尤的景色。

但最令他感到震撼的是洛伦齐诺和官员的住所领主宫①。也许是因为厌倦了塞维利亚皇宫那精致的、橙香弥漫的花园,他突然觉得眼前这幢塔楼耸立的灰石建筑粗犷又威严,就如先祖们一直崇尚的那样。洛伦齐诺自豪地向他介绍起大厅中那座大卫雕像,但此时他的思绪已经飘到了千里之外的故乡。听洛伦齐诺说完后,他只是应付性地笑了几声,让洛伦齐诺把那位杰出的建筑师带来见他,说要把那位建筑师带回西班牙大展宏图。出于礼节,洛伦齐诺也笑了笑,但心里却在想自己当初为了取悦这位君主,带走了佛罗伦萨最伟大的雕刻家,把他带到了安达卢西亚,让佛罗伦萨损失了一位天才。(其实,这位雕刻家当时已经去了罗马,但他不愿承认这一点。)

---

① 亦称旧宫,在佛罗伦萨共和国时代,领主宫是佛罗伦萨的政治中心。

第三章 阿塔瓦尔帕纪事（片段）

大雕刻家米开朗基罗仍然在世，他在塞维利亚整日绘图作画，阿塔瓦尔帕经常在夜幕降临时去看他。不过，如今的洛伦齐诺已经不是阿塔瓦尔帕当初认识的那个人了。如今，他叫洛伦佐，是佛罗伦萨公爵。他正当壮年，有头脑有手腕。妻子基丝普·希萨是托斯卡纳的头号美人，还给他生了两个可爱的孩子。如今佛罗伦萨城灿烂辉煌，五州人人称羡。他与罗马和热那亚握手言和，甚至连斐迪南都和他言归于好。各地有名的艺术家争相来到他府中。

总而言之，洛伦佐·德·美第奇风头正盛。但一山不容二虎。阿塔瓦尔帕心生嫉妒了？他觉得洛伦佐的风头盖过了自己所以想要重树威严？他觉得洛伦佐沾沾自喜所以想要羞辱他一番？如果真是这样，他的行为理当受到谴责。或者，他只是想彰显一下古老的特权？但五州风俗与塔万廷苏尤毕竟不同，皇帝应该比任何人都清楚这一点。

阿塔瓦尔帕也被美丽的妹妹迷住了。她丰臀肥乳，皮肤细嫩。鹅蛋形的脸，配上一头黑发，长长的头发散落在裸露的双肩上。意大利贵妇乃至平民都效仿她的样子，像她那样穿衣打扮。她点燃了阿塔瓦尔帕的欲望，这样的欲望他以前只在通往里斯本的破船上体验过，当时他面对的是依盖娜莫妲公主。他去跟洛伦佐要妹妹。但洛伦佐一点儿也不想把妻子拱手相让，哪怕对方是皇帝。但他知道绝不能拒绝印加的要求。可能基丝普·希萨自己也愿意献身给印加，甚至还会觉得荣幸之至。

于是，洛伦佐不动声色，暗中想办法。他假装愉快地接受了阿塔瓦尔帕的要求，甚至还说这是他的荣幸。但他设法找借口拖延，不是说妻子不方便，就是说她还要再打扮一番；昨天说她还得再节节食，今天又说她还没收到珍稀的印度香薰；一会儿又说裁缝正在日夜赶工给她做一身精美的金丝礼服。

与此同时，洛伦佐悄悄地约见了斯特罗齐家族，这是佛罗伦萨最富有的家族之一，也是美第奇家族的竞争对手，一直希望恢复共和制（我前面提到过这种新颖的统治形式，即贵族们共同执政并推选出一位领袖，威尼斯和热那亚总督就属于这种情况）。

洛伦佐给了斯特罗齐什么好处？是哪个疯狂的念头促成了他们的合作？他们能依靠哪一方势力？威尼斯吗？有可能。斐迪南呢？不太可能。他们可不敢指望这位昔日的暴君，恐怕他只会再次压迫他们吧？洛伦佐当初投靠印加就是为了赶走有哈布斯堡血缘的堂兄。教皇呢，能指望他吗？这倒比较有可能。教皇是迫不得已才承认了阿塔瓦尔帕这个皇帝，但对日益壮大的太阳教十分忌惮。何况，他擅使阴谋诡计，不久前刚从罗马派人去热那亚刺杀多里亚海军上将。

洛伦佐召集了佛罗伦萨的各大家族，如斯特罗齐、里奇、鲁切拉、瓦洛里、帕齐等家族，他们大都是美第奇家族的仇敌。洛伦佐对他们说了下面这番话："人人皆知，不管时间怎么流逝，都无法驱散对自由的怀念。我们总能听到，某城某地重获自由，实现自由的就是公民，他们要么以前从未尝过自由的味道，要么只是依稀记得父辈提起过，但他们重建了自由，并且不惜一切，坚定地捍卫自由。如今，人们不用父辈的提醒，只要细心看看周围的一切就能知道自由，宫殿、府邸、各个自由组织的徽章都在述说着自由。"

第三章 阿塔瓦尔帕纪事（片段）

说实话，洛伦佐的政治诉求并不明确，看上去更像是出于私心。但他态度坚决，对那些犹豫不决的人说，只有胆小鬼才会因为没有十足的把握而放弃干一番大事业。

洛伦佐要造反的想法一石激起千层浪，很快便传得沸沸扬扬。

消息传到了卢米尼亚维的探子耳中，将军即刻提醒印加，但阿塔瓦尔帕根本没有听进去。查尔库奇马如果在的话，或许能说服印加，让他意识到危险，因为阴谋诡计是他的长项，但卢米尼亚维在这方面不擅长。阿塔瓦尔帕或许真的累了，累得放松了警惕，看不到危险，失去了野兽的直觉。又或许，印加觉得自己已经征服了新大陆，成为五州至高的皇帝，已经功德圆满，应该功成身退了。他的成就已经超过了伟大的帕查库特克，也是时候休息一下了。他此时是不是正畅想着去一个安静温暖的地方颐养天年，那时他身边花木围绕、书画相伴、美人成群，他则一边吸着雪茄，一边写着回忆录？我们永远也不会知道答案了。

节庆持续了九天。

人们先是在圣十字广场上举行比赛，接着又宰羊烤肉，载歌载舞，平民和贵族其乐融融。

夜晚，太阳神的信使挥舞着火把跑遍大街小巷，然后把火把扔进河里，祈祷水流把火把上凝聚的灾厄冲到大海。

一大早，睡了没多久的人们就又聚在一起举行弥撒。基督教在佛罗伦萨仍然盛行，这里有五州大陆最宏伟壮丽的教堂。教堂由白色大理石建成，直插云霄，巧夺天工。阿塔瓦尔帕只在刚来的第二天参加了一次弥撒，后来就不去了，只让卢米尼亚维代他出席，新大陆尤其是意大利人十分重视弥撒典礼。卢米尼亚维将军也一直尽心尽力地完成任务。

至于基丝普·希萨，她本来经常去做弥撒，佛罗伦萨人也能趁机一睹她的风采。但连着好几天的宴会让她有些疲倦，加上夜里没有睡够，所以这几天她想好好在家做个美梦，不想去听上帝的事迹了。

洛伦佐矮小瘦弱，阿塔瓦尔帕比他高一个头，而且体格健壮，他认为光靠自己制服不了阿塔瓦尔帕。好在他手下有个叫斯科隆孔科洛的奴仆，对他忠心耿耿，经常帮他做一些棘手的事。洛伦佐没有告诉这人实情，只说是帮他报仇。洛伦佐问他是否会为他手刃仇人时，据说此人是这样回答的："好，大人，即使他是皇帝本人。"之后，洛伦佐开始部署安排。他打算趁早上大家都在做弥撒时把阿塔瓦尔帕骗到他房间，骗他说妹妹在房里等他，但实际上在房中等着他的是自己的手下，到时趁他不备杀了他。与此同时，他派人在大教堂刺杀卢米尼亚维并趁乱逃跑。（之前见到将军的时候，洛伦佐假意与他寒暄，用手摸了一下他的胸口，探到他没有穿护甲。）接着，大家回到领主宫，号召臣民推翻皇帝专政。最后，洛伦佐宣布恢复共和国。

计划就这么定了。在圣十字广场的比赛结束后，洛伦佐在晚宴上凑到阿塔瓦尔帕耳边，悄悄告诉他约会的时间和地点。他让阿塔瓦尔帕在弥撒开始的时候去他家，他会带皇帝去见基丝普·希萨。早就急不可耐的阿塔瓦尔帕没有多想就信了洛伦佐的话。之后，他一直跟妹妹说笑打趣，但两人都没有提到约会的事——基丝普·希

第三章 阿塔瓦尔帕纪事（片段）

萨没说是因为她根本不知情，阿塔瓦尔帕则是出于风度而没说。

这天晚上，晚宴是在美第奇家族的新宅举办的。基丝普·希萨离开宴会后去新房睡觉，她没有回位于城市另一头的老宅。洛伦佐当然不会告诉阿塔瓦尔帕，明早他推开房门的时候见到的不是基丝普·希萨，而是死神。

宴会结束了。最后几个人看到阿塔瓦尔帕爬上一级级花园台阶，一路来到高处的碉堡，从上面可以俯瞰托斯卡纳地区的田园风光。阿塔瓦尔帕一个人待在城墙上欣赏日出。树影憧憧，与锯齿状的高塔交织在一起，在天际投下错落有致的剪影。

宴会后的清晨，城里散发着一股酸涩之气。阿塔瓦尔帕朝着领主宫走去，打算回房梳洗一番，准备赴约。他想呼吸一下清晨的新鲜空气，所以想慢慢走回去，身边只跟着几个人。回宫要经过老桥，此时桥上已经开始有行人来往了。阿塔瓦尔帕穿过桥，从几个宿醉的人身上跨过。一些醉汉掉进了河里，挣扎着避开水中那些用于驱邪的火把，看上去倒不是出于迷信，更像是下意识的反应。

到了约定的时间，阿塔瓦尔帕裹着羊驼毛斗篷出现在宫殿门口，门上挂着美第奇家族特有的族徽——五个红色小球托着一个蓝底金百合小球。洛伦佐亲自前来给他开门。阿塔瓦尔帕叫他的人退下。两人一起穿过一个满是橙树和罗马雕像的花园，走过拱廊相连的内院，接着又爬上一段石阶，来到内殿。然后，他们穿过一个小教堂，教堂墙上铺满了绘着狩猎场景的挂毯。洛伦佐事后说，皇帝在一幅挂毯前停了下来，问他画上的野兽都叫什么。之后，他们接连穿过几个大厅，来到公爵夫妇的卧房。洛伦佐先在门上轻叩了三下，接着便侧过身让皇帝进去。

房内窗帘紧闭，黑乎乎一片。阿塔瓦尔帕隐隐约约看到床的位置，床上被子下似乎躺着一个人。其实藏在被子下的是几个枕头，但阿塔瓦尔帕看到这一幕欲火焚身，情不自禁地走上前去。床上没有人，门后却藏着洛伦佐安排的刺客，刺客手中握着一把匕首。

刺客本想一刀刺向皇帝的喉咙，但房间里太暗了，他只能凭感觉刺去，而匕首刺中了肩膀。阿塔瓦尔帕大叫一声，一个转身向袭击他的人扑去。斯科隆孔科洛只能挥舞着匕首在皇帝身上乱刺，但皇帝身强力壮，一直死死掐住他喉咙，要不是洛伦佐赶到，他恐怕就要被掐死了。洛伦佐见房内一片昏暗，赶紧先去拉开了窗帘。阳光照进房内，正好照在打作一团的两人身上。阿塔瓦尔帕渐渐占据上风，洛伦佐急忙把刀深深地扎进了他的后背。皇帝转过身来，看清了在背后偷袭他的人。"是你，洛伦？"他只说了这一句便不再出声，但他的身体尽管千疮百孔却仍在挣扎。他紫涨着脸扑向洛伦佐，死死咬住他的拇指，最后倒在了他身上。

就这样，阿塔瓦尔帕皇帝死了。[①]

与此同时，大教堂的弥撒开始了，但卢米尼亚维却没有出现。那些来暗杀他的人一下子没了主意。教士开始向众人布道了，他们却还在犹豫不决。他们趁着众教徒高声合唱时，小声商议了一番，

---

① 真实历史中，洛伦齐诺宣称为了拯救佛罗伦萨而杀死了堂兄亚历山大·德·美第奇，佛罗伦萨的第一位世袭公爵，并发起了起义，起义失败后他逃到了威尼斯。

第三章 阿塔瓦尔帕纪事（片段）

最后决定去领主宫看看。碰巧，将军正在那里处理事务（他接到了比萨、阿雷佐等周边城邦发生骚乱的报告）。这些人谎称有急事要求见将军，而卢米尼亚维在五百人大厅接见了他们。以前大议会就在五百人大厅举行，厅内放置着好几座雕像，除了大卫雕像，其他雕像都极其狰狞恐怖。这些人都是议员，有巴乔·瓦洛里[①]、尼古洛·阿乔亚奥利[②]、弗朗切斯科·圭恰迪尼[③]、菲利普·斯特罗齐[④]以及一位帕齐家族的人。他们围在将军身边，却不敢轻举妄动，因为门口就站着几个侍卫，这些侍卫并不是和他们一伙的，到时会怎样还不好说。他们拿不定该怎么办，只能尽力不露出马脚，佯装来告诉将军托斯卡纳地区有叛军作乱，背后是罗马教皇在捣乱——这倒不假（只是没说他们是一伙的）。

他们就这样围着将军却不敢动手，就像捕猎的鸟儿围着猎物不断盘旋。突然，身穿一袭白裙的基丝普·希萨出现了。她说自己在新宅皮蒂宫醒来后没见着丈夫，也没见到哥哥，之后她去了教堂也没见到他们，这才来领主宫看看。

洛伦佐在哪儿？皇帝又在哪儿？这些议员自然不能回答这两个问题，于是故意露出吃惊的神色，表示他们毫不知情。卢米尼亚维跟这些人不熟，也不会说意大利语，但基丝普·希萨对这群人了

---

① 巴乔·瓦洛里（1477—1537），佛罗伦萨政治家，雇佣兵队长，效忠于美第奇家族。
② 尼古洛·阿乔亚奥利（生卒年不详），佛罗伦萨贵族，那不勒斯王国司库。
③ 弗朗切斯科·圭恰迪尼（1483—1540），意大利历史学家、政治家，马基雅维利的友人，著有《意大利史》。
④ 菲利普·斯特罗齐（1489—1538），文艺复兴时期佛罗伦萨银行家、雇佣兵队长。

如指掌。她看出他们的反应有些不正常，有点可疑，不仅仅是因为见到她有些尴尬。她看着他们嘟嘟哝哝、迟疑不决的样子，看出他们除了惊慌之外还藏着一丝害怕。

外面响起了一阵喧哗。卢米尼亚维将军、五位议员、基丝普·希萨侧耳倾听。殿外喧哗声越来越大，而厅内却是死一般的寂静。

基丝普·希萨用克丘亚语跟将军说了几句话。

外面响起闹事者的声音，他们声称要拥戴美第奇家族恢复共和。

阿塔瓦尔帕已死的消息传开了，很快传到了五百人厅。基丝普·希萨的脸色一下子变得苍白。听到洛伦佐得手了，议员们大受鼓舞，纷纷亮出武器，但卢米尼亚维早有防备。人高马大的他摘下别在腰间的斧子和榔头，对着扑向他的众人就是一通猛砍狠砸，把他们一一击退，紧接着便叫守卫把他们抓起来。

外面的闹事者在佛罗伦萨几大家族的带领下冲到了宫殿门口。卢米尼亚维下令拦住他们。其中一个领头者高声喊着开门，他好像是议员斯特罗齐的儿子，听声音年轻又急躁。他要求印加人乖乖投降，让城邦恢复自由。他高喊，皇帝已死，剩下的人不足为患，恢复共和国势在必行。

大家开始撞门。

洛伦佐还未现身，而人群在高呼他的名字。"公爵万岁！共和国万岁！"他们不住呼喊。基丝普·希萨熟知佛罗伦萨人的品性，对美第奇家的人更是了如指掌。她敢肯定是洛伦佐与同伙策划了此次暴动。外面大喊大叫的闹事者大多被收买了。斯特罗齐的儿子要

第三章 阿塔瓦尔帕纪事（片段）

求交出卢米尼亚维。这些造反的人以为，阿塔瓦尔帕已经死了，他们只要制服将军就能掌控局面。

洛伦佐没有在领主广场现身，这是他的失策。要是此时他出现在众人面前，定能一举拿下佛罗伦萨、托斯卡纳，乃至那不勒斯。但他可能有些惊慌，本该传来卢米尼亚维死讯的大教堂却没有一丝动静。他可能想再等等，看看事情怎么发展，并且试探一下民意，看看佛罗伦萨人有什么反应。此时的他少了一分刺杀皇帝时的果敢，错失了良机。

领主宫前聚集了一片乌泱泱的人。

卢米尼亚维沉思良久。他知道宫殿有条密道通向河边，可以让基丝普·希萨立即从密道逃走。到了河边，他们就能逃出城直奔米兰。眼下佛罗伦萨城怕是保不住了，到了米兰他们就能组织反击了。又或者，基丝普·希萨愿意的话，可以回到丈夫身边。他明白基丝普·希萨左右为难，但不管作何选择，她都必须尽快决定了。

基丝普·希萨指着倒在地上的五位议员——其中两位已经死了，用大家都能听懂的卡斯蒂利亚语对将军说道："把他们带到城楼。"受伤的三位议员疑惑不解地看了她一眼。"马上。"

他们在这些叛徒的脖子上套上绳索，然后推下城楼。底下的人群发出一阵惊呼。接着，基丝普·希萨身穿白裙出现在宫殿的阳台上。广场上顿时鸦雀无声。所有人都转头看向她。

"佛罗伦萨！"她高声喊道，声音嘶哑粗犷，吓了众人一跳，大家没想到如此优雅的身体竟会发出这样的声音。

"佛罗伦萨！看看这些出卖你的人！"她一边说一边指着城墙

上来回摆动的尸体,"看看他们的脸,上面写着背叛。看看他们身上华丽的衣服,用的都是你的血和汗。这些叛徒想干什么?脱离帝国。为什么?以便鱼肉百姓。佛罗伦萨,你好好想想,抛弃帝国,就是抛弃律法。你想回到旧时代,让几个大家族吸你骨髓吃你肉吗?你想让这些与百姓为敌的人重掌权力吗?你想荒年时再也没有公仓救济吗?瘟疫肆虐时,这些叛徒又在哪儿?他们建善堂治病救人了吗?他们又为老弱孤寡做过什么?佛罗伦萨,小心别被这些鱼肉百姓的人说的大话空话蒙蔽了。我听说皇帝死了,是公爵杀了他吗?如果是,那我就会把他当作叛徒,我会悬赏四千金币缉拿他,让他得到审判。我还要悬赏一千金币取他同伙的项上人头!"说着,她指向人群中斯特罗齐的儿子和鲁切拉家的人。广场上的人开始交头接耳,议论纷纷。基丝普·希萨继续慷慨陈词:"记住这一点,杀了我哥哥,就等于害了佛罗伦萨。佛罗伦萨,活下去!站起来,帝国之魂,别让这帮专横又贪婪的人重掌大权!律法万岁!托斯卡纳万岁!佛罗伦萨万岁!"她刚说完,一缕阳光正好穿透云层照射下来。基丝普·希萨向天空举起双臂,高喊道:"太阳帝国万岁!人民万岁!叛乱者必死!"

　　一番话说得众人情绪激昂,人群如浪潮般翻滚起来。几个大家族的子弟被众人活活撕碎了,只有斯特罗齐的儿子逃脱了,他挥剑砍出一条血路,往阿尔诺河逃去。

　　眼见局面扭转了,基丝普·希萨安心回到殿内,对卢米尼亚维说道:"快去米兰搬救兵。"

　　他们在正午的时候确认阿塔瓦尔帕已被谋杀。基<u>丝普·希萨</u>

第三章 阿塔瓦尔帕纪事（片段）

立刻就给可雅·阿萨贝写了一封信，让信使快马加鞭送去。她必须立即把现在的情况告诉可雅·阿萨贝，让她做好准备，扶持儿子查理·卡帕克继位。

洛伦佐逃走了。有人说他妻子亲自给他备了一匹马，并悄悄下令城门守卫放他离开。洛伦佐逃到了威尼斯，后来被查尔库奇马派去的探子暗杀了，尸体被扔到了海里。后来，著名画家委罗内塞①还画了一幅画描绘这一场景。

基斯基斯领着大军前往意大利，一是为了平定托斯卡纳的叛乱，二是防止罗马教廷发兵进攻。他攻下了原本属于教皇的博洛尼亚城，并留在了这里。后来，他成了这里的总督，接着又成了意大利艾米利亚和罗马涅这两个地方的公爵，自此大权在握，足以保卫佛罗伦萨，击退一切敌人。他娶了弗朗索瓦一世的儿媳凯瑟琳·德·美第奇，和她生了九个孩子。

阿塔瓦尔帕的遗体被涂满药膏后运回安达卢西亚。按照印加的习俗，他的丧礼持续了一整年。他的木乃伊遗体一直存放在塞维利亚大教堂中，和宿敌查理五世以及他们共同的妻子伊莎贝拉一起长眠于此。

---

① 委罗内塞（1528—1588），意大利文艺复兴时期画家，与提香、丁托列托一起被称为威尼斯画派的"三杰"，以笔触华丽敏感、笔下人物高贵优雅、所画场面壮观而闻名。

第四章

塞万提斯历险记

1. 年轻的米格尔·德·塞万提斯[①]离开西班牙时的情形

马德里有个地方,地名就不用提了,不久前这里住着个泥瓦匠。他那类人,一般都是农夫的儿子,有个漂亮轻佻的娇妻,口袋中钱不少,足以买通警官、士官和治安官。

不过,这个泥瓦匠却与邻居小伙子起了争执。这位小伙子名叫米格尔·德·塞万提斯·萨维德拉,年方二十五,仪表堂堂,很有教养;他喜爱诗歌,对洛佩·德·鲁埃达[②]的戏剧很是痴迷,虽然有点口吃,但所有见过他的人都说,任谁见了他都一定会被迷倒。

有人说,某天泥瓦匠在家附近的一处牛棚或马圈中发现小伙子和自己妻子在一起。两人之间发展到哪一步,我们无从知道,但据可靠的猜测,已相当深入了。不过,这与我们的故事无关紧要,只要谈起来不失真实就行。

我们只要知道,他们在大广场的拱廊下决斗时,小伙子打伤了泥瓦匠。

年轻的米格尔知道泥瓦匠人脉很广,到时法官定会偏向有钱的一方,为了逃避惩罚,他只好离开了马德里。他来到拉曼查,躲进了一个旅馆,藏在阁楼里,这个阁楼以前显然是用来堆放干草的。幸亏他逃了,因为不久后就从马德里传来消息:对他进行了缺

[①] 塞万提斯(1547—1616),西班牙小说家、剧作家、诗人,代表作《堂吉诃德》。
[②] 洛佩·德·鲁埃达(1510—1565),西班牙戏剧作家、演员,以扮演流浪汉、坏蛋、傻子等角色闻名。

席审判,要将他砍掉右手,并且流放十年。

这样一来,除了赶快离开西班牙,米格尔别无选择,只有这样才能逃脱刑罚。他继续在阁楼里躲了几天,有位殷勤的女仆每晚都会给他送吃的。之后,他跟着六位朝圣者出发了,他们要去威登堡的教堂,看看那著名的贴在门上的太阳神论纲。这些人很乐意带他同行,心想他长得这么好看,以后路上向人乞讨时定能要到钱。他给自己弄了根双鞍手杖和一只猪皮褡裢。爱慕他的女仆往褡裢里装了面包、奶酪、橄榄还有一瓶酒,让他路上渴了喝。一备好行囊,一行人就朝着北方出发了,他们要去萨拉戈萨。

米格尔有很多书,但这次只在口袋里装了一本《圣母时祷书》和一本加尔西拉索[①]的诗歌集。

朝圣者本打算先到法国再去德国,但中途他们在一个旅馆歇脚时,有人告诉他们,此时去法国太不明智了,因为纳瓦尔和奥克西塔尼地区正在发生暴乱,那儿的人们都在起义反对墨西哥人的统治。

既然不能去萨拉戈萨了,他们只能改道去巴塞罗那,到了巴塞罗那后四处找船,打算走水路去目的地。后来,他们找到一艘去佛罗伦萨的商船,船上装满了葡萄酒。结果就是,大家高高兴兴喝了一路,最后跟跟跄跄踏上了意大利的土地。此时,年轻的米格尔还不知道他很快就会回到海上,也不知道他将面对的情况。

---

① 加尔西拉索(1501—1536),文艺复兴时期欧洲诗人,其田园诗和爱情诗是西班牙文艺复兴的杰作。

2. 年轻的塞万提斯遇见希腊人多米尼克斯·提托克波洛[①]，后者把他带到了威尼斯

当时佛罗伦萨的执政者是柯西莫·瓦尔帕·德·美第奇，这位大公的母亲是美艳无双的基丝普·希萨，父亲是"弑君者"洛伦齐诺。尽管大公享有相对自主的权力，但他管辖下的佛罗伦萨以及整个托斯卡纳地区却是五州帝国的一部分，米格尔十年之内都不能踏足，一旦被人发现就会被砍掉右手。所以，他想去罗马试试，但他又听说几路大军正朝罗马而去，这座圣城恐怕很快就会遭到围攻。听了这个消息，他也不敢去罗马了，决定继续跟着朝圣的伙伴，到了博洛尼亚再说，那儿的统治者也是美第奇家的人——恩里科·尤潘基公爵，由母亲凯瑟琳辅政，父亲是基斯基斯大将军，已故去。到了博洛尼亚后，他们会去米兰，不过米兰仍是五州帝国的领地。他可以跟着这些人从米兰再去瑞士，到了瑞士就安全了，他可以在日内瓦、巴塞尔、苏黎世过几天平静的日子。

然而，命运做出了不一样的安排。他们途经科莫湖畔时遇到了基多巡逻队，这些基多人来意大利北部驻扎，以便盘查出入边境的人。虽说在查理·卡帕克皇帝的统治下，五州基本安宁，但还有不少老基督徒不愿和印加人住在同一块土地上，更不愿活在基多人的统治下，所以有些人就想逃往别国，罗马、威尼斯或维也纳都行

[①] 多米尼克斯·提托克波洛（1541—1614），西班牙文艺复兴时期画家、雕塑家、建筑家。也被称为埃尔·格列柯（意思为"希腊人"）。

（甚至还有人想去君士坦丁堡，说宁愿信奉伊斯兰教也不愿信奉西来的异教，至少土耳其只信一位神）。

那些朝圣的人老早就改信了太阳神，脖子上都戴着一个金太阳，这个金太阳就是他们信仰的证明，所以一路上都没有被盘查。可惜，命运无常，变幻莫测，它不想就这样放过年轻的米格尔。盘查的人见他没戴金太阳，不禁起了疑心，又在他口袋中找到一本《圣母时祷书》，怎么看他都不像要去威登堡太阳神庙朝圣的样子。此外，他拿不出任何可以说明他为何要去威登堡的文书，甚至连身份都不明，所以巡逻兵把他当作了老基督徒，以为他想经过瑞士逃往维也纳，马上就把他抓了起来，押送到米兰。

到了米兰后，他又踏上了去热那亚的路，和他绑在一起的还有几个苦役犯人，这些人会被送到船上做苦役，而他则会被立即遣送回西班牙，移交官府验明正身。

同行的犯人总共有十二人，大家脖子上套着粗铁链被绑成一串，每个人手上还戴着镣铐。押送他们的是两个骑马，两个步行的人。骑马的两人扛着火枪，而步行的两人则拿着剑和矛。

米格尔的身上被铁链磨得血肉模糊，内心更是大受打击，对自己悲惨的命运陷入了绝望。正在此时，一个男人向他们走来。这人年纪轻轻，衣冠楚楚，容貌看着很普通。他一身黑衣，戴着绉领，胡子修得很整齐，头上什么也没戴，腰上挂着水壶和弯刀。他走上前来，看到这些人被绑在一起，想知道这些可怜人犯了什么罪，于是彬彬有礼地向守卫打听。骑在马上的其中一人对他说这些是皇帝陛下的苦役，其他的无可奉告，让那人别打听太多。但那个戴绺领的人没有放弃，软磨硬泡，就是要问个明白。听他口音，米格尔觉得不是意大利人。另一个看守让他自己去问那些犯人，说犯人也许会告诉他。

这些犯人有的忏悔自己犯下的可怕罪行，有的可怜巴巴地说自己是无辜的，更有甚者做坏事时笨手笨脚，惹人大笑。其中有一个人，身上绑着两道锁链，讲了自己曾犯下的恐怖行径，让大家又敬又怕——以后有机会我会好好讲讲他的故事。当轮到米格尔时，他一脸凄惨，结结巴巴说不清话，以至于没人能听懂他遭遇了什么事，但大家还是专心地听他说话，都对这个可怜的小伙子深感同情，一来是因为他神色实在凄惨，二来是因为大家觉得他的遭遇定然十分伤痛才会让他连话都说不利索。

正当大家的注意力都集中在满脸泪痕的米格尔身上时，绺领男子大喊道："不管犯了什么罪，他们都是上帝的孩子！"说话的同时，他抓住身旁骑兵的一只脚，把他一下掀翻在地，然后又以迅雷不及掩耳之势抽出腰间的弯刀刺入他胸口。他的这些举动出其不意，其他三名守卫一时间愣在当场，但很快就反应过来。骑在马上的那人立即掏出火枪，地上那两人则举起长矛，一起对准绺领男子。不过，绺领男子很快拿到方才被他拉下马的守卫的火枪，抢先朝那位把枪对着他的骑兵射了一枪，那人倒在地上呻吟不止。还剩两个持矛的守卫，而绺领男子手中只有一把弯刀。那些苦役犯看到重获自由的机会来了，一起用力拉扯绑着他们的铁链。见大家一时间挣脱不开，身上戴着两道锁链的那个人奋不顾身扑向离他最近的那名守卫，用手上的铁链绞死了他。最后一名守卫很快也被击晕，

第四章　塞万提斯历险记

就这样，大家接连挣脱铁链，重获自由。

那位帮他们脱困的人叫多米尼克斯·提托克波洛，是个希腊人，自称基督的战士。他邀他们同行，和他一起去基督教领地，捍卫真正的信仰，打倒篡权者，这样他们就能还清罪孽，让灵魂得到救赎。他们的老大对他说道："谢谢你，陌生人，谢谢你帮我们重获自由，但我们已经受够了镣铐的束缚，不想再受任何的束缚，哪怕是为了上天也不行。至于灵魂的救赎，恐怕光杀了这三人是不够的，我们已经恶贯满盈，刚才也跟你说了。既然做了强盗，那就做到死吧。我们唯一值得骄傲的就是绝不向任何律法或权力低头，只遵从强盗法则，我们这一行有句老话：无拘无束，自由自在。"说完，他俯身捡起还有弹药的火枪，取下守卫腰间的剑以及外套和鞋子，挑了那匹看上去比较好的马，飞身上马，最后策马奔腾而去。其他犯人也二话不说，走进山中消失不见。最后只剩塞万提斯孤零零一个人还待在原地，无依无靠。押送他们的守卫一死两伤，他定然会被四处通缉，在这个人生地不熟的地方，他只能选择跟着救命恩人。

希腊人似乎对这里很熟悉。他不走人多的大道，不去热闹的城镇，这样就可以避开巡查的人。他坚决不同意经过博洛尼亚，而是选择走山路风餐露宿，绕道而行。就这样，他们来到安科纳港口，然后登上了开往威尼斯的船。要是世上没有出来一个阿塔瓦尔帕，威尼斯一定能成为一个举世无双的城邦。但天意难测，墨西哥城横空出世，也许上天就是想让它和威尼斯一较高下吧。这两个著名的城邦十分相像，街道都是水路。如果说欧洲的威尼斯是昨日星辰，那海外的墨西哥则是今日奇观。

3. 古往今来最光荣的事，也是倒霉的塞万提斯生平最大的灾厄

"教会或大海，或王室。"大名鼎鼎的队长迭戈·德·乌尔比纳对同桌的塞万提斯这样说道。他出生于瓜达拉哈拉，参加过战争，几经沉浮，如今来到了威尼斯，在酒馆中和朋友希腊人大口喝着酒。"在我们西班牙有句老话，我觉得很有道理：'老话都是对的。'因为这些简洁的道理都是从长年累月的经验中总结出来的。我刚才那句话用西班牙语说就是：'Iglesia'o mar'o casa real.'。"他停下来喝酒，让小伙子自己领悟这深刻的道理，但塞万提斯一脸迷茫。他只好解释道："要想功成名就，家财万贯，要么加入教会，要么去海上做买卖，要么进入王室效忠国王，古话说得好，宁做凤尾，不做鸡头。"

米格尔遗憾地说威尼斯的执政者马克西米利安不是国王而是大公。他刚说完就遭到希腊人的斥责："别胡说！陛下不仅是匈牙利、克罗地亚和波希米亚的国王，他的祖父查理五世更是西班牙国王和神圣罗马帝国的皇帝。要是上帝愿意，将来他也能跟祖父一样。"说完，他在胸前画了个十字，接着又要了一杯酒。

一个希腊人竟然如此狂热地信奉天主教，这让米格尔很是意外，他本以为希腊人应该崇尚拜占庭或伊斯兰文化呢。见他惊讶，多米尼克斯就跟他说了自己的经历。原来，他年幼时就离开希腊到了意大利，先在威尼斯学习绘画，接着又在罗马成为主教的手下，后来加入了耶稣教会，成为基督战士，经常为上帝和教会去敌国领地打探情报，招兵买马。

第四章　塞万提斯历险记

　　或许是因为队长已经听希腊人讲过好几遍他的故事了,或许是他觉得这跟今天要谈的事无关,总之,队长有些耐不住性子了,又叫人端来了三杯酒,希望好好说说此次见面的目的,聊聊米格尔的出路。"你还年轻,以后再入教会也不晚。而你现在的处境也不适合做买卖,被西班牙和五州驱逐就等同于断了去西方的路,就没办法和墨西哥或塔万廷苏尤做买卖了。所以,还剩最后一个选择,也是一项最光荣的事业——从军。"希腊人趁热打铁,帮他下定决心:"别忘了效忠上帝是无上的荣耀,要为捍卫基督教而战,我一眼就看出你是个基督徒,你的血很纯净。"听了这番慷慨陈词,队长干了啤酒,大笑着拍了一下希腊人的后背。见他们如此高兴,米格尔把那个强盗犯人的话丢到了脑后,一口答应了。

　　这就是塞万提斯加入奥地利大公马克西米利安大军的经过。

　　一开始,他尝到了冒险的滋味,而且一点儿也不后悔。

　　他跟着军队东征西战,哪儿有战事就去哪儿,新皇旧帝斗个不休,他们的后代为了欧洲霸主之位争个不停。他常年征战,身经百战。不过,他是在地中海才成为那些改变旧世界命运事件的亲历者的。

　　跟父亲一样,查理·卡帕克对天主教徒一直小心翼翼,因为他们在帝国,至少在西班牙和意大利人数众多,因此最好不要平白无故激怒他们。而且,父亲在他刚出生时就给他行了洗礼,让他名正言顺地成了罗马教会的一员,但他始终无法跟那些老教徒相比,血统也不够纯正。从前,教宗建立宗教裁判所管辖教徒,如今隶属罗马教会的宗教裁判所依然要求教徒警惕异端,如有发现,甚至可以动用火刑。

皇帝并非不知罗马正在密谋推翻他，也知道教皇庇护五世跟奥地利频频接触。教皇这个老头，看似宽厚，实则是条毒蛇，应小心提防。当罗马和土耳其结盟的消息传来时，他有些措手不及，一直以为这是不可能的事。他在罗马和高门都有耳目，这些人会把情报汇报给热那亚的探子（他们可是帝国最出色的探子）。情报清晰无误，双方确实成立了一个"圣书联盟"（有些基督教史学家也称之为"圣经联盟"），这对五州帝国而言，实在是个大患。

这就是查理·卡帕克出兵罗马的缘由，他想逼迫教皇放弃和土耳其结盟，毕竟和异教结盟也有违天主教一贯的作风。

不过，教皇可不这么认为，他不愿受制于五州帝国，于是乘船逃到了希腊，而奥斯曼帝国的苏丹塞利姆二世答应会护他周全。

查理·卡帕克一怒之下罢免了他教皇的职位，宣称他逃离罗马就等于放弃了职责。皇帝下令召开教皇选举大会，亚历山德罗·奥塔维亚诺·德·美第奇当选为教皇，成为列奥十一世。不用说，新一任教皇与皇帝的关系可是和谐多了。

而庇护五世也不想放弃教皇的头衔和权力，在塞利姆的支持下，他宣布教廷迁至雅典，雅典就此成为另一个罗马。

如此一来，基督教世界同时拥有两位教皇，虽不是千古奇闻，但也可谓罕见之事。一山不容二虎，查理·卡帕克以阻止教会分裂为借口组建了一支十字军，对外宣称是为了抓回庇护五世，但他真正的目的也昭然若揭，那就是把帝国的疆域扩展到希腊，称霸地中海，把土耳其人赶出欧洲，并把马克西米利安赶上绝路。

第四章　塞万提斯历险记

六个月之后，世上最厉害的两支军队在地中海的勒班陀海湾相遇了。

一边是奥斯曼帝国海军、威尼斯舰队、奥地利－克罗地亚联军，外加由流放在外的西班牙人和罗马人组成的临时军。

另一边是西班牙－印加帝国海军，外加法兰西－墨西哥联合舰队、葡萄牙、热那亚、托斯卡纳舰队，以及由臭名昭著的"生癞疥的叛教徒"乌恰利·法塔克斯带领的柏柏尔海盗舰队。

海上一共聚集了将近五百艘船舰，其中有六艘威尼斯超级大战舰，它们简直就像是海上堡垒，威力无敌。

四国大战一触即发，塞万提斯也身在其中，就在迭戈·德·乌尔比纳麾下作战。让一群西班牙逃犯听一个威尼斯人的指挥，免不了发生摩擦。但他们这群人却比其他任何人更拼命。

塞万提斯惊喜地发现希腊人跟他在同一艘船上。自一年前威尼斯一别后，塞万提斯就再也没见过希腊人。这期间他都做了些什么？他似乎等不及想大战一场了。

开战前一晚，塞万提斯发烧了，直到第二天早上还浑身滚烫。乌尔比纳队长让他好好躺着，不用参战。但塞万提斯不忍抛下战友，更不愿错失这扬名立万的机会。他爬起来，拿上武器，系紧腰带，和众人一起登上甲板，并努力挤到了最前头。

所有史学家都描述过这场战役：船舰相撞，火光冲天，木板吱嘎作响化为齑粉，战士们英勇作战，既有短兵相接，又有硝云弹雨，一时间死伤无数，海水被血染红了一片，空中充斥着死亡的气息。热那亚舰队的指挥是多里亚海军上将的侄子让·安德烈亚·多里亚，可他毕竟不是多里亚海军上将，性格优柔寡断，该进攻时不进攻，让印加盟军错失了良机。而威尼斯战舰稳稳地立在宽阔的海面上，源源不断地发射炮火。法墨联合舰队、葡萄牙舰队都遭到重创。西印帝国海军司令不得不下令撤退。不过，海盗舰队却越战越勇，让伊斯兰－基督盟军接连损兵折将。

塞万提斯所在的战船叫"侯爵夫人"，好不容易摆脱了法墨联军的攻击，迎面却又遇上海盗舰队，只见海盗船极其灵活地在海面上来回穿梭，试图冲出基督徒和土耳其人形成的包围圈。

眼看阿尔及尔国王（乌恰利的头衔）又击沉了马耳他战舰，"侯爵夫人"横过船身试图挡住海盗船的去路。这样，两船一定会撞到一起，塞万提斯的那艘船恐怕会被撞成两截，但他们决定就算牺牲自己也要抓住海盗王乌恰利。可是，海盗王简直是神乎其技，没人能说清他当时是怎么做的，他竟然在最后一刻调转了船头，紧挨着"侯爵夫人"的侧面滑过。两船紧挨在一起，互相摩擦，发出一阵吱嘎声。

趁两船紧挨在一起时，希腊人一手握剑，一手持枪，跳到了敌人的船上。

紧接着，十多个人跟着他一起跳了上去，口中大喊着"冲啊"，内心十分坚定。塞万提斯也在其中。可惜，海盗船很快就摆脱了他们的船，并渐渐拉开了距离，其他人没来得及跟上。他们这十多个人犹如羊入虎口，根本无法和一船海盗抗衡，结果被打得奄奄一息，最后只能缴械投降。

塞万提斯在战斗中被火枪击中，胸口和手都受了伤，浑身上下血迹斑斑。

就这样,海盗王带着船员逃脱了,而塞万提斯等人突袭不成,反成了海盗的阶下囚。

五州盟军余下的船舰退到了墨西拿海湾,船上都是受伤的战士,惨不忍睹。此时要歼灭他们就如探囊取物。"船上的印加人以及他们那些盟友都以为我们会追到港口了结了他们,所以收拾好衣物行李,准备不等开战就逃上岸,我们舰队可谓让他们闻风丧胆。但上天却放过了他们,不是因为我军将领的过错,"希腊人说道,"而是因为基督教中说的罪恶,因为上帝想让我们一直如芒在背。"

天气恶劣,基督大军损失不少,加上奥斯曼大军也不愿再往西打——趁土耳其人不在,克里米亚的鞑靼人兴风作浪——这种种原因,让他们错失了良机。

欧洲的命运差一点就翻转了。

塞万提斯发了几周烧后终于清醒过来,他胸口缠着绷带,左手已经废了,被乌恰利关在阿尔及尔的监牢中,跟他关在一起的还有其他俘虏,有土耳其人,也有基督徒。

4. 塞万提斯灾厄后续

乌恰利没打算杀死这些俘虏,他要用他们来换钱。塞万提斯因此捡回一条命,在奄奄一息的时候被救了回来。但塞万提斯身无分文,家人也没钱,没人会帮他交赎金,所以重获自由的希望十分渺茫。

塞万提斯和同伴们一路上都被关在船底，但希腊人告诉他们，跟他们同来的还有一个俘虏，一直被关在乌恰利的房间，没人见过他，也不知道他是谁。他没有和他们一起下船，也没有和他们关在一处，而是关在监狱旁边一个摩尔人的家里，那个房子的窗户正好对着监狱的院子。这种摩尔人的窗户，其实只是墙洞，上面遮着又厚又密的百叶窗帘。一天，塞万提斯和希腊人在监狱阳台消遣，用弄来的粉笔在地上画画，当他们不经意间抬头时，看到有人在窗洞后面看着他们。

之后几天，他们都来这里画画，每次都能感觉到窗后有人。

一天早上，狱卒带走了希腊人，直到天黑才送他回来。希腊人一回来就激动地告诉塞万提斯："天助我也，我们也许有办法离开这里了！你知道吗，他们带我去了旁边那座房子，去见了那个站在窗后的人，他就是那个神秘的俘虏。说出来你可能不信，那座房子里关着的竟然是教皇大人。"

原来，乌恰利趁大家忙着备战时，派人去雅典悄无声息地绑架了教皇庇护五世，并把他藏在船上。

要是把这位被印加罢免的教皇交给印加，乌恰利定能得到一笔不菲的酬金。但他觉得维也纳方面会出更高的价格，于是就没有向盟友透露他抓了教皇的事。

希腊人接着说道："教皇大人问我是否真的师从威尼斯画家提香，我跟他说确有其事，而且老师对我这个学生还颇为满意。听了这话，教皇大人就让我给他画一幅肖像，我真是荣幸之至。听着，

第四章 塞万提斯历险记

米格尔,天大的好事还在后头呢!他答应我,只要我好好画,就帮我付赎金,等付清了赎金,就立刻带我去威尼斯。但我不想抛下你,让你孤苦无依地待在这个鬼地方,这有违基督教道义。于是,我苦苦哀求教皇大人,跟他说要走就得带上你,因为这是我欠你的(你遭此大难都是因为我,今后你就是我的兄弟),他经不住我的哀求,同意为你支付赎金并带上你。"

听了这些话,塞万提斯喜出望外。接下来一段时间,每天下午希腊人都会去摩尔人的家中作画,而塞万提斯则焦急地等他回来,问他肖像画得怎么样了。

肖像终于画好了,教皇很满意。画上的他看起来慈眉善目,掩盖了他严厉冷酷的一面。不过,还要再等些时日才能凑够赎金,因为教皇身份尊贵,赎金数额高得令人瞠目结舌。

好在维也纳终于付了赎金。

他们派了一艘帆船来接教皇回维也纳。教皇带着肖像上了船,却没带希腊人和塞万提斯。

教皇骗了希腊人?他把他们忘了?还是说,教皇一个人的赎金已经很高了,维也纳不想再多付一笔钱赎出他们?难道是乌恰利言而无信?事实就是,教皇扔下他们不管,自己走了,连道别都没有,只带走了希腊人画的画,画上的教皇举着手,仿佛是在道别。

多亏了贪财的海盗,基督教现在还是有两位教皇,一位在罗马,一位在威尼斯。而塞万提斯和希腊人却依然处在不幸之中。

雪上加霜的是,海盗们告诉他们,因为没人帮他们付赎金,他们就被卖给西班牙了。

跟他们关在同一个监狱的人中有来自塞维利亚和加的斯的俘虏，闲聊时告诉他们，塔万廷苏尤让西班牙送些劳力给他们去开采银矿，那边有座大银矿叫波多西，条件恶劣，不把奴隶当人看，奴隶们在那儿待不了几年或几月就会活活累死。据说，有些奴隶受不了苦，自寻短见。总而言之，去波多西，必死无疑。

如果被卖到塞维利亚，说不定还有一线希望留在西班牙，到时做个伊比利亚－印加贵族的奴隶。一旦被发往加的斯，那他们只有死路一条了。

他们被带上了开往加的斯的船。

5. 英勇的塞万提斯和希腊人在海上经历了破天荒的奇事，世上没有一个航海者像他们那样历经千难万险

不过，天意难测，命运弄人。此时局势混乱，各国的船在海上打得你死我活，而我们这两位朋友将会遇到很多意料之外的事。

载着香料和俘虏的桨帆船朝着加的斯驶去。塞万提斯和希腊人一声不吭地划着桨，任凭鞭子打在身上，默默等待将要到来的悲惨下场。

快到西班牙时，大家听到远处传来雷鸣般的声音，可抬头看，天空却万里无云，太阳高照。

当船进入加的斯海湾时，划桨的苦役犯开始窃窃私语。"德雷克！德雷克！"船上的守卫突然间变了脸色，抽在他们身上的鞭子

第四章 塞万提斯历险记

更密集了。"左舷!左舷!朝北!"船长大声喊道,他是大名鼎鼎的红胡子海盗的后人。

苦役犯忍不住抱怨起来。跟塞万提斯和希腊人坐在同一条凳子上的是个西班牙船长,名叫希罗尼莫·德·门多萨,早在他俩之前就成了俘虏。他瘦骨嶙峋,胡子花白,皮肤被太阳晒得都裂开了。但他目光炯炯,此刻正散发出一种异样的光芒。面对同伴的疑惑,他说他们遇上了著名的海盗弗朗西斯·德雷克①。"大海就像一片广袤的森林,人人有份,而英国人就在海上寻找财富。"他说道。英格兰被墨西哥人和苏格兰人南北夹击后,伊丽莎白女王就带人乘船逃跑了。他们征用了各种各样的船只,有桨帆船、小型桨帆船、双桅纵帆、双桅横帆、三桅战舰、货运船,甚至是小渔船。女王先去了爱尔兰,之后又到了冰岛。大名鼎鼎的海盗德雷克就是在那儿组建了船队,之后便横行海上,四处洗劫,法国、葡萄牙、西班牙各国无一幸免。这天,他又突袭了一座滨海城市,以前他从没来过这么南的地方。如果不想落入德雷克的手中,他们的船必须赶快驶离海岸。希罗尼莫·德·门多萨已经摸透了这帮生意人的脾性,知道他们一定会改道里斯本,而不是回阿尔及尔,那样可以卖掉货物,不至于白跑一趟。去里斯本虽然前途未卜,但总比去加的斯强,至少不会被卖去波多西。

但老天也不想让他们去里斯本。船长看到一艘英国船发现了他们的踪迹,绕过港口朝他们开来。见此情景,船长拼命催促,鞭

---

① 弗朗西斯·德雷克(1540—1596),英国著名私掠船船长和航海家。

子就像雨点般落在苦役犯身上，那些守卫也开始慌了。

眼看英国船马上就要追上来了，划桨的众人不约而同扔掉了船桨。船尾的那些人一把抓住朝他们大喊大叫的船长，把他举起来传到前一排人的手中，就这样一排又一排，他被这些人从船尾举到了船头，每个人都在他身上狠狠地咬了几口，不到半路，他就灵魂出窍下了地狱。他以前对这些人有多狠，现在这些人对他就有多恨。

苦役犯高喊着"英格兰万岁！德雷克万岁！"热烈欢迎英国船员登上他们的船。英国人占领了他们的船，就意味着他们自由了。船桅上换上了英格兰国旗。在补充了水和干粮后，船向着冰岛驶去。重获自由的俘虏愉快地划起了桨，唱起了歌。

可惜，半路上出了岔子，他们的船遇上了一艘苏格兰的船。放哨的人高喊道："红腿！"（苏格兰人穿红格子裙，所以给他们取了这么个绰号。）大家一起拼命划桨，可怜的塞万提斯因为左手残疾，划得很吃力。可惜大家用尽了力气还是没能躲过苏格兰人的追击。之后双方陷入激战，塞万提斯单手打斗，英勇无比。但他们最终不敌对方，被俘了。

他们一开始以为自己会被带到苏格兰王国，那儿归玛丽女王统治，下场应该不会太差。但他们很快就失望地发现他们的船正朝着法国开去，之后船驶入了一条宽阔的大河，而这条河通向波尔多。

命运再次捉弄了他们。苏格兰人要把他们卖给墨西哥人，门多萨说，他们的下场会比去波多西更惨。

墨西哥人要的不是劳力，而是躯体，他们要用活人给他们那野蛮的仪式献祭。

也就是说，塞万提斯不会死在大洋彼岸的银矿中，而会死在法国的金字塔顶端，他在世间看到的最后一样东西就是自己那被挖出来的仍在跳动的心脏。

6. 叙述塞万提斯和希腊人如何大难不死，以及他们如何在一座塔楼中找到藏身之地

波尔多港位于一处加龙河褶皱带中，呈半月形。俘虏们在加斯科涅人的看押下上了岸。这些当地人粗鲁不堪，一直嘲笑他们，不把他们当人看。可想而知，他们接下来不会有好日子过了。塞万提斯任他们讥笑怒骂，一言不发地走下船。但希腊人可没这么好的脾气，忍不住回骂这些人是畜生，咒骂那些跟异教徒来往的基督徒尤其是法国人不得好死。听他这么骂人，一个当地人突然举起火枪，要不是一个墨西哥头领喝令制止了他，估计希腊人的脑袋就要开花了。和他们一同下船的门多萨可不觉得这是什么值得庆幸的事。"他们要的是活生生的祭品。"他悄悄对他们说。

波尔多的码头也很热闹，酒桶在地上滚动的声音从早响到晚，时不时夹杂几声脚夫的尖叫声，那是加斯科涅人拿着尖矛在驱赶他们，逼他们让开道，让排成一长列的俘虏通过。

他们穿过凯约门进入城中，门上城楼耸立，进了门不远处是

一个广场，墨西哥人造的金字塔就在此处。俘虏们一眼就看见金字塔台阶上血迹斑斑，不禁倒吸一口凉气。他们被带到了隆布里亚宫的监狱里等候发落，一个个垂头丧气，知道死期将至。不过，在这里他们至少不愁吃喝，每天都有面包吃有汤喝。每到周日，就会有十个人被带到祭坛。广场上传来的鼓声让他们心惊胆战。每到这一天，大家都能喝一杯酒。塞万提斯不怕死，但他更愿意战死沙场。希腊人也已经骂不动了。

一天，被带走的俘虏是往常的两倍，鼓声也比平日更密集。看押他们的人也换了。之后，没人再来，鼓声也歇了。又过了几天，守卫不再给他们带吃的来了。他们听不到城中有任何声音。他们继续待在阴暗的牢房中，被寂静包裹着。一天他们终于耐不住饥渴，决定不管怎么样先逃出去再说，于是把铁勺磨锋利，割起了牢门。

他们锯开门锁出去一看，宫殿已空无一人。守卫的武器还挂在兵器架上，地上有很多死老鼠。他们立刻扑向桌上的剩菜。门多萨当了很多年的俘虏，练就了眼疾手快的本领，很快抢到一只鸡腿。塞万提斯和希腊人没什么经验，沉浸在重获自由的喜悦中，什么也没抢到。他们踩着地上横七竖八的死老鼠来到了监狱外。

到了外面，他们一下子没了胃口——空中飘着几缕浓烟，城中散发着一股恶臭，路上躺满了死尸，一群乌鸦正在争食。目之所及只有影影绰绰的几个人，不是在搬运快死的人，就是在把尸体堆到车上。地上到处都是死老鼠。一开始塞万提斯还以为自己来到了地狱的皮革作坊。可事实却是，这是鼠疫，这一点已经毫无疑问。

第四章 塞万提斯历险记

必须立刻离开此地,否则必死无疑。他们来到码头,但码头混乱不堪,守卫拦下了那些想乘船逃跑的人。不久,门多萨找到了他们,劝他们逃到乡下去。

他们穿过被死亡笼罩的城市。那些还没患病的人急急忙忙收拾好行李,拉着车或骑着骡离开了。幸运的人还有马骑,可以骑着马赶紧逃走。此时城中大乱,官差和士兵都没注意到这三个从监狱里逃出来的人。但西边的道路已经封锁了,勒阿城堡有士兵把守,没人能进出。

他们只好潜回到码头。希腊人把两个守卫打晕——也可能打死了,历史上并没有明确的记载。等到夜幕降临时,他们游过河,摆脱了濒死之人的呻吟和死尸的臭味。

他们在波尔多平野上四处逃亡。一路上经过的村庄,要么是怕他们带来瘟疫不欢迎他们的,要么是已经染上瘟疫他们只能小心避开的。接连好几天,他们只能吃些葡萄充饥,但葡萄吃多了会拉肚子。就这样,他们一路吃一路拉,痕迹遍布一路。

一天,他们来到一座城堡前,种种迹象显示主人不在家。城堡里只有几个仆人,一开始不愿放他们进去。但其中一人心肠比较软,十分可怜他们,就让他们进去吃饭,但让他们吃完就走。三人终于饱餐了一顿,还喝了点酒。但酒菜刚下肚,门多萨就突然开始呕吐起来。这可吓坏了几位仆人,他们撒腿就跑,招呼也不打一声就离开了城堡。等到凌晨,门萨多死了,城堡被彻底遗弃了。塞万提斯和希腊人在院子里烧了尸体,然后在这里住了下来。

城堡带有两座塔楼,里面修缮过,可以住人,两个塔楼之间有石墙相连。其中一座塔楼十分适合当作隐修之地，塔内有一张床、一个小教堂、一些家具、几箱衣物，顶楼还有一间漂亮的书房，放了很多书籍，房梁上还刻了一些拉丁文和希腊文句子。城堡的粮仓装满了粮食，还有一个马厩，里面有头产奶的母驴。两人认为与其去别的地方颠沛流离不如好好待在这里，于是就在塔中住下了。希腊人认出书房木梁上刻着的一句是希腊文："我的心愿，活得不用富足，但不要痛苦。"塞万提斯认得拉丁文，也看懂了一句："无论风把我带向何处，我都是过客。"

7. 塞万提斯和希腊人如何结识城堡主人并与其融洽相处

他们在这个与世隔绝的地方生活得很快乐，还看了很多书。希腊人虽然不喜欢《传道书》，但对里面的一句话十分赞同，这句话也被刻在了房梁上："尽情享受当下，其余的不是你能掌控的。"这正是对他们此刻生活的写照，他们会在这里清清静静地度日，等待鼠疫过去，反正没人来打扰他们，附近的村民不是逃走了就是闭门不出。

没人来城堡，与他们相伴的只有那头母驴和几只母鸡，他们有奶喝有蛋吃。就这样过了好几周。一天，一个矮小的男人突然出现在书房。此时塞万提斯正捧着一册《阿塔瓦尔帕纪事》在看，而希腊人则拿着一块木炭在给他朋友画肖像。

第四章 塞万提斯历险记

这个人叫米歇尔·德·蒙田①，这里是他家。

希腊人一跃而起，想要杀了他。但塞万提斯拦下了他，并把他们出现在这里的缘由告诉了男人。他详细地讲述了一路上的经历。

蒙田先生个子不高，头顶有些秃，长着小络腮胡和八字胡，戴着绉领，衣着金贵但有些脏了，看得出刚经过长途跋涉。不过，他眼神清澈，举止文雅。他会说些托斯卡纳语，时不时加几句拉丁语，能让两位客人听懂，而他自己能听懂希腊语和西班牙语，自然也能听懂他们的话了。他任职于最高法院，也是国王奇马尔波波卡②的谋士。当他说出这些官职时，希腊人恨不得抓起裁纸刀在他喉咙上捅个窟窿。不过塞万提斯抓住他手臂制止了他。

蒙田先生头脑灵活，眼见情势不对，主动邀请两位客人继续藏在塔中，并说想住多久都可以。他说自己虽然喜欢独处，但有他们两个做伴应该也不错。他妻子住在另一座塔中，不会知道他们的存在，他也不会告诉仆人。他会让人在他工作的房间添置些被褥枕头，到时他们可以在那儿睡觉。他还会给他们准备一些吃食，不会让他们饿着。

他们别无选择，除非想在野外四处逃窜，他们可不想过那样的日子，所以就接受了。

他工作的房间里有个壁炉（蒙田先生把书房的壁炉封了，怕不小心着火烧了他珍藏的书籍），两位朋友的日子过得十分舒服。

---

① 米歇尔·德·蒙田（1533—1592），文艺复兴时期法国作家、思想家、教育家，代表作有《随笔集》。
② 奇马尔波波卡，真实历史中阿兹特克特诺奇提特兰城的第三位统治者。

仔细算来，距离他们离开柏柏尔人的船还不到两个月。

他们每天做的事就是看书、吃饭、和主人聊天。晚上，他们吃了饭就去睡觉，几乎从不去塔外，只是偶尔会在夜深时出去呼吸一下新鲜空气，在花园里活动活动手脚，恐怕除了猫头鹰这里没人见到过他们。

蒙田先生才思敏捷、学识渊博又求知若渴，与他聊天十分有意思。与伟大的头脑交流，我们的头脑就会变得强大。年轻的塞万提斯喜欢和他聊诗词、戏剧等各类话题，喜欢听他引经据典，一语中的。从他口中经常能听到古代大家的名言，如维吉尔[①]、索福克勒斯[②]、亚里士多德、贺拉斯[③]、塞克斯图斯·恩丕里柯[④]、西塞罗等。

但他更喜欢听蒙田和希腊人争论。两人你来我往，针锋相对，这种面对面的交流既激烈又新颖。当然他也喜欢在书房看书，但看书是件沉闷的事，没那么激动人心。相反，面对面的交流则能一下子让人醍醐灌顶。

身为基督战士和耶稣会一员，希腊人谴责蒙田与异教徒同流合污，背叛基督教一众教友。他言辞激烈，全然忘了他能安稳度日靠的是蒙田。

塞万提斯让朋友别再说了，担心再说下去会冒犯主人，而主人一怒之下说不定会把他们赶走。但没用，希腊人动不动就发起责

[①] 维吉尔，奥古斯都时代古罗马诗人，著有《牧歌集》《农事诗》等。
[②] 索福克勒斯，古希腊剧作家，古希腊悲剧代表人物之一，著有《俄狄浦斯王》。
[③] 贺拉斯，奥古斯都时代著名诗人，批评家，著有《诗艺》。
[④] 塞克斯图斯·恩丕里柯，希腊哲学家，怀疑论者。

难。"与叛徒为伍的基督徒简直罪该万死！"他说道。

不过，蒙田先生没有动怒，还泰然自若地接受了这些指责，而且十分欣赏希腊人对他这样无礼放肆。"没有信仰能伤害到我，不管它与我的信仰多么不符。"为了让塞万提斯放下心来，蒙田对他这样说道："只要他有理有据，我就会一直心平气和地和他争论。"他又笑着补充道："事实上，我更喜欢与骂我的人而不是怕我的人为伍。"原来，和他唱反调，只会引起他的关注，而不是他的怒火。

不得不说，希腊人在唱反调这件事上还真是尽心尽力，今天说他不敬上帝，明天又骂他野蛮残暴，说他是篡权者的走狗，背叛了虔诚的基督徒——他所服务的是不满足于侍奉羽蛇神崇拜者的法国国王，是人祭这一恶行的帮凶。还说他胆小贪婪，接受了异教徒的任职，没有为正道而战。

听了他的这番话，蒙田反唇相讥，说弗朗索瓦一世这位虔诚的基督徒曾毫不犹豫地和苏莱曼结盟，一起对抗信仰天主教的查理五世国王。既然教皇都能对一国之主既往不咎，他蒙田只不过区区小官，更怪不着他了。可别忘了，英王亨利八世和路德教士只不过想要进行宗教改革，就被开除了教籍，而与苏莱曼结盟的法王却从未受到这样的处罚。蒙田还说受洗的阿塔瓦尔帕和夸乌特莫克以及他们的后代都没有被开除教籍。这么做是明智的，因为如今马克西米利安、庇护五世和塞利姆又结成新的联盟了。

希腊人不愿落于下风，打算换个策略进行辩驳。他见蒙田痴迷希腊作家，就谈起了爱国之情，说正是因为爱国，从前的斯巴达勇士和雅典人才会在温泉关和马拉松拼死抵抗波斯人入侵。

蒙田一脸兴奋，对塞万提斯说道："你是卡斯蒂利亚人，是吧？那你知道查理五世登上西班牙王位时还不会说西班牙语吗？他出生在根特，而且是德国人，不会说西班牙语难道不是正常的吗？你能告诉我他哪一点比后一任国王更像西班牙人吗？"塞万提斯反驳道至少查理五世的母亲是西班牙人。蒙田立即反唇相讥道："那是什么样的母亲啊，'疯女'胡安娜，被儿子夺了权。真是个好儿子！真是个好母亲！"接着，他又转头对希腊人继续说道："诚然，查理五世是基督徒，但这丝毫没有妨碍他于旧历1527年洗劫圣城罗马。再看看教皇克莱芒七世，他跑得比兔子还快，立刻就逃往圣天使城，路上差点死在雇佣兵手中，至于那些雇佣兵是不是基督徒，对教皇而言有关系吗？对教皇庇护五世而言，塞利姆他们如果能为他所用，就算不是基督徒又有什么要紧的呢？这些外来者给西班牙和法国带来了宗教和平，我觉得这是最重要的。告诉你吧，多米尼克斯，我曾侍奉过夸乌特莫克——愿他的灵魂安息，积极推动波尔多赦令的宣布，效仿塞维利亚，让在法国领土上的每一个人都能自由地选择宗教信仰，而不用担心被打、被罚、被吊死或烧死。等到了末日审判时，这难道不算功德一件吗？"

希腊人气愤不已："你说我们烧死基督徒，当那些墨西哥人在金字塔上把活人开膛破肚献祭时，你又作何说法？难道不觉得自己是这些罪恶的帮凶吗？"

蒙田承认他不认同这种做法，说他正在努力劝说国王奇马尔波波卡废除人祭。

希腊人冷笑道："我们真是幸运，遇上了鼠疫，它可比你有说服力多了。"

蒙田不再多言，给他们的酒杯倒满自己庄园产的葡萄酒，愉快地对他们说道："入乡随俗，在罗马就得像罗马人那样！"

但塞万提斯却刨根问底："那要是罗马人来你这儿呢？"

之后，大家便各自回去看书了。

一天，蒙田不在，塞万提斯透过塔楼的窗户看到院子里有个年轻女人，她正拿着谷子在喂鸡。虽然看不清她的脸，但应该是个美人，仪态端庄，看着像大家闺秀。他觉得她洒谷子的样子别有一番韵味。

这天午后，蒙田回来了，还给希腊人带了礼物——一套画画用的东西，他之前看了希腊人的画，觉得他很有才华。

就这样，希腊人开始给主人和好友画肖像，偶尔也画画窗外的平野景色。

蒙田和塞万提斯看着他们的脸跃然于画布之上，生动又立体，不禁惊叹不已。

希腊人一边画着画，一边还不忘与蒙田争论，说他是叛徒，是外人的帮凶。"和败者为伍是需要勇气的。"他说道。

蒙田笑道："我不就整日与你们为伍吗？"

接着，他又说了下面这番话："要知道，多米尼克斯，终有一日我们都将是胜者和败者的后代。新旧两个世界结合产生的第一代孩子如今都已长大成人。我们的君主奇马尔波波卡是墨西哥将军夸乌特莫克和法国公主玛格丽特的儿子，相当于我们这个时代的亚当。而玛格丽特·杜基塞拉是阿塔瓦尔帕和'匈牙利的玛丽'的女儿,是我们这个时代的夏娃。纳瓦尔国王图帕克·亨利·阿玛鲁是胡安娜三世和曼科·印加的儿子,罗马涅公爵恩里科·尤潘基及其八个兄弟姐妹是凯瑟琳·德·美第奇和基斯基斯将军的儿女。他们既是法国人或意大利人,也是印加人或墨西哥人。查理·卡帕克和玛格丽特·杜基塞拉的孩子菲利普·维拉科查以后会继承西班牙和意大利王位,是我们这个新时代的亚伯①。阿塔瓦尔帕相当于我们这个时代的埃涅阿斯②,埃涅阿斯是罗马人吗?也许吧,但不管怎么说,我们是混种人,身上流着印加人和墨西哥人的血。"

塞万提斯一边听蒙田说话,一边不经意地看向朝着花园的窗户,看到了之前在院子里的那个女人。这次,她正在菜园里走来走去,修剪秧苗。塞万提斯历经艰险来到这里,又在塔楼中关了这么久,难免开始想入非非。年轻的他情窦初开,陷入爱河。

一天晚上,他去院子里抽烟,突然看到那个女人出现在另一座塔楼的窗前。那座塔楼跟他藏身的塔楼几乎一模一样,房中烛火通明,显然这位女士就住在那里。塞万提斯身处黑暗之中,只有手中的烟发出一星光亮,他小心翼翼用手笼住那一点亮光,避免被发现。他待了很久,一直盯着女人在窗前走来走去,直到塔楼中灯火熄灭一片漆黑。看到那位女士睡下了,他也在树下进入了梦乡。

天快亮时,希腊人醒来不见朋友的踪影,不免有些担心,于

---

① 亚伯,《圣经》中亚当和夏娃之子,该隐的弟弟,因遭到哥哥嫉妒而被杀害。在《圣经》中代表有真诚信心而敬畏神灵的人。
② 特洛伊英雄,在特洛伊被希腊攻陷后,带领一群人历经波折逃到现今的意大利,成为罗马人的祖先。

是下楼去找他。他可不希望仆人或村民发现朋友。很快，他发现了躺在树下的塞万提斯，闭着眼睡得正香。一开始，他只是轻轻地摇晃塞万提斯，见他不醒，就扳过他身体猛摇起来。塞万提斯终于伸了伸懒腰，睁开眼迷茫地看着周围，一副还没回过神来的样子。"愿上帝原谅你，朋友，你扰了我的美梦，那场面真叫一个香艳。"见他如此，希腊人轻拍了几下他的脸颊，让他清醒过来，然后对他说道："我猜你说的是蒙田夫人吧。她叫弗朗索瓦丝。"

两人一起回到房间，躺回床上等天亮。不过，塞万提斯却怎么也睡不着了，脑海中一直想着那位女士，想象着她穿着寝衣躺在床上的样子，就这样直到天光大亮。

第二天，他站在书房窗前，盯着院子又发起了呆，一心期盼着能见到心上人。至于她是不是这家主人的妻子并不重要。而蒙田此刻正在向希腊人证明墨西哥人的信仰并非一无是处："他们同我们一样，认为世界快要毁灭了，证据就是，有人的地方就有破坏。多米尼克斯，这难道不是一种真知灼见吗？"按照蒙田的说法，墨西哥人和印加人认为世界的形成分为五个阶段，一个阶段一个太阳，五个太阳接连出现，如今前面四个太阳已经熄灭，照耀在他们头顶的是第五个太阳。第五个太阳会如何毁灭，他们是怎么预测的，蒙田还一无所知。"不过，说到底，我们是谁，凭什么说他们的信仰不如我们的？"他质疑道。

听了这句话，正在抽烟的希腊人被烟呛了一口，然后大骂蒙田亵渎神灵，说唯一的真神没让叛徒在勒班陀战役中获胜，这就说明他比那些外来的假神厉害。上帝是想要考验信徒，才派那些海外的恶人来这里,所以他也必定会奖励真正的基督徒,让他们获得最终的胜利。"真正的基督徒不会躲在逆境中,他们会让真正的信仰赢得胜利。勒班陀大战时,你在哪儿?瘟疫横行时,你又在哪儿?如果仁慈的上帝赐予我们胜利,对此我深信不疑,你将无话可说。"

蒙田脸上的神色依旧和蔼,但说话的语气却很是坚定:"用我们获得的幸福和成功去证明和坚定我们的信仰,这种做法不可取。你的信仰本该有充分的依据,不需要用一时的成败来证明。"

希腊人总是揪着别人亵渎神明的话语不放,自然不会放过这次机会:"你听到了吗,你说了'你的'。"

蒙田只好接着说道:"我想说的是,你们的……嗯,你所说的胜利(你和米格尔可是吃尽了苦头)自然是一场漂亮战役,你们节节胜利,而印加帝国和法国则节节败退——顺便说一句,指挥你们赢得胜利的是奥斯曼海军司令。但上帝以前也不是没让你们输过。上帝让查理五世在萨拉曼卡突袭中被俘,也让弗朗索瓦一世败在了和英国结盟的夸乌特莫克手中。上帝还让阿塔瓦尔帕从奥地利王室手中抢走了神圣帝国的帝位。上帝是想让我们明白,好人不一定有好运,恶人也不一定有厄运。好运、厄运都由上帝排布,神秘莫测,是不会让我们愚蠢地从中得利的。"说完,他觉得自己刚说的话在基督徒听来可能会有异端之嫌,于是就换了个话题。

塞万提斯听到蒙田引用贺拉斯的话提醒希腊人:"若行善积德过了头,常人应被称为疯子,君子应被称为小人。"他还听到蒙田批评过分地要好求善,说射箭射太远了就射不到靶子。之后,他便听不到他说了些什么了。

第四章　塞万提斯历险记

因为他又看见蒙田夫人经过院子，不觉失了神。等回过神来，他觉得已经过去好几天了——这也有可能是真的，他听到他们不知怎么就聊到了婚姻问题。

希腊人义愤填膺地谴责那些海外来的君主三妻四妾十分可耻。这一次，蒙田也表示赞同。抛开年少时期不谈，除了查理五世，哪个君王能高尚到只有妻子一个女人，没有情妇没有私生子？教皇不也是有好多妾室和一群私生子，甚至不惜把私生子扶上高位吗？但他承认，当着上帝的面迎娶情妇确实是一种罪恶。

就在这时，塞万提斯浑身一个激灵。

蒙田解释了爱情对婚姻生活的危害，认为婚姻不该有过多的情欲，而是需要节制和温和，因为婚姻的目的是传宗接代。他还说过于热烈、过于追求快感、过于频繁的性欲会损害精子的质量，不利于受孕。

蒙田声称自己一个月只和妻子同房一次，只为了让她怀孕。如果他纵欲无度，毫无疑问，他们夫妻之间的尊重友好关系必将受到影响。婚姻是一场不能回头的交易，图一时快感，不如保长久和睦。

接着蒙田又说到了女人："但愿叫她们认识什么是厚颜无耻的，起码不是自己的丈夫。"塞万提斯觉得蒙田这话像是对他说的，不免开始想入非非起来。

塔楼中的生活一如往常。蒙田不是看书，就是向秘书口述信函（此时塞万提斯和希腊人会躲到教堂去），有时会离家去波尔多处理一些公务。希腊人画画，而塞万提斯为了打发时间开始编写小剧。晚饭后，他会把写好的东西念给二位朋友听。夜里，他总是去弗朗索瓦丝窗下抽烟。有时，他听到她哼着歌谣，被她的歌声迷住，就会长吁短叹，对她更加思念了。希腊人怕他被城堡中的人发现，斥责他不该如此疯狂，如此鲁莽。

一天晚上，塞万提斯再也忍不住了，他穿过了连接两座塔楼的城墙。

希腊人心急如焚地等了一整夜。塞万提斯回来时，状若癫狂，衣衫不整，头发凌乱，口中念念有词，这可吓坏了希腊人。本文作者在此声明，无法保证塞万提斯对希腊人说的话属实，只是原封不动转述他说的话。塞万提斯称自己一开始犹豫不决，在城墙上等了一个小时，最后下定决心，去夫人的门上轻轻敲了几下。蒙田夫人以为是丈夫，因为平日里只有他会从这里进，于是开了门。看到塞万提斯时，她惊叫了一声。塞万提斯隐隐觉得夫人对他并非全然不知，而且很有可能她早就曾发现他出现在院中或在她窗下偷看。总而言之，她央求他不要作声，不要吵醒正在睡觉的孩子。这天晚上，月明如昼。也许是不想招惹流言蜚语，也许是怕人撞见（塞万提斯对此没有明说），总而言之，她让他进了屋。

讲到接下来发生的事时，塞万提斯激动万分，以至希腊人好几次提醒他小点声。尽管听起来不可思议，但塞万提斯就是这么跟朋友说的：蒙田夫人一言不发，见他犹豫不决，这位女神伸出雪白的手臂围住他的脖颈，用温柔的亲吻鼓起他的勇气。他顿时找到了平素的激情，一股熟悉的热流直入他的骨髓，传遍他酥软的骨头。就好比，雷声响起，一道火光划破天空，曲曲折折穿过云层。最后，他给她期待已久的吻，枕着她的酥胸，陷入了甜美的梦乡。

希腊人不知道他说的话哪句是真的哪句是假的，只想劝他别再去那儿了。但塞万提斯已经躺在床上睡着了，唇边还挂着一抹心满意足的微笑。

又过了一周。距离他们来到蒙田的塔楼已经五个月了。塞万提斯很想在这里待一辈子，可惜，一天早上，几个弓箭手敲响了城堡的大门，说是来抓捕两名逃犯的，一个叫米格尔·德·塞万提斯·萨维德拉，一个叫多米尼克斯·提托克波洛。他们找到还在呼呼大睡的两人，把他们抓了起来。塞万提斯被吓呆了，没有进行反抗，但希腊人可不愿受这些恶棍的气，举着刀拼命刺向其中一个弓箭手。要不是同伙上前帮忙，那个弓箭手恐怕非但抓不到希腊人，反而要把小命交代了。

蒙田穿着睡衣匆匆赶来调解，无果。两人被抓了起来，之后会被押送到波尔多。希腊人破口大骂，说蒙田出卖了他们。无计可施的蒙田只能亮明自己的身份和弓箭手理论，但还是没用。塞万提斯被人用剑指着，跟朋友一起走出了塔楼。城堡中的仆人纷纷跑来看热闹，他的心上人，举世无双的弗朗索瓦丝也来了，一脸惊慌地看着他。这是他唯一一次在白天、在阳光下如此近距离地凝视她。

8. 塞万提斯最终还是漂洋过海了

他们灰溜溜地回到了波尔多，再次被扔进大牢。在这里被关了整整一个月，等着被处决。

一天早上，有人来带他们出大牢。他们以为他们的末日到了，于是向上帝祷告起来。他们就要登上通往金字塔顶端的台阶了，刽子手就在塔顶等着他们，手握尖刀，刀柄上刻着一张脸，那是死神的脸，一切都将结束了，他们的旅程、他们的生命都将终结了。

出乎意料的是，他们经过金字塔前时没有停下，而是被一路带到了特仑佩特城堡。这座城堡位于加龙河畔的石崖上，是王室所在。他们被带到了一个挂满黄金盾牌的走廊中等着被召见。

这里的守卫是墨西哥人，手持长矛，头戴羽毛盔甲，不管他们问什么始终一言不发。

过了好久，有人带他们进了一个大厅，厅中央悬挂着一盏巨大的铁灯，它高高悬在他们头顶，仿佛随时会砸下来。

在他们面前有个男人，头上戴着一顶黑色贝雷帽，背对他们站在一张笨重的木桌后面，桌上散落着几张纸。他看着窗外的港口，此时此刻（就跟一天中其他任何时间一样），搬运工正在码头忙忙碌碌。

塞万提斯用手肘碰了碰希腊人，示意他看大厅角落——那里堆着好几幅希腊人画的肖像。

男人没有转身，开口说道："你们得感谢那位恩人，他让人送来了你们的作品，还要感谢上帝眷顾你们。"

他说话语气威严，不用猜也知道是个大人物。果然没错，他就是科利尼海军上将。

他转过身来，拿起桌上的纸，在塞万提斯面前晃了晃。"《狗的对话录》？真是太有意思了。还有这出《奇迹戏的演出》……画

第四章　塞万提斯历险记

家先生,您看过吗?没看过?那让我来给您讲讲。两个狡猾的骗子对村民说,只有血统纯正的老基督徒才能看到奇迹戏班演出的奇观,凡是有犹太人或摩尔人血统的人都看不见。这当然是一种骗人的把戏。但您知道后来怎么了吗?简直神了,每个村民都看得津津有味,对着戏班编造的空头戏赞不绝口。"

说完,这位法国大臣哈哈大笑起来。

"这难道不好笑吗?"

希腊人和塞万提斯都不敢出声。海军上将戴着一条很粗的金项链,他用手指来回揉搓着项链。"那些海外大国、法国的宗主国墨西哥帝国、它忠实的盟友西印加帝国,还有五州帝国以及我们国家在找画家和文人。这些大国尽管十分强盛,但在绘画和写作这两个领域并不如我们这些旧时代国家。你们还算有点才华,所以你们就坐下一趟运送贡品的船去墨西哥。到了那边,你们会被卖给出价最高的人,以后运气好的话还能赎回自由。"说完,他挥了一下手,让守卫把他们带下去。第二天,他们就坐上了装着酒和人的大船,朝古巴驶去。

从前,有个西班牙老船员对塞万提斯说:"如果你想知道什么是担惊受怕,那就去海上。"不过,船在海上航行了将近两个月,始终风平浪静。

两人在船上见到了形形色色的人,有热那亚的鞋匠,有墨西哥的商人,有萨洛尼卡的犹太人,有海地烟草商,还有一位牵着斑点豹的乔鲁拉公主。

人人向他们吹嘘海外国家美丽富饶、地大物博,只要不谋反叛乱，定能赚得万贯家财。

  一天早上，新旧大陆的交会口、古巴都城巴拉科阿隐隐约约出现在天际。这是一座五彩缤纷的城市——有宫殿，有土屋，有棕榈树；在大街小巷能听见狗儿叫和鹦鹉啼，能闻到果香阵阵；这里有来售卖奴隶、美酒的大商富贾，有骑着骏马的当地贵族——他们赤身裸体，戴着用红珊瑚穿成的项链和用鳄鱼鳞片编成的手链，这里的乞丐脸上戴着面具，头上戴着金铜亮片，仿佛没落的君王；这里商铺林立，货箱遍地，每到夜晚，鬣蜥出没，四处觅食；这里各国语言混杂，各色美女纷呈，各个神明聚集。

  这五彩斑斓的画面让希腊人眼花缭乱，这热闹非凡的场面让他心神荡漾，他不禁狂笑起来。

  塞万提斯抬头看着天空，不再去想未来会如何，对飞过头顶的红头秃鹫惊叹不已，突然觉得这些生物就是这个魔岛的幽灵，而他自己也同它们一样。